마탄의
사수

마탄의 사수 13

이수백 게임판타지 장편소설

초판 1쇄 찍은 날 | 2018년 2월 2일
초판 1쇄 펴낸 날 | 2018년 2월 9일

지은이 | 이수백
펴낸이 | 예경원

기획 | (주)인타임 김명국
편집책임 | (주)인타임 윤영상
편집 | 이즈플러스

펴낸곳 | 예원북스
등록번호 | 제396-2012-000132호
등록일자 | 2012. 7. 25
SFN | 제1-260호

주소 | 경기도 고양시 일산동구 호수로 646-24 위너스21 II 빌딩 206A호 (우) 10401
전화 | 031-819-9431 팩스 | 031-817-9432
E-mail | yewonbooks@naver.com

ISBN 979-11-6098-837-6 04810
     979-11-6098-073-8 (set)

마탄의 사수
13
이수백 게임판타지 장편소설
INTIME GAME FANTASY STORY
Der Freischutz
Muskateer
새벽

차 례

Geschoss 1

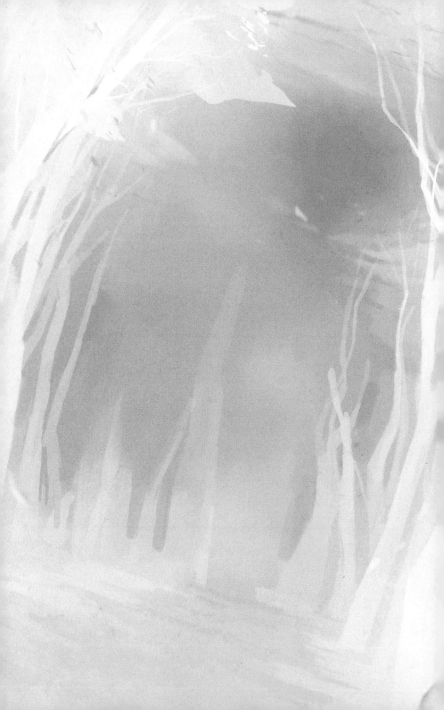

"어으어어어!"

이하도 엎드린 채 가만히 대기할 수는 없는 상황이 되었다.

새로 나타난 싸이클롭스들까지 마법을 써 가며 이동하는 통에 가만히 있는다는 것은 그냥 죽여 달라는 말이나 다름없는 상황이 되어 버렸다.

"판처 파우스트."

콰아아아앙——!

단단히 열이 받친 루거가 다시 한 번 포탄을 쏘았지만, 역시 저 뒤편의 바위만 박살 났다.

싸이클롭스들의 마법 반응은 삼총사의 생각보다 훨씬 빨랐다.

전투에 아주 능숙한 마법사들이나 할 수 있는 회피기동이었다.

평소라면 그것도 못 맞춘데요~ 하면서 루거를 놀리고도 남았을 이하였지만, 지금은 다급함이 더 컸다.

"젠장, 뭐야? 크롤랑이 아니라 크롤랑보다 위인 것 같은데!"

"적어도 그 녀석은 마법을 쓰진 않았잖습니까!"

이하와 키드가 다시 한 번 몸을 날렸다. 방금 전까지 그들이 서 있던 자리로 거대한 바위가 날아오는 중이었다.

쿠우우우웅!

트럭만 한 크기의 바위들이 엄청난 속도로 날아와 내리꽂혔다. 부딪친다면 단번에 찌부가 되고도 남을 파괴력이다.

"캬하하핫-! 인간 굽는다, 통구이!"

"너무 자만하면 안 됩니다!"

싸이클롭스 한 놈의 뿔에 새로운 기운이 뭉치고 있었다.

키드는 그 틈을 놓치지 않았다. [속사]에 걸맞게 패닝이 다시 한 번 불을 뿜었다.

1초가 채 되기 전에 쏘아진 여섯 발의 탄환, 그 모든 것들이 정확하게 싸이클롭스의 '눈'을 향해 날아갔지만 닿지는 못했다.

"끄어아아아아아-!"

푹, 푹, 소리를 내며 싸이클롭스의 눈 주변 살만을 파고들어갔을 뿐이다. 두 손으로 눈을 감싸 쥔 녀석을 향해 루거의 포신이 향했다.

"가끔은 쓸 만하군, 카우보이."

"멋있는 척 말고 얼른 맞추기나─"

루거가 옅은 미소를 머금으며 방아쇠를 당겼다.

콰아아아앙───!

곁에 있던 키드의 몸이 움찔거릴 정도의 후폭풍이 쏟아져 나왔지만, 그 포탄 역시 아쉽게도 맞진 않았다. 싸이클롭스의 뿔이 번쩍이더니 거구의 모습이 순식간에 사라졌다.

"말도 안 돼! 눈을 가린 채 마법을? 타이밍을 어떻게 읽고?"

부르르 떠는 루거보다 더 황당한 건 이하였다.

이미 사격에 출중한 세 사람이기에 더욱 잘 알 수 있었다. 방금 전 타이밍은 확실했다.

움직임과 움직임 사이의 완전한 틈새, 그곳으로 꽂아 넣은 포탄이었는데!

"척수 반사 같은 개념이라는 겁니까."

기껏 리볼버의 탄을 명중시킨 키드도 혀를 내둘렀다. 귀족鬼族들의 반응은 상상을 초월하고 있었다.

"꾸워어어어-!"

"피해!"

순순히 놀랄 틈도 주지 않는 후속 공격들에 세 사람은 다시금 방향을 찢으며 몸을 날렸다.

퍼억-! 소리와 함께 다시 흙먼지가 피어올랐다.

'크윽, 이게 푸른 수염의 강화 능력인가? 크롤랑 때와는

너무 다르잖아!'

크롤랑은 확실한 필드 보스급 몬스터였다.

거느리는 북부 트롤들에 대한 강화 능력에, 여러 가지 복합적인 버프 능력. 정체를 알 수 없는 생물을 타고 다니는 강함까지.

강력하고 놀랍긴 했지만 이하가 알고 있는 몬스터의 틀에서 벗어나지 않았었다. 하지만 이건?

"싸이클롭스의 육체에 리치의 마법 반응이군요……. 이제야 제2차 인마대전의 무서움을 알겠습니다."

"응, 키드의 말 그대로예요. 이런 놈들이 수천 마리였다면 인간이 멸종되지 않은 게 이상할 정도네."

이하는 블랙 베스를 들어 올려 싸이클롭스를 겨냥했다.

물론 주목표는 그들의 '눈'.

저 정도 덩치라면 어차피 즉사 판정이 나올 부위가 마땅치 않다.

크롤랑을 사살했을 때처럼 목을 완벽히 관통하는 것이 좋겠지만, 그보단 그들의 외눈이 더 크고 조준하기 쉬운데다 널리 알려진 약점이니까.

'하지만 눈만 겨누면-'

번개처럼 방아쇠를 당겼다. 투콰아아앙! 간만에 총소리가 울려 퍼졌지만 싸이클롭스의 쇄골을 부숴 놨을 뿐이었다.

"젠장! 이렇다니까! 이런 움직임 속에서 클릭 조정 할 시간이 없는데 눈을 어떻게 맞추냐고!"

이하는 분명히 눈을 조준했지만, 그건 아까의 거리 기준!

블링크를 사용하며 순식간에 30m, 50m 범위를 돌아다니는 놈들에겐 이하의 정확도로도 속수무책이었다.

시간을 들여 정조준을 하기엔 던져 대는 바위와 갑작스런 공간이동을 통한 뒤쪽에서의 몽둥이 공격 때문에 불가능하다.

이러지도 저러지도 못하는 상황이 연속된다.

가까스로 목숨을 건사하기를 몇 분이나 지났을까, 삼총사의 머릿속이 점점 어두워져 갔다.

'푸른 수염도 아니고 고작 그가 만든 몬스터 다섯 기에 이토록 고생하는 겁니까.'

'맞추기만 하면 전부 찢어 버릴 수 있는데, 맞질 않는다.'

'약점은? 어디를 쏴야 하지? 즉사 포인트를 맞추기도 힘들고, 무엇보다 정조준 할 시간이 없어. 그러기 위해선 무엇보다―'

마법을 봉인해야 해.

세 명의 생각이 하나로 통일되었다.

그리고 그 생각까지 닿은 또 한 명의 유저가 바닥에 몸을 굴리며 소리 높였다.

"뿔! 마력의 근원은 뿔입니다, 뿔을 부수면 돼요! 눈이 약점이 아닙니다, 눈을 겨누면 뿔이 자동으로 반응하는 시스템이에요!"

페르낭이 돋보기를 들고 그들을 비추고 있었다.

"자동으로?"

"네. 저건— 싸이클롭스가 아니에요. 그냥 필드 보스 싸이클롭스로 인식하면 안 되는 거였어요. 제 경험치가 오른 것만 봐도—"

"경험치가 올랐어요?"

"새로운 발견이요. 제 도감에 녀석들이 새롭게 찬 걸 보면 확실해요. 놈들은 지금 기존의 싸이클롭스가 아닙니다. 전혀 새로운 종의 몬스터예요. 다시 한 번 말씀드리지만 약점은 뿔! 눈을 겨누면 겨눌수록, 특히 스킬을 사용해 눈을 겨눌수록 뿔의 반응이 빨라질 거예요. 저 뿔은 마나에 감응하니까!"

이하의 물음에 페르낭이 쏜살같이 답했다.

역시 미들 어스에서 가장 훌륭한 모험가다운 빠른 판단력이었다.

물론 그토록 빠른 반응도 지금껏 고생한 루거에게는 그다지 반갑지 않은 말이었지만 말이다.

"진작 그것부터 말했어야지, 떠돌이 개 같으니!"

"역시! 고마워요, 페르낭 씨!"

"약점을 알아냈으면 빨리 움직이지 뭐합니까."

루거의 욕설을 이하가 가볍게 덮은 사이, 키드가 구시렁거렸다.

페르낭의 약점 발견 이후 가장 먼저 움직인 것은 삼총사도, 페르낭도 아니었다.

"약점 파악까지 이 녀석들을 상대로 5분 32초……. 그나마도 모험가의 도움을 받아서인가. 아직 멀었군. 휴우."

브로우리스가 회중시계를 확인하곤 자신의 주머니에 다시 넣었다. 아주 작게 내쉬는 한숨이었지만 이하는 똑똑히 들었다.

"소장님……?"

"몸 간수 잘 하게."

브로우리스는 이하의 어깨를 짚으며 지나치곤, 그대로 키드에게 다가가 손을 내밀었다.

모자를 푹 눌러쓰고 있는 것은 평소와 같았지만, 따뜻한 말투의 그가 아니었다. 아카데미에 처음 찾아왔을 시절 보여줬던 냉철한 소장의 분위기가 피어올랐다.

"잠시 〈크림슨 게코즈〉를 빌려주겠나, 키드 군."

"무…… 물론입니다."

외관마저 브로우리스와 비슷한 키드가 엉거주춤 리볼버들을 내밀었다.

싸이클롭스들이 우엉, 우엉! 하면서 소리를 치는 와중에도 그는 서두르지 않았다.

네 정으로 이루어진 크림슨 게코즈를 허리춤에 차고 나서야 모자챙을 슬쩍 들어 올린 브로우리스가, 마지막으로 한마디 내뱉었다.

"나와 함께하는 처음이자 마지막 수업이다. 잘 보고 배우도록. 알겠나?"

브로우리스의 장전은 키드의 그것보다 빨랐다.

순식간에 리볼버에 탄을 삽입하고는 몸을 좌측으로 날리며 양손으로 방아쇠를 당겼다.

공중에 뜬 그의 몸이 바닥에 닿기도 전에, 수평으로 유지되는 그 순간에 쏘아진 탄이 12발.

카카캉- 하는 소리와 함께 싸이클롭스 하나의 뿔이 부러졌다.

눈 깜짝할 사이에 벌어진 일이었다.

'부딪친 소리가 열두 번……?'

이하는 자신의 귀가 잘못되었나 싶었으나 옆에 있는 키드의 표정이 그게 아님을 말해 주고 있었다. 그 짧은 틈에 쏘아진 것조차 한 발의 오차도 허용치 않았다는 의미다.

"꾸와아아아악-! 용서 못해, 백작님께서- 주신- 뿔을!"

쿵, 쿵, 쿵!

뿔이 부러진 싸이클롭스가 거침없이 달려오며 몽둥이를 치켜들었다. 그뿐이 아니다. 다른 싸이클롭스의 뿔에서도 빛이 번쩍였다.

브로우리스의 뒤를 잡아 내리찍으려는 그 움직임에 또 다른 싸이클롭스는 바위를 들고 대기 중이었다.

도망갈 곳도, 피할 곳도 없는 녀석들의 연계 공격인 셈이었다.

"첫 번째로 뿔이 번쩍일 때 의심을 했어야 했다. 내가 일반 싸이클롭스가 아니라고 말했을 때 새로운 몬스터라는 가정을 했어야지. 마법을 쓰는 몬스터라면 어떤 구조로 쓰는가, 마력의 원천은 어디인가, 마법과 마법 사이의 시간은? 마법의 구현 범위는? 블링크와 번개를 쏘아 대는 것 외에 어떤 마법을 또 쓸 수 있는가. 그것부터 계산했어야 했어."

그런 모습을 지켜보면서도 브로우리스는 말을 서두르지 않았고 손을 급히 놀리지도 않았다. 태연히 재장전을 해 갔지만 속도는 여전히 키드보다 빨랐다.

"그런데 보자마자 스킬부터 사용이라니, 루거 군, 아직 멀었네. 그런 태도라면 푸른 수염의 지팡이에 가장 먼저 목이 꿰뚫릴 거야."

"우워어어어!!!"

화우우웅──!

브로우리스는 바람을 가르는 몽둥이를 끝까지 지켜보았다.

그리고 마지막 순간에 허벅지에 힘을 응축한 채 도약, 싸이클롭스를 향해 뛰고는 녀석의 허벅지를 밟고 재도약하며 고도를 높였다.

플라이 마법이나 허공답보 같은 무공이 아니었다.

순수하게 덩치 큰 몬스터의 육신을 짓밟으며 자신의 몸을 띄우곤 팔을 곧게 펴며 싸이클롭스의 얼굴을 겨누는 브로우리스.

온 힘이 당긴 몽둥이질로 중심을 잃은 싸이클롭스는 즉각 자세를 고칠 수 없었다.

"과연…… 저렇게 다가서면 다른 싸이클롭스들의 공격을―"

"―막아 낼 수 있다는 건가? 적을 이용해 적을 막는다……. 하, 하지만 몬스터의 특성에 대해서 제대로 파악하지 못하면―"

"저분은 그걸 말씀하셨던 거 아닐까요. 적에 대해 완전한 파악 없이 움직여선 안 된다고. 그것도…… 제 스킬에 기댈 게 아니라 여러분 세 명의 지식과 경험만으로 파악하라는 말 같았어요."

키드와 이하의 감탄을 페르낭이 받았다.

그런 걸 어떻게 해요? 라고 따질 수도 없었다. NPC이긴 하지만 브로우리스는 그걸 할 수 있다고 증명하는 중이었으니까.

"우선 한 놈."

타다다다다다…….

브로우리스가 손가락을 움직일 때마다 싸이클롭스의 얼굴에 구멍이 생겼다.

12발의 탄환 중 눈을 파고 들어간 녀석만 다섯 발이 넘는다. 시신경과 뇌가 연결된 그들의 구조상 절대로 살아남을 수 없다.

브로우리스는 떨어지는 와중에 리볼버 두 정을 바꿔 들었다. 탄을 다 쏜 녀석들을 허리춤에 꽂고, 아까 장전했던 녀석들을 꺼내어 들며, '거꾸로 떨어지는 자세'에서 다시 양손을 놀렸다.

목표는 바위를 들고 대기하던 싸이클롭스.

놈의 팔뚝에 순식간에 탄환들이 꽂히며 힘줄을 파헤쳤다.

"카하아아앗–"

"시끄럽다, 외눈박이."

휘릭, 땅에 부딪치기 전 싸이클롭스의 무릎을 차며 몸을 회전 후 착지.

마치 처음부터 계산한 연결동작 같은 그의 움직임엔 루거조차 입을 제대로 다물지 못했다. 고통스러워하는 싸이클롭스 한 놈에게 빠르게 달려가며 재장전, 달리면서 쏘는 것만으로 놈의 뿔을 박살 내었다.

그 후 흥분을 주체 못하는 놈들이 헛손질을 할 때를 기다렸다 차분하게 눈에 총알을 박아 넣는다.

그것은 아주 단순한 반복 작업처럼 보였다.

마치 인형에 눈알을 붙이듯, 브로우리스는 싸이클롭스의 눈알을 떼어 냈다.

"두 번째는 먹히는 공격과 안 먹히는 공격의 차이를 생각해야 한다는 거야. 언제 마법을 쓰는지 그 패턴을 파악하려 했다면 금방 할 수 있는 일이었어. 자네들의 기술을 사용할 때, 그리고 눈이 맞을 위험이 있을 때 놈들의 뿔이 반응한다. 간단한 것 아닌가. 키드가 패닝을 했을 때와 이하 군이 쏘았을 때만 놈들은 피격당했지. 둘 다 정확하게 '눈'을 노리지 못한 공격이었으니까."

"확실히……."

클릭 조정이 어긋난 상태의 이하와, 속사였지만 조준이 불안정했던 키드의 공격만이 유일하게 성공한 공격이었다.

두 공격 모두 스킬이 아니라 일반 공격이었으며, 눈을 노리지 못한 공격이었다.

"페르낭 마갈랴스 님이 아니었다면 자네들은 어떻게 됐겠나? 쯔쯔, 겨우 이 정도였다니, 이런 식이라면 나도 조금 더 고민을 해 봐야겠어."

브로우리스의 실망감이 느껴질 때마다 이하는 자신의 귀가 달아오르는 느낌이 들었다.

확실히 크롤랑을 잡고 꽤 성장했다고 여기고 있었다.

알렉산더의 골드 드래곤, 베일리푸스의 비늘까지 파고들며 공격이 성공했을 때, 이하 자신이 생각했던 것보다 더 강한 공격력을 보곤 어느 순간 자만했던 것은 아닐까.

'하지만…… 맞아. 우리 세 사람 모두 전투 보조 시스템 따위는 없는 원거리 딜러. 우리의 조준이 실패하는 순간, 아무리 공격력이 높아도 소용없어지는 셈이야.'

맞지 않는 공격이 무슨 소용인가.

그것도 [속사]나 [관통]이 아니라 [명중]이라는 이름을 계승한 자신이 적을 명중시키지 못하다니.

삼총사 세 사람이 각자의 생각으로 반성하고 있을 때도 브로우리스의 움직임은 멈추지 않았다.

인간 다섯 명 중 누가 가장 위협이 되는지를 파악한 싸이클롭스들은 모두 브로우리스에게 공격을 집중하고 있었기 때문이다. 물론 그런 공격 따위는 브로우리스를 맞출 수 없었다.

블링크의 이동 패턴을 파악한 구舊 [속사]의 브로우리스는 무도가 이상의 움직임을 보여 주었다.

"속사는 손만 빠르게 움직인다고 되는 게 아니야, 손보다 빨라야 하는 것은 발이지. 키드 군. 명심하게."

타다다다당─!

"관통도 마찬가지지. 기술에 의존해야만 관통을 할 수 있는 건 아니야. 너무 후한 평가 아닌가? 무엇보다 한 방에 없애겠다는 생각으로 중요한 것을 잊는 어리석음이라니. 자네가 해야 했을 일을 생각해 보게, 루거 군. 자네가 했어야 할 건, 적의 무력화. 즉, 노려야 할 건 머리가 아니라 다리!"

타다다당—!

"그 상황이 되어서야 이하 군이 활약할 기반이 만들어지겠지. 오우거 때는 잘만 하더니, 셋 모두 실망스러워."

타다다당—!

가르침 한 번에 총성 한 번, 그때마다 쓰러지는 싸이클롭스가 한 마리.

이미 두 마리를 마무리했던 브로우리스는 침착하고 날렵한 움직임으로 나머지 셋을 정리했다.

센티널 산맥의 지배자, 푸른 수염의 힘이 들어간 귀족鬼族, 그 어떤 이름도 '제2차 인마대전의 영웅' 앞에선 희미해질 뿐이었다.

"후우우…… 고맙네, 키드 군. 적어도 총기 손질만큼은 잘되어 있군."

실력은 형편없지만 총기라도 잘 관리하니 다행이다, 라는 말이나 다름없었다.

키드는 모자를 푹 눌러 표정이 보이지 않게 가린 후, 고개를 숙이며 〈크림슨 게코즈〉를 돌려받았다.

"이하 군, 지금 시간이 얼마나 걸렸지?"

"어, 시간이요? 대충— 3······ 분 정도 걸렸습니다."

"3분이라. 나도 많이 늙었어."

브로우리스가 어깨를 휙, 휙 돌리며 관절을 풀었다.

고작 '3분' 만에 푸른 수염의 마나가 주입된 새로운 종류의 싸이클롭스 다섯 기를 잡아 놓고, 그는 게이트볼을 치고 온 노인마냥 굴고 있었다.

'아까 5분 30초쯤이라고 했다. 그것도 우리의 힘이 아니라 페르낭의 스킬과 아이템으로 놈들의 약점을 파악하는 데 걸린 시간이었지.'

페르낭도 평소보다 더뎠다.

신규 발견 몬스터이기도 했고 무엇보다 삼총사의 힘을 믿고 있었기 때문이다.

트롤이나 오우거의 상황처럼 퉁, 퉁 말도 안 되는 포를 쏘아 대며 순식간에 정리할 수 있을 거라 믿었기 때문. 어떤 면에서 삼총사는 페르낭의 믿음도 조금 져 버린 셈이나 다름없었다.

사실상 미들 어스 최정상급 유저 네 명이 힘을 합친 것보다 더 정확하고 빠르게 처리한 NPC라니.

"뭣들 하나, 귀족들이 어디에 있는지 수색해 보지 않고."

"예, 옙!"

이하가 자기도 모르게 차렷 자세를 하며 답했다. 요즘 좀 편해졌다고 너무 가볍게 대했었다.

아직도 삼총사 세 명은 브로우리스에게 배우고 얻어야 할 게 산더미처럼 쌓여 있다는 걸 깨달은 이상, 간이든 쓸개든 빼 줄 각오로 그에게 다가서야 한다!

이하의 행동을 본 키드와 루거도 비슷한 생각을 했다.

따라서 누구도 브로우리스의 명령을 거부하지 못했다. 어디서나 힘이 있는 자가 갑인 법. 삼총사는 센티널 산맥의 곳곳으로 흩어지며 남은 잔당들을 처리하러 나섰다.

"퀘스트가 완료되지 않은 걸 보면 어딘가에 있긴 있는 모양인데."

마나 투시의 쿨타임 때문에 스킬을 사용할 수 없는 게 아쉬운 상황이었다. 바스락, 바스락 낙엽이 덮인 땅을 밟으며 퀘스트 창을 확인하던 이하는 문득 한 가지 문구에 눈이 꽂혔다.

'실패 조건이 브로우리스의 죽음이었다니, 허 참. 말이 되냐고! 막말로 나랑 키드, 루거 셋이 덤벼도 못 이기겠다.'

퀘스트의 실패 조건은 귀족 몬스터가 베르포트 마을에 도달했을 때 또는 브로우리스가 사망했을 때.

적어도 브로우리스의 사망은 이루어질 수 없는 조건이란 생각이 들었다.

헛웃음이 나오는 조건이다.

'오히려 이 말이 함정이었어. 실패 페널티는 '업적-멸망의 단초'였지. 이런 무시무시한 걸 얻기 싫어서라도 브로우리스를 최대한 파티의 뒤편에 위치시킬 수밖에 없을 거야.'

즉, 브로우리스의 힘을 사용하지 못하게 한 조건일 확률이 높았다. 브로우리스를 전면에 내세웠다 죽기라도 하면 큰일이니까.

그러나 그런 것에 겁먹지 말고 처음부터 자신들의 스승을 믿었다면. 그렇게 플레이 했다면 오히려 이 퀘스트는 진작 클리어 했으리라.

"하여튼 미들 어스, 묘하게 사람 심리 가지고 장난치는 데에는 일가견이 있다니까."

"뭘 그렇게 혼잣말을 하고 있습니까."

"키드!"

고개를 젓는 이하의 근처로 키드가 스윽, 다가왔다. 그의 표정도 별로 좋진 않았다.

"나랑 같은 방향으로 왔어요? 저쪽엔 귀족 없고?"

"페르낭이 흔적을 찾는 동안 소장님이 그쪽 방향을 탐색한다고 하셨습니다."

"그럼 소장님이랑 같이 다니지 왜-"

"그걸 꼭 물어야 압니까."

"아……."

필요 없으니까 저쪽으로 가라고 했구나…….

키드가 입술을 깨무는 모습을 보며 이하는 어쩐지 딱하다고 느껴졌다.

그래도 같은 [속사]의 특성 때문에 브로우리스가 이하나 루거보단 살뜰히 챙겼던 키드건만, 오늘의 모습에는 그도 실망을 많이 한 모양이었다.

바스락, 바스락.

이런 상황에 무슨 말을 할 수 있을까. 이하도 키드도 묘하게 풀 죽은 표정으로 센티널 산맥을 돌아다녔다.

"근데 말이에요. 문득 드는 생각인데."

"뭡니까."

"국가전이고 뭐고…… 그냥 소장님이 뛰었으면 더 빨리 끝나지 않았을까?"

"크흐흠."

이하의 물음에 키드가 헛기침을 했다.

저 엄청난 무빙과 신들린 조준 실력 앞에 알렉산더가 대수일까, 드레이크가 대수일까.

어쩌면 브로우리스 혼자서도 베일리푸스를 탄 알렉산더와 1:1이 가능하지 않을까 하는 생각이 들 정도였다.

"지금 푸른 수염도 그래. 그냥 소장님이 나서면 알아서 정리될 것 같은데. 애초에 우리가 무슨 영웅의 후예라고."

"그래서 재미있지 않습니까."

"뭐가요?"

"아직도 성장의 길이 한참이나 더 남아 있다는 사실이 말입니다."

키드의 답변에 이하가 씨익 미소 지었다. 맞는 말이다. 지금이야 그냥 푸념처럼 투덜거리고 있지만 이하도 본심은 아니었다.

국가전 이전부터 약점으로 지적받았던 근접 전투.

그것에 대한 보완은 어느 정도 했다고 생각했지만 아직도 자신의 약점은 수없이 많았다.

그 모든 것을 커버할 수 있게 되었을 때, 과연 이하 자신의 모습은 어떻게 변할 것인가. 그 기대와 상상이 두근거리게 만드는 것이다.

"히, 그런 생각을 할 줄 알아서 키드 씨가 좋다니까. 아니, 그런 생각을 하고 오글거리는 말을 입 밖으로 잘도 꺼낸단 말이지. 안 부끄럽나? 나 같으면 생각까지는 해도 누구한테 그런 말은 못할 것 같거든."

"시, 시끄럽습니다."

쿠왓- 쿠와아앗-!

키드가 모자를 눌러 쓰며 부끄러움을 감추려 할 때, 트롤의 울음소리가 들려왔다. 아까의 무리에서 애당초 떨어져 나온 한 마리일까.

목적도 없이 아래를 향해, 베르포트를 향해 가는 녀석을 키드와 이하 모두 발견했다.

"저쪽에 있–"

투콰아아아앙──! 이하의 총성 속에 트롤의 비명이 파묻혔다.

"나도 알아요."

"이럴 때는 잘 맞출 수 있는 겁니까."

"걸어 다니거나 적당히 뛰는 속도라면 클릭 조정에 아무 문제없거든. 그냥 스코프 안 쓰고 맞춰도 되고."

이하는 떨어진 탄창을 주워 주머니에 넣으며 다시금 블랙 베스를 갈무리했다.

"하지만 아까의 싸이클롭스– 아니, 싸이클롭스도 아니랬죠? 우리가 잡은 게 아니라 이름도 모르겠네. 어쨌든 그 미친 몬스터의 순간이동은 도저히 쫓을 수가 없었으니까. 그게 문제죠."

"그 약점을 보완할 수 있겠습니까."

"……뭐, 일단 몇 개 떠오른 건 있거든. 해 봐야죠. 키드는?"

"비밀입니다."

이하가 미소 짓자 키드도 따라 웃었다. 그 또한 자신의 약점을 파악–보완하기 위한 기초적인 구상을 마쳤다는 의미로 보였다.

──────…….

"아, 끝났나 보다."

멀찍이서 들려오는 루거의 포탄 소리와 함께 삼총사의 눈 앞에 홀로그램 창이 떴다.

마지막 귀족이 죽을 때, 삼총사는 더 이상 아까의 풀 죽은 남자들이 아니었다.

"왔나."

"옙!"

이하와 키드가 빡세게 대답했고, 루거도 아주 작은 목소리 로 '그렇소'라고 답했다.

평소라면 고개나 까딱이고 말았을 성격이건만 역시 루거 도 브로우리스에게 배워야 할 점이 많다고 생각했을까.

평소와 다른 모습에 이하와 키드는 풉, 하고 웃음이 날 것 같았다.

"마지막이 조금 실망스러웠지만 그럭저럭 나쁘지 않았어. 고생들 했네."

"감사합니다, 소장님!"

이하가 우렁차게 답했다. 실망스런 모습을 보이며 친밀도 가 조금 떨어지지 않았을까 걱정했으나 그것은 기우였다.

브로우리스는 흐뭇하게 고개를 끄덕였다.

"페르낭 님, 푸른 수염의 흔적은 발견하셨습니까."

"으음…… 대충은 알 것 같은데, 확실히 대단하네요. 보통 동물이나 몬스터들의 이동 경로와 이동 방향, 이동 거리까지도 알 수 있거든요? 새로운 발자국을 찾으면 그걸 토대로 제가 쫓아가서 도감에 정보를–"

페르낭이 흥분한 듯 주절주절 입을 열었다.

카즈토르 연구소 때와 전혀 변한 것 없는 '마이 페이스' 개척왕을 감당할 수 있는 사람은 많지 않았다. 브로우리스가 난처한 표정을 짓고 있자 이하가 먼저 껴들었다.

"그래서 푸른 수염의 흔적도 알아내셨어요?"

"–아, 네! 자세하진 않은데다 뭔가 평소와 다르지만…… 일단은 찾았습니다."

"역시 교황 성하께서 추천한 분이시군요. 그래, 어떻습니까? 레는 어디 있습니까?"

페르낭의 대답에 브로우리스가 반색했다. 그러나 개척왕의 표정은 썩 좋지 않았다.

"그게…… 방향이 여러 군데입니다."

"네?"

"마나의 기운을 연동해서 감지하는 건데, 저로서도 더 이상 알아낼 수가 없어요. 북동쪽–샤즈라시안 지방에서 하나. 서남쪽–미니스 지방에서 하나, 서서쪽 불모지에서 하나…… 그리고 동쪽, 동쪽에서도 하나 있어요. 퓌비엘의 동부 해안이거나 어쩌면 크라벤? 아니면 그 너머? 동쪽은 제대로 느껴지지도 않네요. 즉, 방위만 해도 네 개. 그중 미약한 동쪽을 제외해도 세 방향에서 느껴집니다. 동시예요."

사실상 동서남북이라고 봐도 과언이 아니라는 뜻. 이렇게 되면 흔적을 찾고 추적하는 게 무슨 의미가 있을까.

이하가 고개를 갸웃거리며 물었다.

"그럴 수도 있어요?"

"아뇨, 방금 말씀드렸듯 마나 연동이거든요. 동시에 네 지역에 있지 않는 한 불가능하죠. 어떻게 이럴 수가 있지?"

"대략의 위치는 알 수 없습니까?"

"대강…… 아주 대략적인 범위는 알 수 있습니다. 잠시 만요."

페르낭이 가방을 뒤적이며 지도를 꺼냈다.

이하나 다른 유저들이 들고 있는 국가별 지도 따위가 아니었다. 말 그대로 자신이 스스로 개척해 가며 만든 지도, 미들어스 상에 하나밖에 없는 페르낭 특제의 대륙 전도였다.

'미쳤네. 뭔 지도 크기가-'

작게 접힌 것처럼 보였으나 지도는 끝없이 펴졌다.

펼쳐지고, 또 펼쳐지며 크기를 불리다보니 어느새 웬만한 돗자리보다 커진 전도, 페르낭은 그 지도 위를 폴짝거리며 세 방향에 표기를 해 나갔다.

"동쪽은 정확히 모르겠어요. 거기만 장소를 특정하기 어렵고, 나머지는 이 범위 안에서 느껴집니다."

북쪽, 샤즈라시안 지방은 삼총사가 갔던 북부 트롤 구역 너머에 동그라미가 쳐졌다.

서남쪽, 미니스 지방 또한 미니스의 국가 경계를 중심으로 안팎의 범위였다.

서서쪽 불모지에 그려진 동그라미 안에 있는 글자는 이하도 읽을 수 있었다.

'죽음의 땅……. 루거가 처음으로 푸른 수염을 발견했던 거긴가?'

브로우리스는 페르낭이 표기하는 장소들을 보며 고개를 끄덕였다.

그 정도만 되어도 충분하다는 것일까. 그러나 완전 맨땅에 헤딩보다는 확실히 수확이 있는 셈이긴 하다.

"제군들."

"옛!"

브로우리스가 삼총사를 바라보며 불렀다. 그리고 그 순간, 홀로그램 창이 다시 한 번 눈앞에 떴다.

[귀족(鬼族)장 '푸른 수염' 레 백작-1 퀘스트를 완료했습니다.]

[귀족(鬼族)장 '푸른 수염' 레 백작-2]

설명 : '마음 같아선 인류 연합의 대병력으로 수색을 하는 게 맞겠지만 지금은 그럴 수 없네. 아직 강화조약이 체결되지 않은 이상, 병력의 운용은 각국 간의 의심만 키우게 될 테니까. 나는 교황 성하의 이름으로 국왕을 설득해 강화조약 체결에 힘쓰겠네. 제군들은…….'

푸른 수염의 기운은 대륙 곳곳에서 느껴지고 있다.

　브로우리스는 세 방향으로 삼총사 일 명을 각기 파견, 정보를 수집하려 한다.

　한 가지 지역을 선택할 수 있습니다 : 북쪽, 서남쪽, 서서쪽

　내용 : 푸른 수염의 위치 정보 획득 또는 귀족 군단의 정보 획득
　　　　타 지역 선택 유저가 클리어시 자동 클리어 됩니다.

　보상 : 귀족(鬼族)장 '푸른 수염' 레 백작-3

　실패조건 : 사망 시

　실패시 : 업적-'멸망의 단초'

　추가보상 : 최초 클리어 유저에게 스탯 포인트 5개

　- 지역을 선택하십시오.

　'한 명씩을 파견해서 정보를 수집하게 한다. 이번엔 죽지만 않으면 되는 건가? 나만 잘 하면 되는 퀘스트?'

　실패 페널티는 여전하지만 실패 조건은 한결 여유 있다.

　능동적으로 움직인다면 스탯 포인트도 얻을 수 있다. 이하는 어느 지역을 선택할지 재빨리 상황들을 가정해 보았지만 곧 그런 생각 따위 할 필요가 없어졌다.

　"북쪽으로 가겠습니다."

　"죽음의 땅은 내 거다."

　"어? 어어? 고민들도 안 하고 그렇게 바로-"

"그럼 서남쪽 미니스 국경 너머를 부탁하네, 이하군."

이하의 말을 끊으며 브로우리스가 어깨를 짚었다.

'미니스!'

홀로그램 퀘스트 창은 순식간에 사라져 버렸다.

'하필이면 왜 내게 미니슨데! 지금 미니스 소속 유저들이 제일 싫어하는 유저 1위가 바로-'

퓌비엘 국 소속 기여도 1위 유저, 하이하다.

울며 겨자 먹기로 이하의 방향까지 결정되며 첫 번째 퀘스트가 종료되었다.

하지만 이때 생각했던 것만큼 푸른 수염은, 만만한 몬스터가 아니었다.

마왕의 조각 중 하나, 그 움직임과 속도, 그리고 강함 그리고 그 모든 것과 결합되는 그의 전략은 상상을 초월할 정도였다.

-형! 엉아야! 대박, 지금 어디서 뭐해? 큰일 났어!!

기정의 다급한 귓속말이 들려온 것도 그 때였다.

"다른 곳에서도 귀족鬼族들이 나타났다고……?"

"네. 지금 왕궁에서도 각 장소별 토벌단을 결성해서 특파하고 있다고 합니다. 퓌비엘에만 확인된 곳이 다섯 군데가 넘는다고—"

"레가 결국……."

이하는 기정과의 귓속말을 요약하여 브로우리스에게 말했다.

센티널 산맥의 상황처럼 푸른 수염의 마나에 오염된 몬스터들이 활개를 치고 있다는 내용이었다.

보통의 몬스터보다 압도적으로 강한데다, 평소 볼 수 없는 전투 패턴들을 갖고 있어 일반 중저렙의 유저들이 현재 일방적으로 학살을 당하고 있다는 소식들.

말하자면 이것은 마왕군에 의한 난亂이었다.

기뻐해야 할지, 슬퍼해야 할지, 아직까진 마왕의 조각 중 하나인 푸른 수염 '레'만이 나섰을 뿐인 난. 타격은 입을지언정 치명적인 수준은 아니리라.

브로우리스는 이하의 말을 들으며 복잡한 표정을 짓다가 금세 지시를 내렸다.

"페르낭 님께서는 즉각 교황 성하께 보고를 부탁드립니다."

"예, 그래야죠. 저는 애당초 여러분과 받은 임무가 다르니—"

"그리고 제군들도. 즉각 담당 지역으로 달려가 수색해 주게. 나는 왕궁으로 가서 전하를 뵐 테니."

페르낭이 또 주저리주저리 이야기를 꺼내려는 것을 브로

우리스가 자르며 삼총사에게 말했다.

"알겠습니다."

"그럼 몸조심하게. 이번 목적은 푸른 수염을 사살하는 게 아니야. 지금 자네들의 실력으론 절대 안 되네. 실력을 키우고, 조심스럽게 정보만 수집해야 해."

"두 번의 굴욕을 당할 만큼 멍청하지 않소. 여기 있는 두 놈이라면 모를까."

루거가 이하와 키드를 바라보며 조용히 입을 열었다.

그 역시도 자신이 성장해야 할 방향에 대해 고민했으리라. 이하가 뭐라고 반박해 주려 했으나 브로우리스가 먼저였다.

"그럼 서둘러 주게. 대륙이 더 위험에 빠지기 전에!"

브로우리스가 스크롤을 꺼내어 찢었다. 먼저 사라진 그의 뒤를 이어 루거도 〈코발트블루 파이톤〉을 갈무리했다.

"내가 먼저 클리어 할 테니 건드리지 마. 이번 스탯 포인트는 내 거다."

"아니, 그것 때문에 제가 북부를 고른 겁니다. 한 번 겪어 본 지역에서라면 두 사람보다 클리어 속도가 빠를 테니까."

"뭐? 진짜? 치, 치사하게! 루거도, 키드도 둘 다 그런 이유로 골랐구만?!"

스탯 포인트 5개의 매력은 그토록 큰 것인가.

각기 자신들에게 익숙한 장소를 선택함으로써 클리어 속도를 높이려는 방편이었다니, 갑자기 억울해지는 이하였다.

자신은 스토리에 이입하여 이미 푸른 수염이 다녀간 해당 장소에 무엇이 또 숨어 있을까, 하는 생각이나 하고 있었는데!

"치사? 단어의 뜻을 잘 모르는 것 같군. 역시 머저리라서 그런가. 이런 건 현명하다고 하는 거다."

"……이번만큼은 루거의 말에 동의합니다. 그럼 모두, 죽지 마시길."

루거가 핏, 코웃음을 치며 스크롤을 꺼냈고, 키드 또한 수정구를 집어 들었다. 그들이 사라지기까지는 몇 초 걸리지 않았다.

"나쁜 놈들. 하여튼 전우애가 없다니까. 아! 페르낭 씨는 다시 에즈웬으로 가시는 건가요?"

그들이 사라진 자리를 보며 이하가 입술을 비죽이곤 페르낭을 바라보았다. 개척왕은 묘한 미소를 지으며 고개를 끄덕였다.

"네. 그래야죠."

"하아아……. 이거, 이래서야 신대륙은 언제 갈 수 있을지 모르겠네요."

"하하, 어차피 퀘스트 스토리 보아하니 이번 게 마무리가 되어야 갈 수 있을 것 같던데요. 그리고 차라리 그게 다행일지도 모른다는 생각도 들고요."

원래 전쟁이 끝나면 갈 수 있게 되지 않을까 생각했던 두 사람이었다.

그러나 이하는 물론이고 페르낭조차 어렴풋이 감을 잡고 있었다. 이번 메인스트림, 이 스토리가 정리되지 않는 한, 어떤 국가에서도 신대륙 행 배를 함부로 내어주긴 힘들 것이라는 사실을.

"뭐가 다행이에요?"

"하이하 님이 저 두 사람이랑 친해 보여서요."

"응? 친해 보인다고요? 이게? 아이고, 말도 마세요."

이하는 손사래를 치다가 고개를 갸웃거리며 물었다.

"그리고 설사 친하다 한들 그게 왜 다행이에요?"

키드라면 모를까 저 루거와는 '친하다'라는 표현을 쓰기엔 어림없다고 생각하는 이하였다. 질색을 하며 물은 질문에 페르낭은 자세히 답변하지 않았다.

"언젠가 신대륙 행 배를 타 보면 알 거예요. 그럼 다음에 봐요!"

역시 알 듯, 말 듯한 미소를 지은 페르낭이 스크롤을 써서 사라졌다.

숙-! 하는 소리와 함께 이하는 센티널 산맥에 자신 혼자만 남았음을 깨달았다.

'간만에 하는 나 홀로 퀘스트라……. 게다가 두 사람은 각자에게 유리한 장소를 골랐고.'

이하는 미니스 서남부, 미니스 왕국의 경계 너머의 대지까지 가야 한다. 발견은 된 장소지만 험지여서 유저의 발길이 없는 땅.

'단단히 준비해야겠어. 아이템도 준비해야 할 게 많고 무엇보다 스킬–'

스킬이라는 단어에 이하의 표정이 변했다.

잠깐의 경악은 이내 쥐구멍에라도 숨고 싶은 감정으로 바뀌었다.

"마나 증발탄! 이런 바보!"

싸이클롭스였는지 뭔지 모를 그 녀석들에게도 마나 증발탄이라면 통하지 않았을까?

마력의 근원은 뿔. 마법이 자동 반사로 사용된다지만, 어쨌든 놈들이 서 있던 중심부에 탄을 쏘아 버렸다면 페르낭의 말처럼 뿔에 의한 자동 반응도 못했을 것이다.

그렇게 됐다면? 반경 30m이내에 있던 놈들의 마나를 모두 막게 되며 더 이상 블링크 같은 마법을 쓰지 못하지 않았을까?!

"하아아……. 내가 제일 문제였구만. 진짜 반성을 해야겠어. 아무리 루거나 키드가 옆에 있었다지만 이렇게 방심을 하고 있었나."

크롤랑의 경우에서 보였던 두 사람의 압도적인 기술들, 어쩌면 무의식중에 그것에 은근히 기대고 있었을지도 모른다.

이하는 느슨했던 자신의 각오를 팽팽히 당겼다.

'전투 패턴도 싹 정리해야겠어. 거리별로, 상황별로, 모든 전

투에 대해 시나리오를 세우고 대처한다. 우선은 아이템부터.'

이하는 수정구를 집어 들었다.

미니스에 가기 전에 미리 해야 할 일이 있었다.

10초 후 이하가 순간이동 된 장소는 헬앤빌이었다.

'이하 씨는 센티넬 산맥인가?'

퓌비엘의 왕궁에서 신나라가 친구 창을 살피다 가슴을 쓸어내렸다.

'아, 이제 헬앤빌이다. 케이 씨 말대로라면 새로운 몬스터 잡으러 간다고 했는데…… 무사한가 보네, 휴우.'

직접 물어보면 알 수 있는 간단한 사실이었지만 연회 파티 도중에 나간 사람에게 귓속말을 할 수는 없었다.

'여자 마음은 하나도 모른다니까. 보배랑 기껏 시간 맞춰 놨더니만.'

무슨 일로 어디에 갈 것이다. 끝나면 연락하마.

이 정도 간단한 언질만 있었어도 자신이 귓속말하기도 편하고 무슨 일이 있다면 잠깐 가서 도와줄 수도 있을 텐데.

자신의 도움 따위는 하등 필요 없다는 듯 구는 이하의 태도에 그녀도 서운한 마음이 들었다.

'그나저나 대체 무슨 일이었지? 논공행상의 연회를 중단할 정도의 급보였잖아? 지금까지 처음 있었던 일인데. 거기다 갑자기 등장하기 시작한 새로운 필드 보스들……. 이걸 단순한 이벤트로 봐야 하나? 아니면 지난번에 말 나온 마왕의 조각? 아니면 푸른 수염인가 하는 그 얘기들과 관련이 있는 걸까?'

그녀도 정확히 알지는 못했다.

국가전 당시에도 주로 왕궁에 있었기에 루거의 이야기를 포함하여 많은 상황들을 간접적으로 전달만 받았기 때문이다.

물론 일반 유저들과는 달리 왕궁을 오가는 고위 NPC들이나 유저들의 이야기였으므로 신빙성이 있는 말들이었지만, 그들의 말도 역시 추측이 대부분일 뿐이다.

현재 완벽하게 상황을 파악하고 있는 사람은 교황을 비롯해 몇 명 되지 않는다.

"데임."

"아, 안녕하세요. 브로우리스 씨."

그리고 그 몇 명 되지 않는 사람 중 하나인 NPC가 신나라에게 말을 걸어왔다.

"전하께선 계시는지요."

"예, 중앙궁으로 들어가신 지 얼마 안 됐어요. 갑자기 나타난 대형종 때문에 보고하러 온 기사단이 있어서-"

"그렇군요. 알겠습니다."

"네, 아, 저기- 방금 전까지 하이하 씨랑-……. 갔네."

어디서 무얼 하다 온 걸까.

센티널 산맥에 하이하가 갔어야 하는 정확한 이유를 듣고 싶었던 신나라는 결국 입맛을 다실 수밖에 없었다.

브로우리스는 그녀의 부름에 답할 겨를도 없이 바삐 발을 놀렸다.

중앙궁 내부의 알현실 근처에는 이미 많은 NPC들이 몰려 있었다.

"브로우리스 님 아니십니까."

"그간 잘 계셨습니까. 부대장님. 급히 전하께 아뢸 말씀이 있습니다만."

평소 근위대장만 왕의 근처에 있는 것과는 상황이 달랐다.

근위대의 부장들까지 전부 나와 알현실 근처를 통제하고 있었다. 이번 사건이 어떤 일과 관련된 것인지 벌써 본능적으로 깨달은 자들이 있다는 뜻이었다.

"하지만 지금 안에-"

"바로 그 안에서 나누는 내용과 관련이 있는 겁니다. 부탁 드립니다."

"아…… 그게 좀…… 일단 대신께 언질은 드릴 수 있지만-"

제2차 인마대전의 영웅이라도 왕을 아무 때나 만날 수는 없다. 왕궁의 법도를 중시하는 NPC들에게는 특히나 그렇다.

무엇보다 브로우리스는 내부에 있는 자들에게 공식적으로 배제된 인물.

부대장은 쉽사리 걸음을 옮기지 못했다.

조급한 브로우리스와 곤란한 근위부대장의 사이로, 검은 머리를 휘날리며 한 여성이 뛰어왔다.

하이하가 자신을 불러 주기만을 기다린다고?

자신을 찾아 줄 때까지 왕궁에서 넋 놓고 기다리고만 있으라고?

"세이크리드 기사단의 이름으로 긴급 요청합니다. 현재 브로우리스 님께서 가져오신 사안은 수도를 위협할 수 있는 최고급 기밀정보 중 하나라고 판단됩니다. 당장 전하를 뵈어야 합니다."

그것은 신나라의 성격에 맞지 않는 일이었다.

하이하가 다가오지 않는다면 자신이 다가가겠다는 다짐, 그것이 그녀를 평소보다 과감하게 만들었다.

찰캉- 찰캉-!

그녀의 강철 부츠가 대리석과 부딪치며 차가운 소리를 내었다. 단호하고 똑 부러지는 그녀의 표정을 보며 근위대의 부대장도 더 이상 거절을 하기 어려웠다.

"알겠습니다. 바로 말씀드리겠습니다."

무엇보다 수도방위기사단의 공식적인 이름을 건 긴급 요

청. 근위부대장이 즉각 알현실 내부로 달려 들어갔다.

"데임?! 이게 무슨-"

"곤란해하시는 것 같아서요. 제가 알아도 되는 일이라면 저도 껴 주시겠어요?"

"……물론입니다. 세이크리드 기사단 최강의 여사女士님 도움이라면 저로서는 더 바랄 것이 없습니다."

아주 잠시 당황했지만 브로우리스는 곧 모자를 벗으며 신나라에게 고개를 숙였다. 신사적인 그 행동에 신나라 또한 고개를 숙이며 예로 답했다.

순식간에 결성된 비밀 동맹.

신나라가 움직인 이유가 단지 하이하 때문임을 브로우리스가 알았다면, 아마 브로우리스도 받아들이지 않았을 것이다.

"전하께서 들라 하십니다."

잠시 후 근위부대장이 나와 두 사람을 인솔했다.

알현실에는 퓌비엘 국왕을 필두로 근위대장과 마도단장, 기존 보고 중이던 NPC 등이 버티고 서 있었다.

브로우리스, 신나라는 마도단장 로트작과 잠시 눈을 마주쳤다.

"무슨 일인가, 브로우리스. 그리고 데임 신나라까지. 수도에 위협이 되는 일이라니."

"옥체무탈 하셨습니까. 전하."

"우리 사이에 그런 인사는 무슨. 얘기 해 보게."

퓌비엘 왕이 손짓하자 무릎을 꿇었던 브로우리스와 신나라가 재빨리 일어났다.

브로우리스가 잠시 주변을 살피곤 곧 입을 열었다.

"교황 성하의 임무를 받고 센티널 산맥에서 오는 길입니다. 마왕의 조각 중 하나, 푸른 수염이 그곳에 다녀갔습니다."

"푸른 수염이?"

왕의 눈이 부릅떠졌다.

근위대장 또한 그 이름을 듣고는 상당히 놀란 표정을 보였다. 신나라는 재빨리 NPC들을 스캔했다.

그리고 랭킹 4위의 펜서가 지닌 뛰어난 동체시력은 놓치지 않았다.

로트작이 아주 약간이나마 입술을 깨무는 장면을.

'뭐지 저 표정은……?'

다른 NPC들도 마찬가지였다.

기사단 대표 전령으로 온 자도 있고, 해당 영지의 성주로 있는 귀족 NPC도 있다. 나이가 어느 정도 있거나 미들 어스 설정이 완벽히 숙지된 NPC들은 모두 놀라는 표정을 지어 보였다.

그러나 로트작만이 달랐다.

'아쉬워…… 한 건가?'

아깝다는 뉘앙스가 담겨 있었다. 다시 한 번 살필 겨를도 없이 어느새 포커페이스를 유지한 마도단장이 신나라를 쳐다보았다.

신나라는 그와 잠시 눈을 마주치다 고개를 숙였다.

'뭣 때문에? 다른 NPC들은 푸른 수염이라는 저 몬스터가 실제로 등장했고, 심지어 퓌비엘 국내에 모습을 드러냈다는 것 때문에 놀란 걸 거야.'

푸른 수염, 마왕의 조각. 신나라도 들어서 알고 있다.

교황이 강화조약을 체결하라고 파문권까지 들먹이며 이야기를 꺼냈다고 하지 않았던가.

따라서 여기 모인 자들 모두 푸른 수염이 나타났다, 라는 것 정도는 인지하고 있었을 것이다.

허나, 그 푸른 수염이 '자국 내'에 모습을 드러낸 것은 또 다른 이야기. 따라서 놀란 게 틀림없다.

'하지만 로트작은 놀라지 않았어. 아니, 오히려 아쉬워했어. 뭘? 왜 아쉬워한 거지?'

신나라는 옆에 선 브로우리스를 바라보았지만 그의 눈은 온전히 국왕에게 집중되어 있었다.

아마도 보지 못한 모양이다.

"그럼 어떡해야 하는가. 푸른 수염은 어디로 갔지? 녀석이— 그 귀족군단을 이끌고 수도로 온다는 건가?"

"아닙니다, 전하. 저와 제자들이 뒤를 쫓았으나 그 흔적만을 찾을 수 있었을 뿐입니다. 대륙 최고의 모험가가 찾은 흔적 상, 현재 푸른 수염은 대륙 각지를 돌아다니는 것으로 추정됩니다."

"후우우움……. 대륙이라."

왕이 한숨과 유사한 큰 호흡을 내뱉었다. 말 그대로 한숨 돌렸다는 뉘앙스가 들어 있었다.

"게다가 놈이 대륙을 떠도는 가운데, 금일 국내 각지에서 일어난 귀족鬼族의 난亂까지 생각한다면 푸른 수염이 돌아다니는 이유는 명확해집니다."

브로우리스는 이미 확신하고 있었다.

퓌비엘 왕국 곳곳에 새롭게 생성된 몬스터들, 유저들이 새로운 필드 보스라 불리는 그것들을 보지 않고도 그게 귀족이라 답을 내린 상태였다.

그리고 그 추측은 틀림이 없었다.

국왕을 비롯해 NPC들은 브로우리스의 보고를 들으며 침울한 표정을 지었다.

푸른 수염이 돌아다니는 이유, 제2차 인마대전을 겪은 자들이라면 그 이유를 모를 리가 없었다. 국왕이 입을 열었다.

"……또 다른 마왕의 조각들을 찾는 것인가."

"그렇게밖에 생각할 수 없습니다. 처음엔 단지 푸른 수염이 귀족 군단을 일깨우고 규합하려 하는 줄 알았습니다만─

센티널 산맥에서 생각이 바뀌었습니다."

"왜 그렇지."

"그렇게 생각하기엔 그 수가 적고 힘이 분산된 상황이기 때문입니다. 귀족 군단, 그 대형종 녀석들은 모이면 모일수록 강력한 힘을 발휘하는 법입니다. 전하께서도 겪어 보셔 잘 아시겠지만–"

"가장 끔찍한 기억 중 하나지."

"예. 푸른 수염이 그걸 모를 리 없습니다. 그렇다면 자신들의 병력을 굳이 소모해 가며, 힘을 응집하는 게 아니라 단순히 곳곳에서 자신의 마나를 불어넣은 병력을 일으키는 것은…… 소모전, 시간 끌기에 지나지 않는다고 귀결됩니다. 주된 목적은 다른 곳에 있다는 뜻이지요."

브로우리스의 말은 논리적이었다.

이 사태에 대해 처음 듣는 신나라조차 상황을 명확히 이해할 수 있을 정도로. 그가 잠시 사람들에게 생각할 시간을 준 틈, 끼어든 것은 로트작이었다.

"허나 이상하지 않소, 브로우리스. 그대도 알고 나도 알듯, 마왕군은 바다를 건너 도망쳤소. 저 여명의 바다 건너로 말이오. 이제 와서 마왕의 조각을 이곳에서 찾는다는 게 이상한 일이지 않은가. 푸른 수염이 뭣하러–"

"마도단장께서도 잘 아실 텐데요. 그 바다를 떠나던 마왕군 안에 푸른 수염도 있었다는 사실을. 허나, 푸른 수염이 발견된 곳은 불모지, 죽음의 땅의 지하였습니다. 그 '심연의 아가리'에서 저의 제자가 푸른 수염을 최초로 발견했습니다."

"흐으음…… 글쎄…… 그렇게 말해도 나는 잘 모르겠네. 심연의 아가리가 어떤 통로의 역할을 한다는 가설은 많았으나 한 번도 검증된 적이 없지 않나."

"통로가 아닙니다, 로트작 공. 푸른 수염은 그 심연의 아가리 바로 앞에 자신의 몸을 붉은 수정으로 감싼 채 봉인한 상태였습니다. 애당초 마지막에 보인 모습이 환영이었다는 뜻이지요. 놈은 한줄기의 마나조차 흘리지 않기 위해, 그 누구에게도 자신의 위치를 들키지 않기 위해 환영으로 미끼를 흘린 후 철저히 몸을 숨기고 있었단 말입니다."

"그것 또한…… 앞뒤가 안 맞지 않나. 그렇다면 자네 제자라는 자는 어떻게 발견한 거지? 그걸 발견해 놓고 어떻게 살아 돌아온 거지?"

"그것은 우연히……."

"우연히 발견되는 장소에 푸른 수염이 몸을 숨기고, 자신을 발견한 인간을 푸른 수염이 우연히 살려 주었다? 허어, 그것 참 믿기 쉬운 일이군."

로트작이 비꼬는 말투로 고개를 끄덕거렸다.

주변의 귀족 NPC들도 고개를 움직이며 로트작의 말을 수긍했다.

브로우리스가 뭐라 답하기도 전, 노회한 늙은이가 다시 입을 열었다. 노인의 목소리는 점점 커져갔다.

"푸른 수염이 나타났다는 것까지야 교황 성하께서 확언한 것이니 믿겠네만, 일련의 사태에 그 푸른 수염과 또 다른 마왕의 조각을 연결하는 것은 무리라고 보네. 확실하지도 않은 일 때문에 저 간교한 미니스, 크라벤과 강화 조약을 체결하자고? 어찌…… 어찌 전하 앞에서 그런 말을 할 수가 있는가!"

거의 부들부들 떨다시피 하는 로트작의 기세에 다른 NPC들은 입을 열 수 없었다.

"전하의 안전을 위협한 것, 어떠한 것으로도 보상받을 수 없지만! 적어도 녀석들이 다시는 그런 장난을 치지 못하도록 징벌적인 배상이라도 철저히 청구해야 하지 않겠는가! 놈들의 국토를, 부를, 그 정성 가득 담은 사죄를 충분히 받아 내는 조건이 아니라면, 어찌 강화 조약을 체결할 수 있다는 말인가? 휴전은 전쟁의 종료가 아니네, 브로우리스! 지금 자네는 전하를 능멸하고, 우리 국가를 무시하고 건가?"

"무시가 아니라-"

"그렇다면? 기존 국경선과 동일한 조건으로, 상호 피해가 있으니 아무런 금전적 배상도 없이 조약을 체결하자는 저 미니스의 제안을 그대로 받아들이고 서명하라는 건가? 그 말이야?"

로트작이 노발대발하자 브로우리스가 입을 다물었다.

왕궁 안에서 역시 마도단장의 입김은 강력했다. 무엇보다

'실리'와 관계된 이야기가 나오자 주변의 귀족들이 그의 편을 들기 시작했다는 것도 문제였다.

"로, 로트작 공의 말이 맞소, 브로우리스 경. 이번 전쟁 때문에 입은 피해가 얼마인 줄 아시오? 적어도 도시 세 개 또는 성 네 개는 받아야 하건만 놈들의 터무니없는 제안 때문에 골머리를 썩고 있단 말이오."

"크라벤은 또 어떻습니까. 저희가 요구한 전열함 100척과 그에 포함된 캘버린 포는 전부 무시하고, 기껏 캐논 포 몇 대만 덜렁 보내 왔단 말입니다. 우리가 잃은 배는, 우리 국민의 목숨은 어떡하고요?"

행군의 평원 근처 성주와 디케 해변 근처 성주의 말을 들으며 갑갑함을 느낀 것은 신나라였다.

'이래서 NPC들이랑 일처리하기가 힘든 거야……. 욕심에 눈 뒤집히면 말이 안 통하거든.'

크라벤의 경우는 조금 달랐지만 미니스와 퓌비엘은 서로가 '승자'라고 우기고 있기에 협상 테이블은 더욱 격렬할 수밖에 없었다.

'이대로라면 파문이고 뭐고 다시 전쟁을 하자는 뜻이 더 강해질 수도 있겠는데? 강화 조약 협상단에 참여한 유저들은 잠도 제대로 못 자고 서류 검토하느라 정신이 없다던데…….'

브로우리스와 로트작이 서로의 주장을 펼칠 때마다 근위 대장과 귀족들이 편을 나눠 가며 목소리를 높였다.

국왕을 설득해 당장 강화 조약을 체결하고 푸른 수염에 집중하려 했던 브로우리스와 교황의 계획이 무산된 것은 마왕의 힘이 아니었다.

인간들의 욕심이 화를 부르고 있었다.

"어? 뭐야?"

헬앤빌에 들른 이하는 황당함을 감출 수 없었다.

"지, 진짜 셔터 내렸잖아?"

보틀넥 대장간이 문을 닫은 상태였기 때문이다. 쿵, 쿵 두들기며 보틀넥이나 비어드 브라더스를 불러보지만 드워프들의 답변은 없었다.

"설마, 이사…… 간 건가?"

이하도 전쟁 도중 탄을 보급하러 한 번 들른 후로 오랜만에 들러 보는 것이라 상황을 잘 알 수 없었다.

'탄을 만들 만한 곳이 여기밖에 없는데. 불과 크롤랑 때에만 해도 키드나 루거에게서 아무런 말도 없었던 거 보면 그때까진 있었다는 소리…….'

그렇다면 옮긴 것이 비교적 최근이라는 뜻이다.

결국 수소문을 하는 수밖에. 이하는 돌아다니며 드워프들을 붙잡고 보틀넥 대장간에 대해 물었다.

"보틀넥? 그 녀석들 헛짓거리 하다가 쫓겨났잖아? 저쪽 기슭 어딘가로 옮겼다던데?"

"뭐, 뭘 했길래요?"

"나야 모르지. 어쨌든 헬앤빌에서 쫓겨난 거 보면 보통 일은 아닐걸. 아마 거의 최초지? 드워프 족장 회의를 거쳐야만 가능한 일이라고."

"흐음……. 대체 무슨……."

주변에 물어물어 위치를 겨우 확인하고서야 이하는 발걸음을 옮길 수 있었다.

족장들의 회의까지 거쳐 헬앤빌에서 추방당했다니!

이것은 이하도 알 수 있을 정도로 보통 일이 아니었다. 특히 플레이가 불가능한 드워프이기에 더욱 그랬다.

'유저들의 이권다툼이 아니라 NPC들의 판단이라는 건데. 이것도 뭔가 퀘스트가 있는 건가.'

드워프들의 권력은 '솜씨'에서 나온다.

이하도 알고 있다. 드워프 족장은 싸움을 잘해서 뽑히는 게 아니라 최고의 수제품을 만들 수 있는 사람들이 앉는 자리다.

즉, 그들의 권력은 광물, 광석에게서 가까운 자리에서 나온다고 봐도 과언이 아니라는 의미.

헬앤빌에서 멀리 떨어진 변방은 드워프들에겐 치욕이나 다름없는 일일 것이다.

'대체 뭔 일을 저지른 거야? 수정구 위치도 바꿔야겠네.'

몇 가지 보조 아이템을 의뢰하러 왔다가 별 경험을 다한다고 생각했다.

그렇게 헬앤빌에서 나와 내리막길을 걷기를 두 시간여, 멀리서 들려오는 망치 소리가 귀를 간지럽혔다.

까앙- 까앙-!

"보틀넥 님!"

"누, 누구야! 비어드, 비어드 브라더스!"

"예, 보스!"

버스럭버스럭 거리는 소리가 울려 퍼졌다.

보틀넥과 비어드 브라더스는 겁먹은 고양이처럼 날카로운 태도를 보였다. 각종 무기를 들고 나무 뒤에 숨은 그들을 보며 이하는 손을 높이 들었다.

저걸 숨는다고 숨은 건지, 비죽이 튀어나온 무기가 다 보이는데.

"저, 저예요! 하이하! 싸우러 온 사람 아니라고요!"

"……하이하?"

"나 참, 뭔 일을 저질렀길래 이런 곳으로 오셨대? 하여튼 오랜만에 뵙습니다. 뭐 필요하실까 싶어서 음료수랑 좀 사 왔-"

보틀넥과 비어드 브라더스가 멍한 표정으로 이하를 바라보았다. 이하는 멋쩍은 인사를 건네고는 주섬주섬 가방을 뒤적였다.

그 순간, 비어드 브라더스의 드워프 하나가 이하에게 달려들었다.

"이, 이놈! 너 때문에! 너 때문에!"

"차, 참아, 동생!"

"우왓?!"

옆에 있던 형이 동생을 붙잡으며 우당탕탕, 한바탕 소동이 일어났다. 이하는 뒷걸음질 치며 보틀넥과 비어드 브라더스의 안면을 살폈다. 무슨 소리지?

"뭐예요? 오랜만에 찾아온 사람을 이렇게 박대해도 되는 거예요?"

"그걸 말이라고 해?! 엉! 그, 그 키메라 아이템! 네 녀석이 기브리드와 관련이 있는 거지?! 그, 그것 때문에─ 크허어엉⋯⋯."

"그만둬, 비어드 브라더스. 둘 다 들어가 있어. 이 녀석과는 내가 얘기하겠다."

보틀넥은 피곤한 목소리로 그들을 들여보냈다.

비어드 브라더스의 동생은 급기야 훌쩍거리며 눈물까지 쏟고 있었다. 검댕 묻은 얼굴에 수염 뒤숭숭한 표정으로 눈물을 흘리는 드워프라니.

이하는 대체 이 상황을 이해할 수가 없었다.

'키메라 아이템은 또 무슨 소리야? 기브리드?'

비어드 브라더스가 난리를 치기에 보틀넥도 분명히 한소

리 할 줄 알았다. 항상 구시렁구시렁 투덜투덜 온갖 욕설이란 욕설은 입에 달고 다녔던 드워프였으니까.

그러나 이하의 걱정과 달리 보틀넥은 한숨만 내쉬고 있었다.

"너, 엘리자베스의 후예가 확실하지?"

"무슨 말씀이세요, 새삼스럽게. 제 총, 뻔히 아시면서."

"마왕의 조각과 연관이 없는 것도…… 맞지?"

"마왕의 조각?"

이하는 조금 당황했다. 여기까지 와서 또 그 이야기를 듣게 될 줄이야.

"얼마 전 푸른 수염과는 만났습니다만-"

인간들의 대규모 전쟁을 종식시킨 것은 마왕의 조각의 등장, 그것을 확언한 교황의 힘이었다.

유저가 아닌 NPC들의 종족도 그 정도 소식은 충분히 들을 정도의 시간이 흐른 상태다.

그러나 보틀넥은 고개를 저었다.

드워프의 눈이 미세하게 떨리고 있었다.

"푸른 수염에 대한 소식은 나도 들었어. 나는 그걸 말하는 게 아니야."

"네? 푸른 수염이 아니라면, 또 뭐요?"

"'기브리드'……."

보틀넥은 이하가 처음 듣는 단어를 내뱉었다. 그리곤 호흡을 가다듬으며 말을 이었다.

이하는 그 뒷말까지 듣고서야 무슨 일인지, 비어드 브라더스가 왜 난리를 쳤는지 어림잡아 볼 수 있었다.

또한 확신이 들었다.

"……마왕의 조각 중 하나, '키메라 둥지' 기브리드와 연관이 없는 것…… 맞지?"

마왕의 조각들이 조만간 깨어날 것이라는 기묘한 확신이.

당연하죠, 무슨 그런 말씀을? 기브리드라는 단어도 오늘 처음 듣는데요!

이하는 그렇게 말하려다가 잠시 뜸을 들였다. 지금은 그런 식으로 답할 때가 아니다.

보틀넥의 표정은 비장하다 못해 간절할 지경이었다.

툴툴거리면서도 항상 이하의 부탁을 들어주었던 게 무엇 때문인지 정확힌 알 수 없었으나, 이하도 보틀넥이 자신에게 일종의 애정을 갖고 있다는 건 알고 있었다.

그런 사람을 장난스럽게 대답할 정도로 이하는 바보가 아니었다.

"맹세코 기브리드와는 아무런 관계가 없습니다. 그 이름조차 오늘 처음 들었습니다."

이하는 보틀넥의 눈을 정면으로 바라보며 또박또박 말했다.

차분한 목소리, 흥분 없는 호흡, 그리고 투명한 눈동자. 드워프는 이하의 눈을 한참이나 마주치고 있었다.

혹시 갑작스런 공격을 하지 않을까, 저러다가 비어드 브라더스처럼 달려들진 않을까 걱정했지만 다행히 그런 일은 없었다.

보틀넥은 그저 크게 한숨을 내쉬었을 뿐이었다.

"그래…… 그렇겠지. 그 왈가닥의 후예 아닌가. 심성이 나쁜 사람이 할 수 있을 리가 없어. 미안하게 됐네."

"아뇨, 미안하다뇨. 무슨 그런 말씀을."

이하는 잠시 그의 안색을 살피다 슬쩍 목소리 톤을 높였다

"무슨 얘기인지 듣기 전에 그 뒤에 무기나 좀 치워 주세요. 이 근처에 설치된 함정도 해제해 주시고요."

"흐, 눈치챘나?"

"무딘 놈들이라면 걸리겠지만, 저야 엘리자베스의 후예 아닙니까. 이 정도에 걸릴 정도로 바보는 아니거든요."

이하가 장난스러운 태도로 다시 분위기를 띄우자 보틀넥도 그를 마주 보며 웃었다.

그러나 확실히 보통의 사태가 아니라는 점은 알 수 있었다.

헬앤빌에서 쫓겨난 지 얼마 되지도 않았건만, 벌써 불청객들을 내쫓기 위한 각종 장치들을 설치했다는 의미가 무엇인가.

'드워프들에게 미움을 사고 있다는 뜻인가?'

함정들을 대체 몇 개나 설치한 것일까.

처음에 이하가 나타났을 때 허접한 동작으로 나무 뒤에 숨은 것, 자신들이 숨어 있다는 걸 뻔히 노출한 등등의 움직임까지가 모두 함정이었으리라.

진짜 침입자들이 만약 그걸 보고 함부로 움직였다면…….

'하여튼 대단한 드워프들이야.'

나무 사이사이 설치된 실을 끌러 내는 보틀넥을 보며 이하가 다시금 입을 열었다.

"제가 지난번 부탁드렸던 '나이트 비젼', 그 야간투시경을 만드는 일 때문에 불려 가셨다는 얘기는 들었었는데……, 설마 그것 때문입니까? 하지만 그건…… 그건 키메라와는 아무런 관련도 없는 제 창작 아이템입니다."

구조나 원리야 현실의 것을 참고했지만, 미들 어스 안에서는 오롯이 이하의 발상이었다.

싸이클롭스의 수정체로 스코프를 만들 수 있다는 걸 알고 난 이후, 여러 가지 재료들을 통해 야간투시경의 기능을 할 수 있게끔 만들 수 있다는 것을 깨달았으니까.

"나도 그게 키메라와 관련이 없다는 건 알고 있어. 날 부른 족장들이 그저 미쳤다고만 생각했지. 그러나 그게 아니었던 모양이야."

보틀넥은 이하 쪽을 바라보지도 않고 답했다.

"후우, 들어가서 얘기하지."

그리고 마침내 마지막 함정까지 해제하고 나서야 이하는 새로운 보틀넥 대장간으로 들어가게 되었다.

"어우, 저번보다 낫네! 여기가 훨씬 넓고 크네요! 저번에 거기는 내가 들어가려면 허리 숙이고 막 난리도 아니었-"

"비어드 브라더스에게 코가 베이기 싫다면 더 이상 그런 얘기는 하지 말게."

"헙…… 넵, 알겠습니다."

보틀넥은 어느 정도 평소로 돌아와 있었지만 비어드 브라더스는 여전히 분노하고 있었다.

괜스레 분위기를 띄운다고 나섰다간 화를 당할지도 모를 분위기였다.

"그래서…… 어떻게 된 일입니까? '기브리드'는 뭐고요?"

"말하지 않았나. 마왕의 조각 중 하나야. 귀족(鬼族, 貴族)이라는 말장난으로 스스로를 백작이라 부르는 레 녀석에 비하면, 그야말로 마왕의 조각에 걸맞은 녀석이지. 온갖 몬스터를 조립해서 새로운 키메라로 만드는 게 놈의 특기니까. 놈스스로도 자신의 모습을 끝없이 바꾸어 대는 괴수……. 키메라를 토해 내는 '키메라 둥지'……."

보틀넥의 묘사에 이하가 마른침을 삼켰다.

확실히 푸른 수염은 마왕의 조각 중 하나라는 힘은 느껴졌으나, 적어도 겉모습이 이상하진 않았다.

오히려 중후한 노년 신사의 모습에 가까웠으니까.

이하는 하수구 오물통에서 꾸물텅거리는 오수덩어리를 잠시 상상했다.

"으음······. 예쁘지는 않겠다는 게 확 와닿네요. 아니, 그래서 몬스터들의 특성을 조합해 아이템을 만든 걸 보고 족장 회의에서 그렇게 결정했다는 겁니까? 보틀넥 님을 퇴출시키기로?"

"낌새는 있었어. 푸른 수염이 나타난 이후에 허겁지겁 확정된 것뿐이지. 퉤, 빌어먹을 족장 녀석들."

"낌새요?"

"네놈이 제안한 그깟 아이템 하나 때문에 내가 불려 갔을 것 같아? 그게 키메라가 아니라는 건 머리까지 광석으로 가득 찬 족장들도 알고 있는 일일 거야. 그럼에도 나를 부른 시점에서 이미 모종의 정보를 입수한 상태였다는 거고, 푸른 수염이 나타난 것을 보며 그 정보를 사실이라 확정했다는 거지."

보틀넥의 주장은 논리적이었다.

겉모습과 다르게 손놀림도 섬세하고 똑똑한 종족은 과연 눈치 또한 빨랐다. 그리고 눈치라면 이하 또한 지지 않는다.

"그 정보라는 게……. 키메라에 대한 것이라는 거군요."

"붉은 산맥 너머에 광맥을 찾으러 갔던 드워프들이 키메라 떼를 봤었다는군. 당시 족장 회의에서 화들짝 놀라 조사단까지 파견했지만, 그 후 아무런 증거도 찾지 못했었대. 그래서 그때는 그냥 넘겼던 거지."

"음……. 그냥 키메라처럼 보이는 몬스터가 어딘가로 이동했을 수도 있잖아요?"

"이동은 했을 수 있겠지…… 그러나 키메라는 자연 발생하는 몬스터가 아니야. 반드시 인공적인 손길이 있어야 한다. 인간들도 그렇지 않나. 국가와 직업을 불문하고 키메라 수정은 최악의 불법행위거든. 어쨌든 결국 증거가 발견되지 않자, '증거도 발견되지 않은 키메라가 어딘가로 이동했다.'라고 생각하는 것보다 '처음부터 없었다, 잘못 봤다.'라고 결론을 내린 거지. 그게 쉽고 빠르니까. 퉤, 멍청한 족장 녀석들. 그게 일을 더 키우는 건 줄도 모르고."

"그런 상황에서 푸른 수염이 나타났다는 소식이 들리기 시작하니…… 당시의 키메라도 진짜였을 것이다, 즉, 기브리드가 있을 가능성이 있다, 라는 결론까지 간 거군요. 근데 그것과 보틀넥을 추방한 게 관계가 있나요?"

"있지. 기브리드의 등장은 대륙을 뒤집어엎을 일 아닌가. 만약 정말 기브리드가 나타난 거라면? 모든 종족 중 가장 먼저 그것을 알아 놓고 아무런 조치도 취하지 않았다는 비난을 받을지도 몰라. 족장 의회에선 그걸 견딜 수 없었던 거겠지."

"허…… 그, 그니까 면피용으로…… 일단 보틀넥 씨를 추방한 거다? 아니, 무슨- 국회에서 할 법한 짓을- 하긴 족장회의니까 그것도 결국 의회긴 하네요."

국가 불문, 종족 불문 의회의 치졸한 행동은 모두 같은 것인가. 나중에 트집 잡히지 않기 위해 일단 보틀넥을 쳐 냈다는 뜻.

황당한 이하의 표정을 보며 보틀넥도 인상을 찌푸렸다.

"멍청한 짓이야. 나와 기브리드의 연결 고리를 찾으려다 결국 못 찾고 내린 게 추방 조치니까. 정말 증거가 나왔으면 날 죽였어야 맞는 것 아닌가. 하나만 알고 둘은 모르는 바보들이지."

바꿔 말하면 그게 바로 '마왕의 조각'이라는 단어가 갖는 힘이라는 뜻이다.

죄 없는 희생양이 필요할 정도의 힘.

'이거 참……. 아이템 의뢰하러 왔는데 말도 못 꺼내겠네.'

엄밀히 말하면 자신의 책임은 아니다.

보틀넥이 말한 대로 그 아이템이 키메라와 관계없다는 것은 보틀넥을 내쫓은 족장들도 알고 있는 사실. 그러나 어쨌든 그 계기를 제공한 건 자신이 맞다.

어떻게 이야기를 해야 할까, 고민하던 이하에게 먼저 말을 건 것은 보틀넥이었다.

"또 뭐가 아쉬워서 온 거지?"

"어, 뭐. 그런 셈이죠. 탄도 더 채워야 하고."

"그래? 그거 잘 됐군. 그럼 나 좀 도와주겠나? 지금 이곳에선 공작工作을 제대로 할 수 없어. 나는 다시 헬앤빌로 돌아가고 싶네. 그러기 위해선……."

슈아악!

기다렸다는 듯 이하의 눈앞에 홀로그램 창이 떴다.

[결자해지]

설명 : '기브리드와 연결되어 있지 않다는 증거를 보여 주면 돼. 머리에 철광석만 찬 병신들도 설득할 수 있게끔 말이지. 자네 때문이니까 자네가 좀 도와주게. 물론 맨입으로 부탁하는 건 아니야. 뭘 해야 하냐고? 당연하지 않나! 키메라를 찾아서 조지는 거지!

단…… 내가 원하는 건 키메라야. 그 이상의 위험은 필요치 않네. 단순히 키메라라면 기브리드가 아닌 다른 사람이 만들었을 수도 있지 않겠나. 지금으로선 부디 그러길 바라고 있을 뿐이네. 허나 정말로 기브리드라면……. 네 목숨이 위험해질지도 몰라.'

보틀넥은 자신이 기브리드의 수하가 아님을 드워프 족장 의회에 증명하려 한다. 키메라가 발견되었다는 붉은 산맥 너머에서 키메라를 찾고 사살하여 그 증거물을 가져오자.

내용 : 키메라의 표피 3가지 이상 습득

보상 : 보틀넥 대장간 3회 무료 이용권

실패조건 : 기브리드의 소환 시, 사망 시

실패시 : 업적-마왕의 앞잡이

　　　대륙 공통 명성 -3,000

　　　드워프 종족 NPC와의 친밀도 -60%

– 수락하시겠습니까?

"엉?"

이하는 빠르게 내역을 훑었다. 인공 생물체임이 확실한 키메라를 찾고, 그것을 죽이고, 그 표피를 구해 오라는 것.

"키메라 한 종으로는 믿어 주지도 않을 거야. 적어도 세 종은 있어야겠지."

그것도 세 종의 키메라를 잡아 오라는 부탁이었다.

"키, 키메라가 있는지 없는지도 아직 확실치가–"

"있어. 기브리드의 키메라인지, 다른 놈이 만든 것인지는 모르지만 적어도 키메라가 '있다'는 것만큼은 분명해! 족장들도 확신하고 있고. 그저 키메라들이 숨어서 못 찾은 것뿐이지."

"그래도 세 종은– 게다가 맨입으로 부탁하는 게 아니라면서 이건 뭐예요?"

보상은 보틀넥 대장간 3회 무료 이용권.

맨입이나 다름없는 거 아닌가? 심지어 말도 안 되는 실패 페널티는 대체 뭔가.

'멸망의 단초에 비하면 한결 가벼운 표현이지만 그래도 만만치 않잖아? 마왕의 앞잡이라고?'

실패 조건도 사망 하나가 아니다. 기브리드의 소환?

'내가 무슨 스킬이 있다고 기브리드를 소환해? 뭔가 이상해도 단단히 이상한데.'

당황스런 와중에도 이하의 머리가 빠르게 돌아갔다. 퀘스트 관련 정보, 정확히는 모르지만 대략적인 이름과 위치가 순식간에 뇌리를 스쳤다.

"해 줄 거야, 안 해 줄–"

"이 무료 이용권 말이에요."

"–응?"

"제가 원하는 거 다 만들 수 있는 거죠?"

"뭐, 뭘 만들려고? 내가 만들 수 있는 거라면…….'

이하에게 반 강제로 덮어씌우려던 보틀넥이었으나, 이하의 눈이 번쩍이자 기세가 수그러들었다. 이하는 마음속으로 조용히 읊조렸다.

'흥정.'

[흥정 스킬이 발동되었습니다.]

[상대가 설득될 확률이 43% 상승합니다.]

보틀넥이 불쌍한 건 불쌍한 거고, 챙길 건 챙기는 거다.

"난리는 난리구나."

정보 습득을 위한 잠시간의 로그아웃. 그사이 커뮤니티를 들어간 이하는 귀족鬼族들의 출몰에 대한 유저들의 온갖 불평들을 볼 수 있었다.

〈제목 : 아니, 오우거가 날아다니는데 저걸 어떻게 잡냐고!!!!!〉
〈제목 : [도움!] 제발 푸어 마을 몬스터 정리 점 제발 제발 제발〉
〈제목 : 싸이클롭스가 마법 쓰는 거 보신 분? ㅁㅊㅁㅊㅇ〉
〈제목 : 근데 전쟁은 끝난겨? 만겨?〉
〈제목 : 레벨 170 전후 2공대 연합 귀족군단 레이드 도전기.txt〉

'공대 두 개면 60명인데……. 레벨 170이면 결코 낮은 것도 아니다. 일단 나보다 높은 사람들이잖아.'

그러나 글의 내용은 처참한 실패의 기록이었다. 무엇보다 이것을 단순한 레이드로 생각한 게 패착이었다.

보스 몬스터 한 마리를 잡으러 가는 게 아니라, 필드 보스급의 몬스터 수십 마리와의 단체전을 생각하고 움직였어야 하는 법.

귀족 군단의 본질을 파악하지 못한 유저들은 곳곳에서 죽어 나가고 있었다.

"정보도 없이 달려들면 저렇게 된다니까."

아무런 정보 없이 달려들어 몬스터들을 산산조각 내 버리는 루거가 잠시 떠올랐지만 그건 아주 드문 경우의 예외일 뿐이었다.

일반 유저들은 필드 보스급 난이도를 갖고 대규모로 튀어나오는 귀족들을 감당하기 어려우리라.

이하는 고개를 저으며 필요한 정보를 찾았다.

붉은 산맥이라는 단어가 자꾸 눈에 걸렸기 때문이다. 어디서 들어 봤을까 싶었으나 도저히 기억에 떠오르지 않았건만.

"이럴 줄 알았다니까. 크크, 이럴 줄 알았어. 페르낭의 전도에서 본 곳이었어."

인터넷에 밝혀진 대륙 전도에 떡하니 그 이름이 적혀 있었다.

페르낭의 전도에 비하면 50%의 정밀도도 없는 것이었지만, 수많은 유저들이 힘을 합쳐 가며 만든 지도는 대충이나마 도움이 되었다.

"잘만 하면 일타쌍피다."

이하가 보는 곳은 미니스의 남서부 지역이었다.

브로우리스 퀘스트를 위해서 가야 하는 곳, 그 범위 내에 붉은 산맥이라는 이름이 자그맣게 적혀 있었다.

'오늘은 자고 내일 다시 접속해야겠다.'

이하는 지역 정보를 비롯해 필요한 여러 가지 자료를 찾은 후, 컴퓨터를 끄고 침대로 휠체어를 밀었다.

잠자리에 누우면서까지 마왕의 조각과 관련한 정보, 퀘스트를 클리어하기 위한 최적의 동선과 자료들이 그의 머릿속을 떠돌아다녔다.

'근데 마왕의 앞잡이 업적 따면 어떻게 되는 거지?'

만약 두 번 플레이할 수 있으면, 또는 미들 어스가 싱글 플레이 게임이었다면 이하는 호기심 때문에라도 한 번 도전해 보았을 거라는 상상을 하며 헛웃음을 쳤다.

'하긴, 그런 머저리가 어디 있겠어. 잠이나 자자.'

누군가는 헛웃음을 치는 일이지만, 누군가는 진지하게 고려할 수 있다는 생각까지는 미처 닿지 않았다.

"마담 쥬도 모르는 일이라고 하면 현지에서 부딪치는 수밖에 없다는 소린데……."

성스러운 그릴에 들러 푸른 수염 또는 기브리드의 키메라와 관련된 정보를 취하려 했으나 마땅한 소득은 없었다.

결국 직접 발로 뛰는 수밖에 없다는 뜻.

그러나 이하는 워프 게이트 앞에서 잠시 머뭇거렸다.

어차피 보틀넥의 퀘스트는 해결해야 한다. 헬앤빌에서 쫓겨나 재료 조달도 힘든 상황이었기에, 그는 탄 말고 다른 아이템을 만들어 줄 수 없다고 했으니까.

'즉, 내가 생각하는 보조 아이템들을 위해서라도 보틀넥 퀘스트를 깨야 해. 어차피 푸른 수염 퀘랑 동선이 겹치니까 잘 된 일이지. 잘 된 일이긴 한데……. 하아아……. 하필이면!'

그게 미니스에 있다는 게 걸렸다.

불행 중 다행이라면 누구나 이하를 보며 '퓌비엘의 전쟁영웅'과 동일시하지 못한다는 것이었다.

현재 드레이크의 코트를 입은 것과 달리 전쟁 기간 내내 불곰 코트를 입고 다녔던데, 전 세계 동시 송출되는 퓌비엘 논공행상 방송 당시에는 예복을 입었다.

즉, 외견으로 구별하는 사람은 드물 수밖에 없다.

'그래도 눈썰미 좋은 사람들은 얼굴을 기억할 테니까 그게 문제란 말이지. 제엔장.'

자신을 잡으라는 퀘스트가 미니스에서 생성되지는 않았을까, 하는 사소한(?) 걱정부터 삐뜨르나 기타 등등의 인물들에 대한 생각까지 이하의 머릿속에 떠돌았다.

"일단 가자, 가서 생각하자. 오면 다 죽이면 되지."

철컥. 노리쇠를 당기는 소리가 섬뜩하게 울려 퍼졌다.

그러나 이건 스스로를 너무 과소평가 한 것이었다. 퓌비엘 기여도 1위이자 알렉산더에게 상처를 입혔다는 소문이 미니스 국내에도 파다하게 퍼진 현재, 누가 감히 그에게 덤빈단 말인가.

치요 또한 푸른 수염과 관련된 정보를 수집하느라 이하에게서 잠시 관심을 거둔 상태였기에 특별히 위협이 될 대상은 없었다.

"좋게 생각하면 잘 된 일이잖아? 내가 샤즈라시안 북부를 선택했으면 푸른 수염 찾으러 최북단, 키메라 찾으러 최남단, 아주 그냥 대륙을 종단할 뻔했으니까. 맞아, 맞아."

이하는 스스로를 다독이며 퓌비엘 최남부의 니타이로 워프 후, 행군의 평원을 가로질러 미니스로 향했다.

파우스트와 크로울리 페어가 지배하다시피 했던 땅은 이제 그 흔적조차 남아 있지 않았다.

'위험했지. 그 녀석들의 진격 속도가 조금만 더 빨랐어도 퓌비엘 군은 완벽하게 뒤를 잡혔을 테니까.'

정확히는 에윈이 그들을 멈추게 한 것이었고, 알렉산더를 통해 퓌비엘 군을 몰아넣으려 한 작전이었지만 이하는 거기까지 알진 못했다. 바로 그 작전을 깨부순 장본인이면서 말이다.

행군의 평원을 가로지르고 미니스의 국경을 넘기까지 이하를 건드리는 사람은 없었다. 몇 시간을 뛰고 또 뛰어서 도착한 첫 번째 성, 캐슬 반카울이 이하 앞에 자리하기 전까지는.

이하가 수도에 처음 도착했을 때처럼 반카울의 입구에서도 검문이 진행되고 있었다.

'이런, 사람이라도 많으면 대충 끼어서 비벼 볼 텐데……'

퓌비엘의 수도 아엘스톡과 달리 미니스의 캐슬 반카울은 그 정도의 인원이 없었다. 물론 드나드는 사람은 있었지만 질서정연하게 한 줄로 정리되어 있어 혼잡하지 않았다.

"수정구에 손을 대어 주십시오. 감사합니다."

한 사람, 또 한 사람 이하 앞의 인원들이 캐슬 반카울 안으로 입장했다. 다가갈수록 두근거리는 심장, 마침내 이하는 자신이 함락시킨 성의 문 앞에 섰다.

'그러고 보니 우리 특임대 별초가 공성전 당시 선두였었지? 결국 이 문을 파괴한 것도 사실상 나라는 건데…….'

폭탄이 부착된 방패를 만들어 보급하고, 작전을 짠 것도 이하였다.

꿀꺽, 마른침을 삼키며 다시 한 걸음 다가서자, 이미 복구된 거대한 성문 앞의 병력들이 이하에게 눈을 부라렸다.

"소속과 성함을 대시고, 손을 올려 주십시오."

손을 올리는 순간 전투가 시작될 것인가. 가능성이 없는 건 아니다. 휴전 중이라지만 서로 간 전투가 아예 금지된 것도 아니니까.

'6.25 전쟁만 해도 휴전 협정 후 38선을 완전히 정하기까지 무려 2년이 걸렸단 말이지. 그사이 전방에선 경계선 1m를 전진시키기 위해 얼마나 피를 많이 흘렸는데.'

그런 개념처럼 전투를 걸어오면? 텔레포트 스크롤을 써야 할까? 아니면 싸워?

미니스 도시 간 워프 게이트를 사용하려면 반드시 하나의 도시라도 들어가야만 하는데!

"현재 '휴전' 중인 국가 퓌비엘 소속, 하이하입니다."

휴전을 강조하며 이하가 손을 올렸다. 부우웅-! 수정구가 울부짖으며 붉은빛을 내뿜었다.

이전까지 옅은 푸른빛을 내뿜던 것과는 확연히 다른 반응에, 이하는 반사적으로 블랙 베스의 케이스를 열며 총기를 꺼내려 했다.

"하, 하이하!"

"여기- 여기엔- 여긴 어쩐 일로……?"

경비병들이 경악하며 두어 걸음 물러서기 전까지만 해도 말이다.

"응?"

방금 전까지 눈을 부라리던 무서운 반카울의 수비 병력들은 어느새 순한 양이 되어 있었다.

Geschoss 3

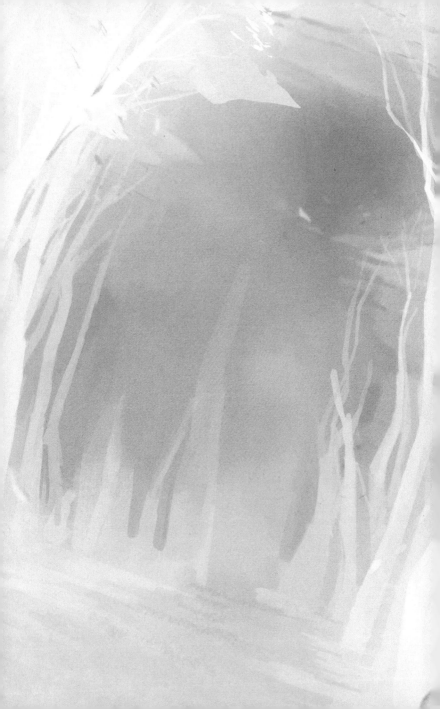

  저벅, 저벅. 적어도 이하는 NPC와 유저를 구분하는 확실한 방법을 알아냈다. 자신이 걸음을 걸을 때 그냥 물러서는 사람들은 유저.

  "저 사람이 하이하래."

  "저거 때문에- 저놈 때문에 우리 성이 박살 났다면서!? 왜 저런 놈을 들인 거야?"

  "쉿! 쉿! 죽고 싶어서 그래? 저 흉악한 눈 봐, 눈, 저게 살인자의 눈이라니까. 눈만 마주쳐도 사람 죽일 놈이 저런 놈이야!"

  이런 소리를 하면서 얼굴을 흘긋대는 사람들은 NPC.

  상점가의 미니스 소속 민간인 NPC들은 이하를 두려워하는 동시에 경멸했다.

  이걸 좋아해야 할지, 슬퍼해야 할지.

워프 게이트에 도착할 때까지 이하는 미니스의 NPC들에게 괴물 취급을 받았다.

  '명성은 올라갔는데 친밀도가 떨어지니 이런 꼴이 나는구만. 쩝. 워프시켜 주는 것만으로도 고맙게 생각해야 하나.'

  워프 게이트의 NPC를 통해 이하는 캐슬 반카울에서 붉은 산맥과 인접한 도시, 라드클리프로 이동했다.

  그곳에서도 이하는 마찬가지의 취급을 당했다. 그렇다고 기분이 나쁠 것은 없었으나 다소 아쉬운 점은 있었다.

  "저기, 어르신?"

  "흐어어어, 저리 가! 이노오옴! 나도 죽이려고 하느냐!"

  "아니, 그게 아니라요. 붉은 산맥 너머의 몬스터-"

  "이놈, 고얀 놈! 동네 사람들! 우리 마을에 살인마가 나타났어요! 동네 사람들!"

  "하아아……."

  바로 정보를 얻을 수가 없다는 것.

  지역을 불문하고 미니스의 NPC들이 이하에게 갖는 비협조적 태도는 이번 퀘스트의 방해가 될 것이 분명했다.

  "그리핀 잡으러 갈 법사 구합니다~! 원딜 2명 대기 중, 3인 팟으로 고고!"

  "탱커나 딜탱 구합니다~! 렙제 170~! 붉은 산맥 쪽으로 사냥 가실 분! 비행 몹 탱킹 요령 아는 사람만요~ 님! 님! 혹시 탱 되세요? 저희랑 같이 가실래요?"

두 번째 선택지는 유저들.

파티에 끼어서 움직이거나 그들에게 물어보는 것도 하나의 방편이었다.

파티원을 구한다는 유저가 한 사람을 붙잡고 늘어지는 모습을 보며 이하도 잠시 고민했다.

"손 치워."

"엑?"

혼자 돌아다니기에 혹시 파티를 구하는 유저일까 싶어서 붙잡았을 것이다. 그 대상이 된 사람은 새빨간 삭발 머리의 남성이었다.

자이언트 정도는 아니지만 꽤 거구여서 사람들의 눈길을 끌기에 충분한 사내였다.

"죽고 싶지 않으면 손 치우라고."

"어…… 예……."

탱커나 딜탱을 구한다는 파티장이 조심스레 손을 떼었다. 조용히 계획을 점검하던 이하조차 그의 행동에 눈이 갔다.

'농구 만화를 인상 깊게 본 사람인가? 닉네임 강백호랑 딱 어울릴 것 같네. 아니, 그리고 이놈의 미들 어스는 레벨이 오를수록 비매너 유저들이 많아지는 느낌이란 말이지. 저 사람 루거랑 붙여 놓으면 볼만하겠는- 응?'

새빨간 색의 삭발 머리의 남성은 주변을 살피다 이하와 눈을 마주쳤다.

꿀꺽!

이하는 자신의 생각을 읽힌 기분이 들어 그와 마주치던 눈을 돌렸다. 그럼에도 남성은 이하에게서 눈을 돌리지 않았다.

마치 눈빛으로 이하의 몸에 구멍이라도 내겠다는 듯, 힘을 주는 그의 기세가 이하에게 계속 느껴졌다.

'끄아……. 왜 저러지? 날 알아본 건가?'

이곳은 미니스 국내, 미니스 유저일 확률이 높다.

혹시 전쟁 중 이하가 죽였던 사람이거나 그런 건 아닐까?

이하가 이곳에서 미움 받을 이유는 충분했기에 제 발 저린 것도 있었다.

잠시 다른 곳을 쳐다보는 척 하다 재빨리 고개를 휘익, 돌리는 이하. 방금 전까지 자신을 뚫어지게 바라보던 남성은 사라진 후였다.

"휴, 갑자기 공격이라도 하면 어쩌나 했네. 역시 파티는 안 되겠어."

위험하다. 더불어 정보라도 누출될 경우 괜히 피곤해지기만 할 것이다.

유저들에게 묻는 것도 시원찮고, 파티에 끼기도 난감한 그 상황에서 이하의 머릿속에 한 사람의 이름이 떠올랐다.

"아! 바보 같으니."

불현듯 생각난 한 사람, 이하는 친구 창을 열어 즉각 그의 상태를 확인했다.

-페르낭 님! 안녕하세요!

-아, 하이하 님. 붉은 산맥부터 다니시려고요? 잘 정하셨네요.

정보 확인!

NPC들에게 확인? 유저들에게 물어봐?

이런 정보에 대해 누구보다 잘 아는 사람을 지인으로 둔 이하가 아니던가? NPC들에게도 개척왕이라고 불리는 모험가 페르낭이 있다!

실제로 페르낭은 이하의 위치를 보자마자 그의 경로를 추측해 대답하며 이하의 기대를 충족시켜 주고 있었다.

-역시 개척왕이시라니까. 그 푸른 수염 말고도 지금 다른 퀘가 하나 있어서요. 아, 다름이 아니라 그쪽에 키메라 같은 몬스터가 나오는지 알고 계신가요?

-키메라요?

-네. 키메라 '떼'라고 할 정도로 뭐가 많이 나왔던 모양인데……. 페르낭 님이라면 알고 계시지 않을까 해서.

-꽤 예전에 한 번 본 적이 있긴 한데……. 미니스 국경 안쪽은 아니었어요. 붉은 산맥을 타고 국경 밖으로 넘어간 곳에서-

-정말? 본 적 있어요?

-드워프들이랑 무슨 광산 찾는 퀘 같은 게 있었거든요.

그거 하다가 흐지부지되고 퀘스트 실패한 적이 있어서 기억에 남네요.

'헐⋯⋯.'

이하는 보틀넥이 했던 말이 떠올랐다.

새로운 광맥을 찾으러 갔다 키메라 떼를 발견했다는 게 최초 보고라고 했었지.

지금 페르낭의 말이 무엇인가.

그 최초 보고가 있었던 사건을 이끌었던 유저가 바로 이하의 곁에 있었다.

'잠깐. 이럴 거면 그냥 키메라 파편 말고 페르낭을 데리고 가서 증인으로 삼으면 되지 않으려나? 그렇겐 안 될까? 아니, 그게 아니겠구나. 지금 해야 할 일은 키메라가 있냐, 없냐가 아니라 보틀넥이 키메라와 관련이 없다는 걸 증명해야하는 퀘스트니까⋯⋯.'

−혹시 키메라 잡으러 가시는 거면 조심하세요.

이하가 생각을 정리하는 사이, 페르낭이 다시 귓속말을 보내 왔다. 그의 목소리는 낮고 무거웠다.

−역시 강한가요?

-키메라도 키메라지만 그쪽에 드래곤이 살거든요. 아마 아는 사람은 거의 없을 거예요.

-엥? 드래곤? 화, 화이트 드래곤 레이드 장소는 이쪽이 아니잖아요.

-흐흐, 드래곤이 화이트만 있나요? 드래곤 중 제일 약한 게 화이트라서 다들 화이트 레이드만 뛰니까 그렇게 생각하시는 건가? 붉은 산맥에도 드래곤 레어 있어요.

-헐! 이런……. 혹시 무슨 드래곤인지는 아세요? 종류라든가-

-레어 반응만 보고 바로 튀어서 잘 모르겠네요. 지형 이름과 관계가 있으니까, 뭐, 레드 드래곤이려나? 아니, 드워프들이 그때 동광맥을 찾는다고 한 걸 보면, 그쪽 관련된 메탈 드래곤일 수도 있을 것 같고요.

-음……, 알겠습니다. 정보 감사드려요!

-네, 푸른 수염 흔적도 찾으면 바로 연락 주세요!

정보를 얻는다고 마음이 가벼워지는 것만은 아니었다.

키메라에 대한 소식을 들어 기뻤지만 드래곤이라니. 이하의 머리가 더욱 어지럽게 복잡해졌다.

'동광맥과 관련이 있으려면 코퍼Copper(동) 드래곤, 브론즈 Bronze(청동) 드래곤, 브라스Brass(황동) 드래곤 중 하나이려나? 만약 그렇다면 그나마 다행일 것 같긴 한데…… 혹시 레드라면-'

골드 드래곤 베일리푸스의 축복을 받았던 이하다.

메탈 드래곤과는 플러스 친밀도 효과가 있지만 컬러 드래곤과는 마이너스 친밀도 효과가 있다.

즉, 붉은 산맥에 어떤 드래곤이 사느냐에 따라 이하의 안전성이 천지 차이로 바뀔 수 있다는 뜻이다.

"후우우······. 우선 가 볼–"

"잠깐."

터덜터덜 마을 밖으로 향하려던 이하를 붙잡는 소리가 들린 것은 그때였다. 그리고 돌아본 이하는 놀라지 않을 수 없었다.

"가, 강백호–"

새빨간 삭발 머리의 남성이 그곳에 서 있었다. 결코 호의적인 눈은 아니었다.

"강백호?"

"아니, 아니, 그게 아니라–"

너무 놀라서 자기도 모르게 마음에 있던 말을 내뱉어 버린 이하.

강백호란 단어를 들은 빨간 머리의 남성이 고개를 갸웃거렸다. 이하는 그사이 가까스로 심정을 다스리곤 다시 침착함을 되찾았다.

어차피 이곳은 도시 내부, 아무리 미니스의 유저라고 해도 당장 자신을 공격할 가능성은 낮다.

"무슨 일이시죠?"

"밖으로 나가는 건가?"

"네?"

"라드클리프 밖으로 나가는 거냐고 물었다. 붉은 산맥으로 가나?"

뭐야, 이건?

이쯤 되니 이하도 슬쩍 기분이 상했다. 아까 다른 유저에게 대하는 태도로 보아 정상이 아니라는 건 알았지만 다짜고짜 반말이라니!

"그걸 알아서 뭐하게?"

"뭐?"

이하도 성깔이 없는 게 아니다. 그리고 이런 형태의 유저들을 이미 몇 번이나 거쳐 왔다.

무엇보다 루거에게 단련된 이하에게 이 정도는 애교도 못 되었다.

"내가 당신한테 말해야 할 이유도 없거니와, 뭘 물어보고 싶으면 일단 예의부터 갖춰. 그럼 이만-"

"아니, 잠깐!"

냉정하게 돌아서는 이하를 남성이 붙잡았다.

콱-! 팔뚝을 붙잡는 힘이 범상치 않았다.

"뭐하는 짓이야, 이거 안 놔? 적대적으로 인식되었으면 넌 바로 죽었어."

만약 조금이라 HP가 빠졌다면 조치를 취하려 했건만 그
정도는 아니었다. 이하가 인상을 쓰자 남성의 입꼬리가 스르
르 올라갔다.

"미안하게 됐다. 기분을 나쁘게 하려는 건 아니었다. 그냥
궁금했던 것뿐이다. 내가 도움이 될 수 있지 않을까 싶어 말
을 걸었다."

"응?"

"붉은 산맥을 탐험하려는데 몬스터가 많아 혼자 다니긴 위
험하다. 당신이 만약 그곳으로 간다면 나와 함께 가는 게 서
로에게 도움이 되지 않을까."

이하는 고개를 갸웃거리며 새빨간 삭발 남성을 올려다보았다.

뭘까, 이 어색한 말투는.

'NPC인가……? 아니, 아까 그 파티에서도 막 붙잡으려 한
걸 보면 유저 같기는 한데. 어느 나라 사람이기에 대화가 이
렇지? 인간 같기도 하고, NPC 같기도 하고……. 소수민족인
가? 그래서 번역이 매끄럽지 못한 건가.'

퀘스트 창이나 다른 게 뜨지 않는 것으로 보아 도시 내
NPC는 아닐 거라는 추측이 들었다.

그러나 유저라고 생각하기엔 말투가 너무 어색했다.

그래도 어쨌든 미안하다는 말을 한 이상, 이하도 그를 사
람 대접은 해야 한다는 생각이 들었다.

'까무잡잡한 피부에 우뚝한 코, 움푹 파인 눈……. 동양 쪽은 확실히 아니고 터키? 아랍인? 그런 쪽인가.'

각국의 언어가 자동으로 번역되는 시스템이라지만 그건 사람들의 평가일 뿐, 이하가 전부 겪어 본 것은 아니었다.

즉, 아직 만나 보지 못한 국가의 유저라면 그럴 수 있겠다, 라는 게 합리적인 추측이었다.

"싫은가? 하지만 내 말은 믿는 게 좋다. 다른 사람들은 모를 거다, 붉은 산맥에 드래곤이 있다는 사실을."

"어?"

그리고 그 한 마디가 고민하던 이하를 편하게 만들어 주었다.

페르낭조차 아는 사람이 몇 없을 거라며 알려 준 극비 정보다. 그걸 알고 있다는 건 이 사람 또한 정보 수집력이 매우 뛰어나거나 실제로 붉은 산맥의 곳곳을 돌아다녀 본 자라는 의미.

'당연히 키메라에 대해서도 알고 있을 확률이 높다.'

썩 사람 기분 좋게 만드는 유저는 아니지만, 도움이 된다면 굳이 내칠 이유도 없긴 하다.

"파티해서 같이 가자 이거죠?"

"그렇다."

"레벨은?"

남성은 잠시 이하를 바라보았다. 사실 파티 사냥이 주목적이 아니었기에 레벨을 따질 필요는 없었지만 이하가 물은 것은 그 때문이 아니었다.

"183."

"흐음, 오케이. 닉네임 불러 보세요 파티 걸 테니까."

"쿳시."

유저와 NPC를 가르는 최종 단계.

붉은 머리의 남성은 이하의 마지막 테스트를 통과했다.

NPC 중에서도 레벨이라는 개념을 이해하는 자들이 몇몇 있지만 그건 쥬 정도나 되어야 한다.

'정보를 다루면서 동시에 유저들과 깊은 관계를 맺는 특정 NPC가 아니라면 게임에 대한 이해도가 없기 때문에 레벨이라는 단어를 못 알아듣는다는 뜻이지. 게다가 딱 경험치를 나눠 먹을 수 있는 레벨이면 뭐 나쁘지 않긴 한데…….'

레벨 차이 20.

아슬아슬한 그 범위 안에 들어 있는 것도 묘하게 자신과 인연이 있다는 생각이 들긴 했다.

이하는 새빨간 삭발 머리의 남성, 쿳시와 파티를 맺은 후 라드클리프 도시를 빠져나갔다.

"근데 그…… 쿳시는 붉은 산맥은 왜 가는 건데…… 요?"

"찾아야 할 것이 있다."

"흐음. 퀘스트 같은 건가."

처음의 그 안하무인격 태도를 보자면 이하도 쿳시를 막대하고 싶었으나 그의 외모가 그렇게 만들질 않았다.

척 봐도 나이가 결코 적지 않다.

어쩌면 브로우리스, 태일과 비슷하지 않을까 싶을 정도의 얼굴, 대략 40대 중반 이상의 유저로 보이니, 말을 막 놓기 어려웠다.

"근데 뭐하러 저랑 같이 가는 거죠? 제 레벨이나 아이템 같은 건 안 궁금하시고?"

"궁금하다."

"흐응……."

그럼 물어보는 게 일반적이지 않나?

궁금하다는 건지, 안 궁금하다는 건지. 이하는 쿳시의 모호한 태도를 보며 고개를 갸웃거렸다.

이쯤 되니 왜 이하를 필요로 했는지도 모를 지경이었다.

'레벨 183에 템도 괜찮아 보인다. 아마도 딜탱 계통 같은데.'

전사류 직업군이면서 방패가 없다면 당연히 딜탱 계통, 무엇보다 등에 엇갈려 매어진 두 자루의 곡도曲刀가 증거였다.

'뭐하러 나랑 가자는 거지? 설마 날 희생양 삼아 어디다 던지고 지 필요한 것만 쏙 빼먹겠다, 뭐 이런 속셈인가?'

드래곤에 대해서 알고 있는 자다.

드래곤이 한 명의 인간을 희생양으로 필요하다고 요구할 시, 저런 식의 태도를 보일지도 모른다.

정작 곁에서 걷고 있는 쿳시는 아무 생각 없어 보였지만, 이하는 이런저런 상황을 떠올리며 대비책을 마련하고 있었다.

"제 닉네임은 보이시죠?"

"하이하."

"으, 으응, 그렇죠."

미니스 사람은 아닌 걸까?

이하는 자신의 이름을 듣고도 변하지 않는 그의 태도를 보며 더더욱 생각의 미궁에 빠졌다.

대체 뭐하는 인간이야?

'모르겠다. 일단 대비하면서…… 뭐, 나도 보험용으로 기댈 사람 하나 찾았다, 라고 생각해야지. 일단 대화거리가 없잖아.'

라드클리프를 나와 붉은 산맥으로 향하는 두 사람, 중간중간 유저들의 사냥터들이 있었지만 애당초 둘 모두 그게 목적이 아니었기에 둘의 이동은 상당히 빨랐다.

미니스 국경 내에 있는 붉은 산맥을 오르기 시작하고, 유저들의 사냥터들을 지나 얼마나 되었을까.

거의 몇 시간이 넘도록 이하는 그와 별다른 대화를 하지 않았다. 간혹 한 마디씩 어색함을 풀기 위해 대화를 시도해 보았으나 쿳시에게서 별다른 반응이 없었기 때문이다.

그의 목적은 말 그대로 '붉은 산맥'을 탐험하는 것 외에는 없어 보였다.

삐이이익-!

"오, 그리핀이다. 잡고 갈까요?"

"아니."

"끙, 그럼 잠깐 앉아 있어 봐요."

이하는 직감적으로 알 수 있었다. 이제 나오는 산등성이들에 진입한다면 미니스 국경을 완전히 넘게 될 것이다.

즉, 기존 미개척지였던 영역까지 들어가게 된다는 뜻.

한때 페르낭과 드워프들이 광맥을 찾으러 다녔던 장소에 도달한다는 의미다.

'만약 키메라가 있다면 그쯤부터 보이기 시작하겠지.'

미리 대비해 둬야 했다. 키메라라는 것은 인공 합성 몬스터. 여러 가지 몬스터의 특성을 합쳐 만드는 것. 붉은 산맥에 주로 나오는 그리핀이 그 재료가 되지 않았다는 보장은 없기 때문이다.

"후우우……. 엄청 빠르네."

독수리의 머리에 사자의 몸, 그리핀의 존재 자체가 키메라 같은 느낌이었다. 물론 그것은 현실에서의 일이며 미들 어스 내에선 그저 고유 몬스터의 하나일 뿐이지만.

이하는 블랙 베스를 꺼내어 들고 조용히 하늘로 겨눴다.

슈우우- 공중을 날고 있는 그리핀은 아직 이하와 쿳시를 발견하지 못한 상황. 쿳시는 옆에서 팔짱을 낀 채 이하를 지켜보았다.

'속도는 징겅겅이 변신했던 금독수리급? 아니, 그거보다

아주 약간 느린 것 같긴 한데. 예전 캔들 캐슬의 검독수리 생각나는구만.'

일반적인 원거리 딜러라면 맞추기도 힘든 거리와 높이의 대상을 향해 방아쇠를 당기는 도중, 이하에게 든 생각은 한 가지였다.

'템 나눠 달라고 하진 않겠지? 나 혼자 잡은 건데. 아니지, 이거 사실상 쫄 해 주는 거잖아?

투콰아아아아앙————!

이런 허튼 생각을 하면서 격발했음에도 날고 있는 그리핀의 목은 꺾인 상태였다.

레벨 170의 그리핀도 이하의 블랙 베스를 한 발조차 견딜 수 없었다. 커다란 짐승이 추락하는 속도는 아주 빨랐다.

"대단해……. 위협적인 무기군."

쿳시의 눈동자가 조금 확장되었다. 놀람의 표현보다는 경계, 위협의 표정이라고 보는 게 더 맞을 것 같은 얼굴.

이하는 블랙 베스를 재빨리 갈무리하고 그에게 물었다.

"머스킷은 처음 보시나 봐요?"

"그게 머스킷인가? 내가 아는 것과 다르다."

"흐음, 뭐. 아이템 종류는 원래 여러 개니까."

이하는 슬쩍 쿳시의 눈치를 살폈다. 사실 블랙 베스는 머스킷과 구동원리부터 완전히 다른 총기류다.

현대적 총기나 머스킷 중 하나에 대해서만 개념을 알아도 그 두 가지를 혼동하기는 쉽지 않다.

'한국 사람이면 보자마자 소총류임을 알 거고. 징병 생활을 하지 않는 국가 출신이라도 얼추 알 법 한데.'

심지어 머스킷에 대해서 알고 있다고 말하는 쿳시가 블랙 베스와 머스킷이 어떻게 다른지 집어내지 못한다는 게 이하에겐 도리어 놀라운 일이었다.

'쩝, 무엇보다 퓌비엘의 영웅, 국가전에서 명성을 드높인 사람을 코앞에 두고도 못 알아보는 게 조금 아쉽네.'

못 알아보기 때문에 행동하긴 편하지만 다소 섭섭한 감정이 드는 것도 사실이었다. 이하는 그리핀에게서 나온 잡템을 루팅 후 다시 쿳시와 함께 움직였다.

"근데 쿳시는 어딜 탐험해야 하는 건데요? 그냥 이렇게 무작정 걸어도 되는 건가?"

"아직 멀었다. 나는 드래곤의 근처로 가야 한다."

"드래곤 근처라……. 그 부근에 다른 몬스터 나오는 거 없어요? 그리핀이나 하피 같은 거 말고."

"다른 몬스터?"

그렇게 또 하나의 산등성이를 넘을 때쯤, 이하가 쿳시에게 말을 걸었다. 이제 유저들은 아예 오지도 않는 지역이며 간

간히 등장하던 몬스터조차 출몰이 줄어든 상황.

몬스터 생태계의 변화가 생길 만한 지점이었기 때문이다.

"뭐…… 키메라 같은 거라던가?"

"키메라를 찾으러 온 거였나."

"꼭 찾으러 온 건 아닌데, 겸사겸사죠. 쿳시가 알 것 같기도 해서."

"나를 도와주겠다고 약속하면 알려 주지."

"응? 알아요?"

이하의 물음에 쿳시가 고개를 끄덕였다. 역시! 이하는 자신의 추측이 맞았음을 기뻐했다.

"뭔데? 뭘 도와드리면 되는데요?"

"별거 아니다. 드래곤의 레어 근처에서 조사할 게 있는데, 거기까지만 같이 가면 된다."

별거 아닐 리가 없는 제안이었다.

이하는 아까 했던 상상-드래곤에게 자신을 제물로 바치고 쿳시 혼자 목적을 달성하는-을 다시 떠올리며 그의 안면을 살폈다.

"……그러다 드래곤이라도 나오면?"

"즉각 텔레포트를 쓰면 된다. 내 목적은 드래곤과 만나는 게 아니라 그 근처로 가는 것. 가는 길의 몬스터들을 처리해 주며 내 일이 끝날 때까지 기다려 준다고 약속하면 키메라가 있는 곳을 알려 주겠다."

조금 화가 나 보이는 표정이긴 했지만, 적어도 그의 말에서 의심스러운 점은 느껴지지 않았다.

무엇보다 이하는 저런 식으로 경험치를 얻거나 스킬을 연마하는 유저를 둘이나 알고 있지 않던가.

'페르낭이나 징경경 류의 직업인가……? 하긴, 징경경의 드루이드도 딜탱이라면 딜탱이지. 딜탱힐이 전부 애매하게 될 뿐.'

징경경 또한 자신이 조사할 동안 주변을 지켜 줄 사람이 필요해서 이하를 찾곤 했었으니까.

그게 사실이라면 딱히 손해 볼 거 없는 제안이다.

어차피 같이 움직이기로 나온 것이었으며, 무엇보다 약속만 해도 키메라의 위치를 알려 준다는데 거절할 이유는 없다.

"좋아요. 그럼 먼저 키메라를 잡고 움직이는 건 어때요?"

"그래? 좋다. 이쪽이다."

쿳시는 이하의 말이 끝나기 무섭게 성큼성큼 속도를 높였다.

'사람을 잘 믿는다고 해야 하는 건지…….'

특별히 약속 지키라고 강조하는 말도 없었고, 그렇다고 〈계약서〉 같은 아이템을 꺼내는 것도 아니었다.

"근방에 키메라가 있다지만 아무나 발견할 수는 없다. 평소엔 모두 결계 안에 숨어 있으니까."

"아, 그래요?"

"그렇다."

쿳시는 이하를 데리고 간 곳은 그로부터 다시 두어 시간

이상 가야 하는 장소였다.

이제 다른 몬스터는 아예 보이지도 않는 휑한 장소에는 바닥에 깔린 붉은 황토와 줄기까지 빨간 레드 우드들이 무성하게 자라 있었다.

그야말로 붉은 산맥이라는 이름에 딱 맞는 곳에 도착하고 나서야 쿳시는 발을 멈췄다.

"키메라를 죽이는 게 목적인가?"

"어, 네."

"그렇다면 준비하라."

쿳시는 등에 맨 검 두 자루를 꺼내어 들었다.

라드클리프 도시를 떠난 지 다섯 시간이 지난 상황에서야 처음으로 보는 전투 자세. 이하 또한 블랙 베스를 들어 올리며 마른침을 삼켰다.

키메라에 대한 대비이기도 했지만 동시에 쿳시를 견제하는 행동이기도 했다. 쿳시는 그런 이하를 잠시 살피며 근처에 있는 레드 우드를 향했다. 하늘로 높게 뻗은 레드 우드 중에서도 유독 두꺼운 나무 한 그루.

"간다."

쉬이이잇-!

사람의 몸통보다 두꺼운 나무 기둥을 향해 쿳시는 이도를 휘둘렀다.

검날이 보이지도 않을 정도의 쾌속이었으며, 동시에 나무 자체를 통째로 잘라 버리는 괴력의 검술이었다.

"우와!? 우와?! 우와아아앗!"

검술에 대한 감탄, 방금 전까지 아무것도 없던 지형에 결계가 벗겨지는 장면에 대한 놀람, 그리고 마지막은 키메라에 대한 경악이었다.

크루루루———!

"이렇게 많다는 것부터 얘기를 했어야 하는 거 아닌가?!"

그 수가 오십은 족히 넘을 것 같은 인공 합성 생명체들이 이하를 향해 고개를 돌렸다.

"크루루룻!"

"크루, 크루아아아앗!"

"미친!"

철컥, 즉각 노리쇠를 당기며 키메라 한 기를 향해 발포, 블랙 베스의 탄환이 놈의 머리를 관통했다.

그러나 이하는 움직임을 멈출 수 없었다.

기다란 목에 연결된 가장 머리다운 머리를 부쉈으나 키메라는 여전히 움직이고 있었기 때문이다. 옆구리에 튀어나온 또 다른 머리에서 침을 튀겨 가면서.

"뭐 이렇게 끔찍한 몬스터가-"

휘이이익!

순간 옆구리에 있던 얼굴이 무언가를 내뱉었다. 블랙 베스를 들어 올리던 이하가 가까스로 몸을 날려 피한 곳에 떨어진 걸쭉한 액체.

땅에 닿기 무섭게 츠츠츠, 그것은 자갈과 바닥을 부식시키기 시작했다.

'독액, 아니 산성액!'

형태뿐 아니라 기능적인 면에서도 악독한 것인가.

"크루루루룻!"

"꺼져!"

투콰아아앙!

다시 한 번 격발, 블랙 베스의 총성이 울리자 키메라의 또 다른 얼굴 하나가 터져 나갔다.

옆구리에 붙어 있던 머리와 함께 내장이 한껏 헤집어졌을 터인데도 놈의 움직임은 멈추지 않았다.

'제기랄……. 큰일이야, 내가 생각한 그런 키메라가 아니었어!'

오십이 넘는 키메라 중 단 한 기조차 이렇게 상대하기 힘들단 말인가. 이하는 입술을 질근거렸다.

'그리핀이나 하피처럼 각각의 특성을 합친 몬스터라고 생각했는데 이건 무슨-'

그게 아니었다.

깔끔하게 몬스터들의 특성을 따와 새롭게 창조한 게 아니라, 문자 그대로 몬스터와 몬스터를 하나로 뭉뚱그려 놓은 것에 가까웠다.

머리가 세 개인 놈이 있질 않나, 팔이 열두 개인 놈이 있질 않나, 트롤 다섯 마리를 잘 녹여서 주물럭거리며 한 덩어리로 뭉쳐 놓은 것처럼 생긴 놈이 있질 않나…….

형태부터 구역질이 나오게 생긴 게 바로 미들 어스의 키메라였던 것이다.

"소울 링크!"

퐈아아아아——!

이하는 더 이상 지체할 수 없었다.

무엇이 약점이고 어디가 즉사 포인트인지 특정하기 힘든 형태를 상대로는 저격총이 큰 의미를 지니지 못한다.

어떤 의미론 키메라야말로 이하가 가장 상대하기 힘든 몬스터라고 봐야 했다.

[소울 링크 스킬이 발동되었습니다.]
[소울 링크 스킬이 전문가 등급이 되었습니다.]
[30분간 소울 메이트가 소환됩니다.]
[소울 메이트의 현재 레벨은 66입니다.]
[사용자 레벨의 100%가 가중됩니다.]
[강화된 소울 메이트의 현재 레벨은 229입니다.]

"음?"

터질 듯한 붉은빛과 함께 이하의 눈앞에 보인 알림창, 그건 불행의 늪에 드리워진 한줄기 희망이었다.

소울 링크 스킬의 등급이 상승한 것!

〈숙련된 소울 링크〉가 〈전문가의 소울 링크〉가 되며 옵션이 부가된 것이다. 숙련된 등급일 때 75%의 가중치가 전문가 등급이 되며 100%가 되었다.

가중치 25% 포인트 차이는, 특히 200레벨 이상부터 1레벨, 1스탯이 중요한 미들 어스에서 엄청난 격차를 보일 수 있는 수준이다.

그것을 이하가 모를 리 없었다.

꾸어어어어엉———!

"그렇다고 곰이 말을 하게 되는 건 아니지만, 그래도-"

투콰아아앙——!

이하는 꼬마의 포효 소리에 맞춰 한 발을 발포했다. 등장하자마자 온몸을 불태우기 시작한 꼬마는 즉각 이하의 공격과 호흡을 맞췄다.

"-조져 버려, 꼬마야!"

"크루루루-"

"꾸어어어엉!"

도통 무엇으로 만들었는지 흘러내리는 피부를 갖고 있는 키메라 한 기가 꼬마에게 팔을 휘둘렀다.

공격 자체가 매섭다기보다 산성독액이 뚝뚝 흘러내려 위협적인 공격이었으나 온몸이 불타오르는 필드 보스 불곰에게는 별다른 문제가 되지 않았다.

화르르륵, 몸에 있는 불줄기가 한결 더 강력해지며 키메라의 독액을 증발시켰다.

"꾸오오오옷!"

퍼어어억, 그리고 내려친 한 번의 공격으로 키메라의 목이 돌아갔다.

그 외에도 목이 하나 더 있어 아직 움직이고 있었지만 그 목에는 이하의 탄환이 순식간에 박혀 들어갔다.

"크루룻―……."

가까스로 한 기의 키메라가 잿빛으로 변하며 무너져 내렸다. 이하는 탄창을 갈아 끼며 꼬마를 향해 외쳤다.

"꼬마야, 놈들의 약점을 찾아서 할퀴어 줘! 할 수 있어?"

꾸엉, 꾸어어엉!

곰이 고개를 끄덕거리며 달렸다.

언젠가 징겅겅이 곰으로 변했을 때를 이하는 기억하고 있었다. 냄새를 맡으며 함정을 파악하거나 약점을 찾을 수 있다고 했었다.

징겅겅보다 수준 높은 꼬마가 못할 리가 없는 것이다.

"꾸어어엉!"

"오케이!"

꼬마는 옆에 있는 키메라의 한 지점을 할퀴고, 즉각 몸을 돌려 다른 키메라의 어깨를 내리찍었다.

꼬마가 할퀴며 표시한 지점이 박살 나는 것은 고작 0.4초 후, 이하의 빠르고 정확한 조준과 약점을 파악하는 꼬마의 능력은 아주 잘 어우러졌다. 그것은 인간이나 다른 소울 메이트였다면 불가능한 콤비 플레이!

몸이 터질 때마다 피 대신 독액을 뿜어 대는 키메라 무리의 안에서 살아남을 수 있는 생물은 극히 적을 테니까.

이하 또한 예상치 못했던 불과 독의 상성은 큰 힘이 되고 있었다.

"흐음……. 소울 메이트를 만드는 능력……. 정령계도 아닌데 저럴 수가 있나."

그리고 이하와 꼬마의 분투를, 결계를 없애자마자 또 다른 나무의 기둥을 밟고 올라선 쿳시가 내려다보고 있었다.

약간은 감탄한 말투였지만 역시 그것은 경계의 의미에 가까웠다.

"꾸어어어엉-!"

꼬마가 다시 한 번 키메라를 할퀴었다. 그러나 할퀸 부위가 무려 세 군데.

"하아, 하아, 제기랄!"

투콰아아앙———!

이하가 재빨리 블랙 베스를 발포해 세 부위 중 한 곳을 피격시키는 데 성공했으나 키메라의 움직임은 멈추지 않았다.

'몬스터들을 그냥 뭉쳐 놓은 거라 약점도 여러 군데다. 약점이라는 게 별 의미가 없어!'

일반적인 몬스터들의 즉사 포인트가 한 군데인 것에 비하면 키메라는 그런 것조차 무시하는 괴수였다.

하다못해 카즈토르 연구소의 본 드레이크조차 약점이 되는 즉사 포인트는 하나였건만…….

이하는 이를 악물곤 다시 한 번 탄창을 갈았다.

"크루루룻–"

"크루, 크루루루!"

그사이 키메라들이 꼬마를 향해 슬금슬금 다가왔다.

앞, 뒤, 양옆으로 퍼지는 놈들의 움직임을 보며 휙, 휙! 꼬마는 양발을 빠르게 교차시켜 젓곤 뒤로 물러섰다.

"꾸어엉, 꾸어어어엇!"

부식독액을 증발시키며 버티고 있다지만 키메라의 육체 능력 자체도 만만한 것은 아니었다.

세, 네 마리의 키메라가 꼬마를 감싸 안듯 둘러쌀 기미가 보일 때쯤엔, 필드 보스 불곰조차 황급히 몸을 빼내야만 했다.

"꼬마야, 숙여!"

츠즈으─……. 다시 한 번 포위망을 구축하는 키메라들을 향해 이하가 폭탄을 집어 던졌다. 마지막 비상용 폭탄이 키메라의 바로 앞에서 폭발했다.

"크릇─ 카라라라락─!"

꿍음이 울려 퍼지고 키메라의 살점들이 여기저기로 흩어졌다.

살점들은 나무에 닿자마자, 바위에 닿자마자 기분 나쁜 증기를 뿜어 대며 대상물을 부식시키고 있었다.

'벌써 시간도 다 되어 간다. 이제 곧 30분일 텐데.'

30분간 이하와 꼬마가 사투를 벌인 끝에 잡은 키메라가 겨우 20기.

국가전 당시에도 꼬마를 타고 전장을 누비며 미니스 유저들을 학살했던 이하가 낸 성과라고는 믿을 수 없을 만큼 미미했다.

물론 50기 중 절반 가까운 동포를 한 사람에게 잃은 키메라들은 그렇게 생각하지 않겠지만 말이다.

이하는 결정해야만 했다.

이곳에서 끝장을 볼 것인가, 아니면 이제 몸을 돌릴 것인가.

이미 곳곳에 키메라의 표피들이 떨어져 있다. 피부에 묻은 독액은 일정 시간이 지나면 사라지는 것이니, 무해해진 표피 세 종 이상을 주워서 달아나면 된다.

'다 잡으면 분명히 다른 퀘스트나 상황이 이어질 것 같기는 한데 지금의 내 능력으론 무리야. 젠장!'

만약 도망가고 나면 다시 올 수 있을까?

다시 온다 해도 이곳에 키메라들이 여전히 결계를 치고 숨어 있을까?

장담할 수 있는 상황이 아니다. 이번에 발을 돌리고 나면 키메라에 대한 증거는 다시 찾기 어려우리라.

지금 이곳에 온 것도 모두 도우미가 있었기 때문이었으니, 더더욱 이하의 힘으론 찾기가 어려울 수밖에 없다.

'그리고 보니 쿳시는-'

키메라와 전투에 집중하느라 신경도 쓰지 못했다. 이하가 주변을 돌아보자 나무 위에서 목소리가 들려왔다.

"도움이 필요한가."

"거, 거기 계속 있었던 거예요?"

"그렇다."

나뭇가지를 밟고 서, 기둥에 기댄 채 팔짱을 끼고 있는 여유로운 모습.

딱히 이하가 도와달라고 한 적도 없고, 애초에 키메라를 잡을 때는 도움을 받기로 한 것도 아니었지만, 저렇게까지 남일 대하는 모습을 보자 이하도 조금 서운한 마음도 들었다.

"잠깐- 잠깐 도와줄 수 있어요? 아이템 루팅 할 동안만 어그로 좀 받아 줘요!"

물론 그건 그거고 지금은 손 하나라도 필요할 때. 이하가 외치자 쿳시는 고개를 끄덕이며 나무에서 뛰어내렸다.

"알았다."

[소울 링크 스킬이 해제되었습니다.]
[소울 메이트의 영혼이 돌아갑니다.]

"아! 이제 저 곰도 없으니까 조심-"

이하는 말을 끝까지 이을 수 없었다.

꼬마가 연기처럼 사라진 자리는, 땅에 발이 닿자마자 폭발적으로 쏟아진 쿳시가 어느새 메우고 있었던 것이다.

"-하세…… 요……."

공기를 베어 내는 소리가 들린다. 곡도의 움직임이 빛을 반사시킨다.

그러나 검날이 반짝이는 게 아니라 쿳시 주변의 편광이 번쩍번쩍 하는 모습만 보일 뿐이었다.

편광이 몇 번씩 비출 때마다 키메라의 몸이 조각났다.

잘게, 잘게, 더 잘게!

[명중]의 하이하조차 검의 움직임을 제대로 확인할 수 없었다.

"뭐야……?"

초생달 같은 두 자루의 곡도를 들고 휘두르는 그의 움직임은 이하가 본 그 어떤 유저보다도 빨랐다.

페이우보다 빠른 움직임에 아그롬니 이고르보다 한 방이 강력한 공격이라니?

두 사람이 키메라와 싸우는 장면을 볼 수 없어 직접 비교는 할 수 없겠지만, 적어도 그 두 사람을 가까운 거리에서 몇 번이나 봤던 이하에게조차 충격적인 움직임이었다.

"아이템이 필요하다고 하지 않았나."

"어, 아아."

그야말로 홀린 듯 쿳시의 움직임을 관찰하던 이하는 재빨리 주변을 돌아다니며 키메라의 표피 조각들을 루팅했다.

어떤 조각이 어떤 키메라의 것인지 몰라 독액이 없는 것 중 큼지막한 것들로 열 개가량을 주운 이하. 그사이에도 삼십여 기가 남은 키메라를 쿳시는 혼자서 상대하고 있었다.

[기브리드의 조각난 생물 표본-앤트의 어깨를 획득하였습니다.]

[기브리드의 봉합 키메라-세 번째 트롤의 얼굴을 획득하였습니다.]

[기브리드의 키메라-지능을 잃어버린 뱀파이어의 뇌를 획득하였습니다.]

.

.

*

"끝났어요!"

"가자."

휘익! 키메라와의 전투 공간에서 단 한 번의 백스텝으로 이하가 있는 자리까지 몸을 옮기는 쿳시.

웬만한 마법사들이 블링크를 쓴 것과도 같은 거리를 단번에 이동하는 그 모습에 이하는 또 한 번 정신을 놓을 뻔했다.

대체 이 사람 정체가 뭐야?

"뭐하고 있나."

"아, 얼른 가죠."

곡도 두 자루를 다시 등에 매고 달리는 쿳시의 뒤를 이하가 재빨리 따랐다.

키메라들이 쫓아오면 어쩌나 하는 걱정은 할 필요가 없었다. 그들은 그저 그 자리에서 화가 난 듯 독액을 흩뿌리고 있었을 뿐이다.

"쿠루루루─……."

"크릇, 크─!"

쿳시의 움직임과 아이템들의 이름에 정신이 팔린 와중에도 이하는 키메라에 대한 관찰을 놓치지 않았다.

그들의 약점은 비교적 느린 속도와 불에 대한 낮은 저항력.

'그것도 준비해 봐야겠어.'

기브리드라는 이름이 확인된 이상 틀림없을 것이다.

일반 근접 딜러나 원거리 딜러가 상대하기 힘든 저 키메라 떼는 반드시 다시 모습을 드러내리라.

그때까지 이하는 자신이 무엇을 준비해야 하는지 다시 한 번 되뇌었다.

Geschoss 4

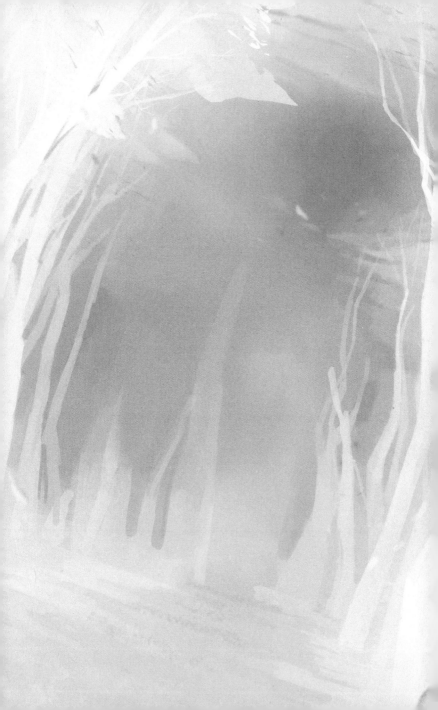

"후우우……. 고맙— 습니다."

"음."

이하의 감사 인사에 쿳시는 고개를 끄덕였다.

키메라를 대하는 그의 모습을 보고 나자 갑자기 쿳시가 어려워진 것도 사실이었다. 잠깐 살핀 그의 육체 어디에도 키메라의 독액이 묻은 흔적은 없었다.

'대체 뭐야? 랭커였나? 아닌데, 쿳시라는 이름은 한 번도 들어 본 적 없어. 그래도 랭커 Top50까지는 국가전 때문에 샅샅이 찾아봤었잖아. 역시 아웃사이더인가? 하긴 레벨이 183이라고 했으니—'

미니스 유저 중 위협적인 적을 찾기 위해 랭커들에 대한 조사도 열심히 했던 이하다. 당연히 그 이름 중 쿳시는 없었다.

랭킹 자체는 레벨만을 기준으로 하니, 183이 끼어들 자리 따위는 없는 것이다.

'Top100 수준이 아니라 Top10 수준의 특급 무빙이다. 저 정도라면 아웃사이더였어도 이름이 꽤 퍼졌을 텐데……'

그렇게 공격 일변도의 움직임을 보이면서도 키메라들의 공격을 전부 피했다는 말이 된다.

키메라는 일반 공격 외에도 그들의 움직임 자체에서 곳곳 으로 뿜어지는 산성독액 스플래쉬 공격이 있었을 텐데.

'꼬마처럼 온몸에 불을 두른 것도 아니고…… 아니, 애초 에 스킬을 쓰지도 않았잖아.'

그럼 그 엄청난 공격들이 전부 일반 공격? 전투 보조 시스 템을 끄고 움직인다 한들 그렇게 할 수가 있나?

이하는 문득 페이우와 태일이 편을 먹고 쿳시와 싸운다면 어떤 결과가 나올지 상상해 보았다.

검도 5단의 태일과 중국 최고의 무도가 페이우였지만 이 하는 쉽게 한쪽 편의 손을 들어 줄 수 없었다. 2:1로 붙는다 는 가정임에도 말이다.

"이제 내 차례다."

"네? 아, 아. 그렇죠. 가시죠, 쿳시 님에게 제가 무슨 힘이 될지 모르겠습니다만-"

"엄청난 힘이 된다."

"그렇게 봐 주시면 감사하고요."

쿳시 정도의 재야 고수도 특정 행동을 할 때는 무방비 상태가 되는 걸까? 그래서 자신에게 보호를 요청하는 건가?

이하는 여전히 약간 화난 표정을 짓고 있는 새빨간 삭발 머리 남성의 표정을 읽을 수 없었다.

'드래곤의 레어 근처라⋯⋯. 이거 참, 별짓을 다 해 보네. 나 없어도 혼자서 다 해먹을 수 있을 것 같은데.'

이하는 쿳시의 뒤를 따르며 퀘스트 창을 확인했다.

적어도 보틀넥의 퀘스트를 클리어 할 수 있게 된 것은 명백한 사실이었다.

'경험치 체크를 못한 게 아쉽군. 키메라들이 죽자마자 그것부터 체크를 했어야 했는데.'

이하가 가장 먼저 의심한 것은 레벨이었다. 그러나 그리핀을 잡은 것 외에도 키메라를 이하 혼자 잡았었기 때문일까 이미 라드클리프 도시를 떠날 때보단 경험치가 올라 있었다.

아이템을 루팅하는 그 짧은 사이 쿳시가 키메라 두 마리를 잡았을 때, 과연 이하의 경험치는 오른 것일까.

'올랐다면 정말로 183, 아니라면 그것보다 높다는 뜻이겠지.'

자신보다 아래로 20레벨 차이가 날리는 없을 터. 이하는 앞서가는 쿳시의 등을 뚫어져라 살폈다.

"쿳시 님. 혹시 얼마 전 국가전쟁 때는 참가하셨나요?"

"탐험 때문에 참가하지 못했다."

"그렇군요."

이유야 거짓일 수 있지만 참가를 못한 것 자체는 사실일 것이라고 생각했다. 이런 사람이 참가했다면 소문이 안 퍼질 리가 없다.

이하는 자신의 저격 장소를 발견한 쿳시가 쾌속으로 달려오는 상상을 하며 잠시 몸서리쳤다.

'아, 그래. 나야 아웃사이더에 대해 모르지만—'

드래곤 레어를 향해 이동하는 동안 이하는 다른 사람들이 떠올랐다. 랭커 외에 아웃사이더에 대한 정보나 자료가 많은 지인들이 있지 않은가.

—기정아!

첫 번째는 별초의 길드 마스터이며 이종사촌 동생.

—람화연 씨, 뭐하시나?

두 번째는 화홍의 길드 마스터.

—페르낭 님, 안녕하세요.

세 번째는 개척왕.

－키드, 바빠요?

네 번째는 아웃사이더 중 한 명이자 삼총사의 일원.

이하는 네 사람에게 빠르게 귓속말을 날렸다. 널리 알려진 정보들 말고도 각자의 정보 루트를 갖고 있는 사람들에게 빠르게 자신의 상황을 요약했다.

파티가 맺어진 것까지 확인했으니 아이디는 분명히 '쿳시'가 맞다. 레벨은 183이라는데 믿을 수 없다. 커스터마이징은 새빨간 삭발 머리, 인간 종족 같은데 덩치를 꽤 크게 설정했다. 무기는 초승달 같은 곡도 두 자루. 딜탱이나 근거리 극딜 계통 직업일 가능성 있음 등등…….

지금까지 함께하며 모은 정보들을 전달하며 그들의 답변을 기다렸다.

"드래곤 레어까지는 먼가요?"

"근처다. 30분 안에 도착이다."

30분, 이하는 다시 한 번 네 사람에게 귓속말을 날렸다. 썩 믿을 수 없는 사람과 드래곤의 거처에서 같이 움직이기까지 고작 30분밖에 남지 않았다는 이야기.

그 안에 어떤 실마리라도 나와 주길 바랐으나, 만족스런 답변은 나오지 않았다.

-엉아! 쿠찌? 구찌? 하여튼 우리 길드원들은 들어 본 적 없대. 일단 비예미 님이 모른다고 하니까 랭커 쪽은 확실히 아니고. 아웃사이더…… 아니면 기존 랭커였던 사람이 비예미 님처럼 캐삭하고 다시 만든 거 아닐까 싶다던데?

-쿳시. 자청에게 조사하라고 지시했던 아웃사이더 리스트에는 없는 이름이야. 그 정도로 강하다고? 하이하 당신이 놀랄 정도의 전력이면 엄청난 수준이라는 얘기잖아. 혹시 우리 길드 소개시켜 줄 수 있-

-드래곤의 레어에 대해서 아는 사람이라고요? 굉장해! 그 근처에서 뭘 조사한데요? 아, 제가 지금 시간만 되면 바로 근처로 가 보고 싶은데! 아니, 그 사람이 먼저 하면 내 업적이 날아가는 거- 아, 아, 쿳시라는 이름은 저도 못 들어 봤어요. 레어에 대해서 알 정도고 그 근처를 탐험할 수준이면 제 라이벌이 될 법한 사람일 텐데…….

-움직임이 빠르다고? 어차피 〈크림슨 게코즈〉의 탄환을 피할 순 없습니다. 푸른 수염의 흔적은 찾았습니까? 훗, 역시 못 찾았겠지. 그건 내가 찾을 겁니다.

'키드 이 인간은 아주 스탯에 눈이 돌아갔다니까 지금.'

네 사람 모두 그에 대해 알지 못했으며 그저 각자의 정보와 시선에서 쿳시를 평가할 뿐이었다.

가장 합리적인 추측은 역시 비예미의 것이었다.

캐릭터 삭제 후 다시 만든 유저일 가능성. 과연 쿳시 또한 그런 사람인 것일까?

어색한 말투에 어울리지 않는 환상적인 움직임은 솔로 플레잉 위주의 유저라는 것을 암시하는 셈이고, 따라서 그의 명성이 퍼지지 않았다는 것일까?

"다 왔다."

어쨌든 이젠 생각할 여유는 없는 상황이 되었다.

"여기가 드래곤의 레어인가요?"

"정확히는 드래곤의 결계가 시작되는 지점이다. 일정 수준의 마나를 지닌 존재가 이곳을 넘는 순간 드래곤의 알람 마법이 울릴 거야."

붉은 산맥의 능선에 있는, 이하의 지도에는 아예 표시조차 안 되는 지점 앞에 두 사람이 섰다.

"과연……."

"보이는가."

"뭔가…… 알 것 같기도 해요. 이 아주 얇은, 보일 듯 말

듯한 막 같은 거죠?"

계란껍데기와 흰자 사이의 피막을 더욱 얇고 투명하게 만들어 놓은 것 같은 막.

이하의 눈에는 어쩌다 보이고, 어쩌다 보이지 않을 정도로 투명도가 높은 막 같은 게 전체 지역에 펼쳐져 있었다.

이하의 반응에는 오히려 쿳시가 잠시 놀란 표정을 지었다. 줄곧 화난 얼굴만 하던 그에게 있어 거의 처음 보는 얼굴 변화였다.

"아, 근데 무슨 드래곤인지는 아세요?"

"브론즈 드래곤."

"아……."

이번엔 이하가 다시 놀랐다.

페르낭조차 드래곤의 종류에 대해선 확언할 수 없었는데, 정말 이자는 개척왕 이상의 지역 정보가 있단 말인가?

'페르낭 혼자 모든 미개척지를 밝힌 게 아니니 그런 사람이 있는 것도 놀랄 건 아니긴 한데……. 대단하긴 대단하네.'

무엇보다 브론즈 드래곤이라는 말에 이하는 다소 안심이되었다.

브론즈라면 메탈 드래곤 계통이지 않은가!

골드 드래곤 베일리푸스의 축복을 받은 이하는 모든 메탈 드래곤과 친밀도 50%가 자동으로 추가된다.

즉, 이하를 보자마자 브레스를 토해 내지는 않을 거라는 얘기였다.

"좋아요, 이제 전 뭘 해야 하죠? 쿳시 님은 그사이 뭘 하실 거고요? 뭐 몬스터 처리해 달라고 하시더니 주변에 몬스터도 없는데?"

"당연하다. 드래곤의 마나가 이 결계에서도 강력하게 뿜어져 나오고 있을 터. 일반 몬스터 따위는 감히 접근도 할 수 없지."

"응?"

무슨 소리야?

이하는 쿳시의 말을 들으며 잠시 고개를 갸웃거렸다.

지금 이하 자신이 여기까지 온 이유가 무엇인가. 쿳시가 무슨 일을 하는 동안 몬스터로부터 그를 보호해야 한다는 부탁을 받았었다.

근데 몬스터가 없다고?

'지가 무슨 말을 하는지 알고는 있는 건가. 아니면 이것도 번역 문제?'

이하가 생각하는 동안 쿳시는 가방을 뒤적거렸다. 그 행동에 이하가 잠시 움찔했으나 별일은 없었다.

"난 지금부터 조사를 해야 하니, 그 결계 안으로 들어가서 조금만 있어 주면 된다."

"네? 이, 이 안으로 들어가면 드래곤이 마나를 알아차린다면서요? 알람 마법인지 뭔지ー"

"내가 해야 할 일이 그것이다. 드래곤이 움직이는 상황에서만 나는 일을 처리할 수 있다."

"그럼 나는? 아까 분명히 위험하지 않다고 했잖아요!"

"위험한 일이 아니다. 드래곤이 만약 해를 끼치려거든 즉각 도망가도 좋다."

"허, 참……."

이하는 그냥 텔레포트를 써 버릴까 하는 욕망을 억눌렀다.

어차피 키메라 퀘스트와 관련된 목적은 이미 달성했다. 푸른 수염의 흔적을 찾아야 하지만 그 범위는 훨씬 넓다. 붉은 산맥을 제외한 다른 곳에서 찾아봐도 되는 것이다.

'쩝, 근데 그렇게 하자니 또…….'

마음에 걸린다. 어쨌든 도움을 받지 않았던가. 그리고 키메라 두 기를 '순삭' 해 버리는 아웃사이더다. 대화가 잘 통하진 않아도 굳이 척을 질 필요는 없다고 판단이 섰다.

"좋아요. 근데 진짜 바로 도망갈지도 모르니까 너무 믿지는 말아요."

"브론즈 드래곤은 선하기 때문에 괜찮을 것이다. 잠깐이면 된다."

"메탈 드래곤이니까 그렇기야 하겠지만-"

이하는 블랙 베스의 탄창을 확인, 결합하고 천천히 결계로 다가갔다. 쿳시는 이하에게서 얼마간 떨어진 장소에 서 그 모습을 보고 있었다.

'그러고 보니 브론즈 드래곤이 선하다는 것도 알고 있네. 하긴, 그런 거야 관심이 있고 조사하면 알 수 있는 정보던가. 비예미 님도 어느 정도는 알고 있었으니까.'

저벅, 저벅, 저벅.

결계 앞에서 마른침을 한 번 삼키곤 다시 발을 뻗는 이하. 미지근한 기운이 온몸을 훑는 기분이 들었다.

"오오…… . 이게 끝? 알람 마법이라길래 뭐 종소리라도 울리나 싶었는데."

그러나 아무 일도 일어나지 않았다. 이하에게 특별한 알림창도 뜨지 않았고 별다른 소음이 들리지도 않았다.

"이제 뭐해요? 여기 얼마나 더 있으면– 어라?"

아니, 한 가지 일이 일어나기는 했다. 뒤를 돌아본 이하의 눈에는 아무도 들어오지 않았다.

"쿳시……? 쿳시 님? 쿳시 씨?"

이하와 거리를 벌리고 서 있던 새빨간 삭발 머리의 거구가 사라진 상태였다.

"쿳–"

쏴아아아아———!

"–읍?"

결계 밖을 살피던 이하의 등 뒤에서 청록빛이 뿜어져 나왔다.

다급히 돌아선 이하의 눈에 들어온 것은 20대 초반으로 보이는 미청년의 얼굴이었다.

"이런! 베일리푸스 님의 마나가 느껴져서 왔는데…… 인간? 실례지만 누구신지요?"

유저들에게선 한 번도 보지 못한 청록색의 긴 생머리, 하얀 로브에 수놓아진 기하학적 문양과 들고 있는 기다란 지팡이가 그를 마법사처럼 보이게 만들고 있었다.

허리까지 오는 긴 생머리에 얼굴이 조각 같아 잠깐 헷갈렸으나 그의 목소리는 분명히 남성의 것이었다.

"어, 어어, 어어- 누구세요?"

물어보면서도 이하는 본능적으로 느낄 수 있었다.

그리고 자신에게 예를 갖추는 상대방을 보며 일종의 안도감과 불안감을 동시에 느꼈다.

"이 집의 주인입니다만……. 브론즈 드래곤 블라우그룬이라고 합니다. 혹 베일리푸스 님께서 보낸 사자使者이신지……."

"드래곤! 인간?! 인간- 인간이 아니고요?"

안도감, 그것은 붉은 산맥에 레어를 틀고 있는 브론즈 드래곤이 예상보다 더 친절한 태도를 보이고 있었기 때문이다.

그리고 두 번째 불안감, 드래곤의 현재 모습이 어떠한가. 이하가 말을 더듬자 블라우그룬이 너털웃음을 터뜨렸다.

"하핫, 그거야 베일리푸스 님을 놀라게 할 수 없기 때문에 변한 것이지요. 큰 어른 앞에서 본체를 보였다간 실례가 되지 않겠습니까. 제 실제의 모습은-"

"드래곤이 인간으로 변신을 할 수 있다고—"

그 순간 이하의 머릿속에 불길함이 전류처럼 흘렀다. 변신 마법에 대한 것은 알고 있었다.

그러나 어떻게 된 것인가. 그럴 수가 있는 것인가.

이렇게까지 인간, 아니, 유저와 교류를 할 수 있는 것이었나?!

의문은 해소되지 않았지만 결과만큼은 직관적으로 알 수 있었다.

왜 라드클리프에서 그는 자신에게 말을 걸어왔을까.

키메라가 있는 곳을 어떻게 알았을까.

어째서 자신을 결계 안으로 밀어 넣었을까.

그리고 또 한 가지의 생각, 왜 베일리푸스의 축복 마법은 마법이 걸린 대상자로 하여금 다른 드래곤을 알아볼 수 없게 만들었을까!

"피해요, 블라우그룬!!!!!"

캬아아아아아아—————————!!!

하늘의 구름조차 찢어발기는 포효 소리가 퍼진 것은 이하가 소리친 직후였다.

브론즈 드래곤 블라우그룬의 동공이 확대되었다.

태양을 가리며 하늘로 날아오른 것은 네 장의 날개를 펄럭거리는 붉은 몸체를 지니고 있었다.

왜 진작 알지 못했을까, 이하는 스스로를 탓했다.

아웃사이더라고? 랭커라고? 그럴 리가 없잖아!

쿳시.

"쿠즈구낙'쉬!"

[고맙다, 베일리푸스의 똥개 새끼!]

레드 드래곤 쿠즈구낙'쉬의 가슴팍이 터질듯 부풀어 올랐다.

그의 아가리 앞에 모이는 붉은 기운은 결코 베일리푸스에게 뒤지지 않는 레드 드래곤의 브레스였다.

"쿠, 쿠즈구낙'쉬가 어째서 여기에- 커헙!"

브론즈 드래곤 블라우그룬은 말을 전부 이을 수 없었다. 자신의 허리춤에 느껴지는 강력한 태클 때문에. 퍼억-!

"그럴 때가 아니에요, 빨리!"

이하가 블라우그룬을 덮치며 구른 것은 정확한 판단이었다. 현재 쿠즈구낙'쉬의 목표가 무엇인지 순식간에 파악했기 때문이다.

구름처럼 하늘을 지배 중인 쿠즈구낙'쉬의 브레스가 뿜어졌다.

이하에게 다행이라고 한다면 이미 브레스 한 종류를 겪어 보았다는 것. 직선형 범위마법에 가까운 브레스를 피할 루트를 머릿속에 대략이나마 그려 볼 수 있다는 점이었다.

"포스 배리어!"

옥색의 빛이 번쩍이며 이하와 블라우그룬을 뒤덮었다.

그러나 이하는 처음부터 배리어에 의지할 생각 따위는 없었다. 이미 레드 드래곤의 화염 브레스는 쏟아져 내리고 있다.

'제발 1초라도 버텨 줘라!'

여전히 얼이 빠진 블라우그룬을 부축한 채, 이하는 배리어에서 달려 나오며 수직으로 방향을 꺾었다.

"흐아아아압!"

그리곤 인간 형태의 브론즈 드래곤의 어깨를 붙잡은 채, 그대로 수풀을 향해 몸을 날렸다. 경사면으로 데구르르 구르는 두 사람. 순간 레드 드래곤의 화염 브레스가 그들을 덮쳤다.

보호막의 표면을 끓어오르게 만드는 고열의 화염, 1.1초를 더 버텨 준 〈전문가의 포스 배리어〉 덕분에 살았다고 봐야 할 것이다.

화르르륵——!

그들의 몸이 던져지기 무섭게 화염 브레스가 대지를 할퀴며 지나갔다.

타서는 안 되는 모래와 흙이 불타고 있었다. 단순히 고열이다, 초고열이다 정도로는 가늠할 수도 없을 정도의 화염이었다.

[클클, 똥개 새끼의 마나만 받은 게 아니었군. 대처법도 들은 것인가? 어차피 소용없다. '마나 차단'.]

[상태 이상 '마나 결계'에 걸렸습니다.]
[30분간 제한 구역 밖으로 넘어갈 수 없습니다.]
(시전자보다 상위 능력 보유 시 결계 해체 가능)
[상태 이상 '공간 속박'에 걸렸습니다.]
[15분간 범위 내의 모든 공간 이동이 제한됩니다.]
[상태 이상 '통신 방해'에 걸렸습니다.]
[15분간 귓속말을 포함한 모든 그룹 채팅이 금지됩니다.]

펄러럭– 펄럭–!
네 장의 날개가 번갈아 가며 쿠즈구낙'쉬의 몸을 공중에 붙들어 매었다. 경사면을 데굴데굴 굴러떨어지는 이하와 블라우그룬을 보며 쿠즈구낙'쉬는 재빨리 마나부터 차단했다.

[공간을 찢고 나갈 순 없다, 젊은 브론즈여! 베일리푸스에게 연락을 할 수도 없다, 무력한 인간이여! 순순히 그대들의 목을 내놓는다면 고통을 제외한 죽음만을 선사하겠다. 아니지, 우

연히 만난 것이지만 젊은 브론즈의 목을 취하게 해 준 대가로 베일리푸스의 똥개 정도는 살려 주도록 할까? 크흐흣.]

"빌어먹을……."

브론즈 드래곤 블라우그룬은 골드 드래곤 베일리푸스의 마나를 느끼고 나왔다고 했다. 결계 안에 들어간 마나의 종류까지 파악할 수 있는 게 드래곤의 능력이리라.

같은 드래곤인 쿠즈구낙'쉬가 그것을 모를 리 없었다.

만약 쿠즈구낙'쉬 스스로가 들어갔다면 블라우그룬은 메탈 드래곤들에게 즉각 알렸을 터, 현재 같은 상황은 벌어지지 않았을 것이다.

그렇다고 레드 드래곤이 아무 인간이나 써먹을 수도 없었을 것이다. 보통의 인간이 결계를 넘었다면 온갖 방법으로 즉각 죽여 버리거나 본체인 채로 등장했을 수도 있으니까.

즉, 푸른 수염의 흔적을 찾기 위해, 기브리드의 키메라들을 처치하기 위해 이하가 붉은 산맥과 연관되는 순간부터 이 사건은 피할 수 없는 숙명이었던 셈이다.

'라드클리프에서 날 보자마자 여기까지 계획했다는 뜻이잖아! 미친- 미친- NPC와 파티를 할 수 있다는 것 정도는 알았지만 설마 드래곤이 인간으로 변해서 파티를 맺을 줄이야.'

이하라고 뾰족한 수가 있는 것도 아니었다. 별다른 예방책도 세울 수 없었다.

브로우리스와의 파티 플레이를 통해 NPC와 파티가 맺어지는 것 정도는 알고 있었지만 설마 '몬스터' 취급이 되는 드래곤과도 파티가 되는 줄은 몰랐으니까.

정확히는 몬스터와 NPC 사이에 있는 드래곤이었기에 가능한 일이었지만 어쨌든 억울한 것은 매한가지였다.

"텔레포트도 막혔고, 베일리푸스 님께 연락도 불가능하게 되었습니다."

"그, 그럼 어떡하죠? 블라우그룬 님께서 쿠즈구낙'쉬와 싸워 주신다면—"

"저야 어덜트 드래곤이 된 지 겨우 300년 지났을 뿐입니다. 이미 에인션트급인 쿠즈구낙'쉬를 막을 순 없습니다."

브론즈 드래곤의 얼굴이 파랗게 질리고 있었다.

이하에게 보였던 상태 이상 메시지처럼 드래곤도 현 상황을 정확히 파악하고 있었다.

그렇다고 1:1로 싸운다?

블라우그룬이 '큰어른'이라고 불렀던 골드 드래곤 베일리푸스의 오랜 숙적이 바로 레드 드래곤, 쿠즈구낙'쉬다. 아직 젊은 그가 감당하기엔 벅찬 상대였다.

"후우, 후우, 후우. 죄송합니다, 블라우그룬 님. 괜히 저 때문에—"

"아닙니다. 쿠즈구낙'쉬의 행방이 묘연한데 더욱 경계하지 못한 제 불찰—"

"–15분 만 고생 좀 해 주셔야겠어요."

블라우그룬이 쿠즈구낙'쉬를 감당하기 벅찬 것은 맞다. 그러나 그것은 1:1일 때의 이야기다.

"네?"

일그러졌던 브론즈 드래곤의 얼굴이 의구심으로 가득 찼다. 그 와중에도 조각 같은 얼굴은 변함이 없었다.

"저희가 살길은 그것뿐입니다."

이하는 눈을 번쩍였다. 이대로 레드 드래곤의 계획에 휩쓸린다? 그럴 순 없다.

물론 포스 배리어도 없다.

소울 링크 스킬도 쓸 수 없다. 비상용 폭탄도 다 썼다.

어쩌면 키메라와 전투할 때부터 어쩌면 쿠즈구낙'쉬는 철저하게 이하의 스킬까지도 빼고자 노력했는지도 모른다.

철컥–!

"순순히 죽어 줄 만큼 착하지가 못해서요."

그럼에도 이하는 저항하기로 했다. 미들 어스 대륙 사상 최악의 드래곤 중 하나에게.

[나오지 않을 것인가, 브론즈의 꼬마여, 그리고 인간이여! 고통 없는 죽음대신 고통 가득한 저항을 택하겠다는 것인가.]

펄러럭- 펄러럭-!

쿠즈구낙'쉬는 이하와 인간 형태의 블라우그룬이 숨어 들어간 수풀을 바라보고 있었다.

그야말로 승자의 여유라고 보아도 다름없는 그의 태도였다.

[좋다. 기회는 두 번 오지 않는 법, 너희들의 미련을 탓하며 죽거라.]

후으으으읍-!

쿠즈구낙'쉬가 다시금 숨을 들이켜기 시작했다. 그리고 그 장면을, 수풀 뒤에 있던 이하는 보고 있었다.

'마나 투시'를 통해서.

레드 드래곤의 얼굴 앞에 생기는 극대량의 마나 회오리, 브레스라는 것도 무적은 아니다, 반드시 약점은 있다.

'바로 지금처럼, 마나 증발탄!'

수풀 사이로 검은 막대가 비죽이 튀어나왔다.

브레스가 모이고, 뿜어지기까지는 드래곤의 움직임이 제한된다. 하물며 골드 드래곤 베일리푸스보다 큰 쿠즈구낙'쉬의 몸체는? 지금의 이하에게 있어선 눈 감고도 맞출 수 있다는 뜻!

투콰아아아아앙————————!

총성보다 더 빠르게 날아간 탄환이 레드 드래곤의 쉴드를 뚫고, 그의 비늘을 뚫었다.

[가아아아앗——————……! 드래곤 스케일을−]

브레스를 머금으려던 레드 드래곤이 비명을 질렀다.

그의 얼굴 앞에 모이던 마나의 회오리는 모조리 증발되었다. 디스펠은 아니다. 아니, 오히려 가장 원초적인 디스펠이라고 할 수 있을 것이다.

드래곤의 브레스 또한 집중이 필요한 것은 매한가지, 그렇다면 집중하지 못하게 패 버리면 되는 것이다!

"쿠즈구낙'쉬가 비명을……?"

"기도하세요, 얼른!"

"네?"

브론즈 드래곤이 이하를 보며 고개를 갸웃거렸다.

이 인간은 대체 뭐지? 인간은 맞는 건가? 베일리푸스의 마나가 느껴지긴 했지만− '큰어른'의 마나를 사용해 공격한 것인가?

게다가 기도는 또 뭐란 말인가?

브론즈 드래곤의 머릿속에서 수많은 생각이 스칠 때, 이하는 간절히 바랐다. 지금 이하가 맞춘 탄은 보통의 탄이 아니다.

부디 그것이 레드 드래곤에게도 먹히기를!

[드래곤 스케일을 뚫다니, 황금 똥개가 아니었단 말인가! 결코 안식을 바라지 말지어다! 플레임 스트라이크!]

날개를 펄럭거리며 가까스로 공중에서 중심을 잡은 쿠즈구낙'쉬가 마법을 영창했다.

그러나 아무 일도 일어나지 않았다. 이 공간에 들리는 소리라고는 노리쇠가 한 번 더 당겨지는 마찰음, 그리고 이하가 방아쇠를 당기며 환호하는 목소리였다.

"예에에에에쓰! 먹힌다! 그럼 또 먹어야지!"

투콰아아아앙-!

또 한 발의 탄환이 레드 드래곤의 날갯죽지를 맞췄다.

네 장 중 한 장의 날개 이음새를 정확히 파고 들어간 블랙베스의 탄이 레드 드래곤을 피 흘리게 만들었다.

[가아아아앗-! 뭐냐, 마나가?! 어떻게 이런-]

"시발놈, 이게 보통 머스킷인 줄 알아?"

혹시나 하는 기대.

[전설]급 무기에서 생성된 스킬인 만큼 드래곤에게도 먹히지 않을까 하는 미약한 추측.

이하의 도박이 맞았다.

〈전설의 블랙 베스〉에서 생성된 마나 증발탄은 레드 드래곤에게도 그 효과를 충분히 내었다.

맞은 레드 드래곤만큼 충격적인 것은 이하의 곁에 있던 브론즈 드래곤이었다.

감히 드래곤의 마나를 봉할 수 있는 인간이 있다니?

"아무리 육체파 레드 드래곤이라지만 그래도 에인션트 드래곤인데…… 쿠즈구낙'쉬의 마나를…….”

“그런 소리 할 때가 아니에요! 빠, 빨리! 드래곤이시면 뭐 마법 막! 쓸 수 있잖아요! 쏟아부어요! 오래 안 갈 거라고요!”

보통 때라면 15분은 족히 가겠지만 대상에 따라 효과가 들 쑥날쑥한 것은 이하도 이미 겪어 본 바 있다.

세이지 혜인의 최고급 정지 마법이 베일리푸스에게 먹힌 것은 고작 4초, 그나마도 불안정한 상태였다. 마나 증발탄이라고 오래 가리란 보장은 없었다.

“아, 예. 그렇다면-”

인간이었다면 아직도 어안이 벙벙했겠지만 드래곤은 드래곤이다.

‘어떻게 했는가’는 차치하고, 당장 처한 상황에서 자신이 해야 할 일은 명확히 알고 있었다.

블라우그룬은 스태프를 들고 쿠즈구낙'쉬에게 겨눴다.

여전히 마법이 봉인되어 쩔쩔매는 붉은 거체를 향해 순식간에 마법이 쏘아졌다.

레드 드래곤이 화염 계통이라면 브론즈 드래곤은?

“콜 라이트닝, 에너지 웨이브.”

전격 계통이다. 하늘에서 내리꽂히는 전뇌, 그리고 쿠즈구낙'쉬의 온몸을 감싸는 전격!

파츠츠츠츳-!

쿠즈구낙'쉬의 몸이 전격 마법에 의해 마비되는 그 순간을 블라우그룬은 놓치지 않았다.

다시 한 번 더블 캐스팅이 시전 됐다.

아니, 더블 캐스팅의 마법 중 쏘아지는 것은 무려 4중창이었다. 사실상의 5중 캐스팅이었다.

"쿼드라플 라이트닝 볼트, 썬더러."

[그으으으으ㅡ! 브론즈의 꼬마 녀석치고는 제법ㅡ 끄으으윽!]

이하의 몸만 한 라이트닝 볼트 네 개가 쏘아지고, 번개를 흠뻑 머금은 구름이 쿠즈구낙'쉬의 몸을 감쌌다.

자연재해와 버금갈 정도의 전뇌 공격을 맞고도 쿠즈구낙'쉬는 죽지 않았다.

"그런 소리 할 때가 아닐 텐데!"

여전히 입이 살아 있는 그를 향하는 것은 검은색의 막대. 이하의 블랙 베스였다.

[이 녀석들이이이이ㅡ!]

블랙 베스의 총구가 자신을 향하고 있다는 걸 깨달은 쿠즈구낙'쉬가 황급히 발버둥 쳤으나 소용없었다.

"가만히 계십시오, 쿠즈구낙'쉬. 일렉트릭 웨이브!"

마나도 봉인된 에인션트 드래곤이 할 수 있는 것은 많지 않았다.

그것도 육체파가 아니라 마법파인 브론즈 드래곤을 상대로 말이다.

다시 한 번 레드 드래곤의 온몸에 전류가 흐르고 있을 때,

이하는 호흡을 가다듬으며 천천히 방아쇠를 당겼다.

몸을 움직일 수 없다, 마나를 사용할 수 없다. 그렇다면 노려야 할 부위는 정확히 한 군데.

"차분한 마음."

이하의 조준선은 정확하게 쿠즈구낙'쉬의 머리를 향하고 있었다. 탈칵, 이하의 손가락이 가볍게 방아쇠를 당겼다.

투콰아아아아아앙—————!

탄환 한 발이 날아가 꽂혔다. 레드 드래곤의 미간 사이에.

붉은색의 몸보다 더 붉은 피가 그의 미간에서 분수처럼 뿜어져 나왔다.

[……]

더 이상 공중에 떠 있을 수도 없었던 것일까. 쿠즈구낙'쉬의 날갯짓이 멈추었다. 거체는 땅으로 추락하고 있었다.

쿠우우웅…….

이하와 블라우그룬에게서 멀지 않은 지점에서 붉은 흙먼지가 피어올랐다.

"하아…… 하아……."

이하는 한참 동안이나 눈을 떼지 못했다.

정말 죽은 건가? 저 레드 드래곤이?

그러나 떨어진 지점이 직선으로 보이지 않아 알 수 없었다.

한 가지 다행인 점은 마나 투시에 그의 모습이 잡히지 않는다는 것. 거대한 레드 드래곤의 육체는 보이지 않았다.

"쿠즈구낙'쉬의…… 마나가 느껴지지 않습니다."

브론즈 드래곤 블라우그룬의 눈이 휘둥그레 되었다.

그 또한 드래곤의 마나로 드래곤을 알 수 있는 자, 브론즈 드래곤도 놀랄 수밖에 없었다.

마나가 느껴지지 않는다는 게 무슨 뜻인지 아주 잘 알고 있기 때문이다.

"죽은…… 거죠?"

골드 드래곤 베일리푸스가 그토록 경계했던 컬러 드래곤의 망나니. 육두룡 티아마트를 일깨우려 했던 폭군 레드 드래곤을 잡았다?!

이하의 입꼬리가 서서히 치솟기 시작했다.

그 모습을 보며 블라우그룬이 모습을 바꿨다.

"웃?!"

청록색의 은은한 빛이 감도는가 싶더니 어느새 이하의 곁에는 조각 미남이 아닌 청록색의 용이 자리하고 있었다.

베일리푸스보다는 확실히 작은 몸.

베일리푸스보다 더 큰 레드 드래곤 쿠즈구낙'쉬에 비하면 절반보다 조금 더 되는 정도이지 않을까 싶을 정도의 크기였다.

[브론즈 드래곤 블라우그룬이 생명의 은인에게 예를 갖춥니다.]

"어, 어어? 네?"

그리곤 그 길쭉한 목을 이하를 향해 숙였다. 드래곤이 인간에게 갖출 수 있는 최대한의 예의였다.

골드 드래곤 베일리푸스의 마나가 이하의 몸에 깃들어 있기 때문만은 아니었다.

어덜트 드래곤인 자신조차 포기하려 했던 싸움, 에인션트 레드 드래곤을 향해 믿을 수 없는 활약을 보여 준 인간에게 갖는 일종의 경외심이었다.

"저, 저야말로. 괜히 문제를 일으켜서 죄송-"

이하 또한 거대한 용을 향해 고개를 숙였다.

그러나 그들은 한 가지 놓치고 있는 점이 있었다.

베일리푸스가 어째서 쿠즈구낙'쉬를 찾을 수 없었는가.

그 이유에 대해 고민했어야 했다.

"캬하하하핫! 드디어 폴리모프했구나, 브론즈의 꼬마아아아아!"

파사사삭-!

수풀을 헤치며 모습을 드러낸 것은 인간의 형태로 폴리모프 한 쿠즈구낙'쉬였다. 그의 곡도 두 자루가 햇빛을 받아 반짝였다.

[이런! 어떻게!]

블라우그룬이 황급히 공중으로 날아올랐다.

그러나 쿠즈구낙'쉬의 움직임 또한 만만치 않았다. 날아오르는 드래곤을 도약 한 번으로 따라잡을 정도의 힘이 있다!

"이익–"

타다아앙–!

허공으로 뜬 쿠즈구낙'쉬를 향해 이하가 재빨리 허밍 버드–피스톨과 니들 건–피스톨을 꺼내어 발포했으나, 페이우보다 빠른 움직임을 맞출 순 없었다.

재빨리 재장전을 하면서도 이하는 낭패인 기색을 숨길 수 없었다.

'뭐지? 어째서 살아 있는 거야?! 머리를 꿰뚫렸는데!'

미간 사이가 꿰뚫리는 것도 보았다!

쉴드를 깨고 드래곤 스케일을 비집고 들어간 탄환이 그냥 타격만 했을 리가 없다.

미간을 뚫고 들어가 그 큰 머리 속에 있는 뇌를 헤집어 놨어도 충분할 정도의 운동 에너지가 있다. 그런데 어떻게? 어떻게 살아서 움직일 수 있지?

'게다가 마나 투시에도 보이지 않았고 브론즈 드래곤도 마나가 느껴지지 않는다 했건만―'

그러나 그건 에인션트 드래곤을 너무 얕본 것이었다.

골드 드래곤 베일리푸스가 레드 드래곤 쿠즈구낙'쉬를 찾을 수 없다고 말했던 이유가 무엇인가. 간단하다. 그의 마나가 일반 탐색으로는 걸리지 않기 때문이다.

직전에 쿠즈구낙'쉬에게 한 방 먹일 때는 브레스를 쓰고 있었다.

레드 드래곤의 거체 내부의 마나가 아니라, 거체 앞에 모이는 마나의 덩어리 때문에 이하가 그 타이밍을 잡을 수 있었다.

인간일 때는? 쿠즈구낙'쉬가 인간의 모습으로 다닐 때, 이하는 한 번도 마나 투시를 사용해 본 적이 없었다. 당연히 그런 점은 생각조차 할 수 없었던 것이다.

비단 마나 투시뿐이 아니다.

같은 에인션트 드래곤급인 골드 드래곤조차 낌새를 찾을 수 없는 레드 드래곤의 마나를, 어덜트 드래곤급인 브론즈 드래곤이 찾을 수 없는 것도 당연한 일이다.

'제기랄! 그래서 베일리푸스도 바로 연락을 달라고 한 거였나.'

에인션트 드래곤을 상대로는 철두만이 아니라 철미도 필요했다.

데미지를 입혔다고, 공격이 통한다고 기뻐하기만 했던 일말의 방심, 이제는 방심의 대가를 치러야만 했다.

[일렉트릭 체인-]

"합!"

전기로 된 사슬이 날아갔으나 아무것도 맞추지 못했다. 허공에 떠 있던 쿠즈구낙'쉬가 공기를 차며 방향을 바꿨기 때문이다.

언젠가 페이우가 보여 주었던 허공답보 스킬과 유사한 움직임이었다.

'게다가 인간 형태로 모습을 바꿔서 조준도 힘들어. 차라리 아까 드래곤 형태일 때가 훨씬-'

투콰아아아앙-!

블랙 베스의 총성이 맹렬히 울렸으나 쿠즈구낙'쉬는 그것 또한 예상하고 있다는 움직임으로 허공에서 몸을 뒤틀어 피했다.

육체파 드래곤은 용의 모습일 때보다 인간의 모습일 때 더욱 위협적인 셈이었다.

"목을 내놔라, 브론즈의 꼬마!"

[그럴 순 없습니다! 흐으으으읍-!]

펄럭, 펄럭, 펄럭!

날갯짓과 마나의 사용으로 재빨리 공중으로 날아오른 블라우그룬의 입 앞에 푸른 기운들이 모이기 시작했다.

골드와 레드가 화염 브레스라면 브론즈 드래곤은 마법 계통부터 브레스까지 모조리 한 종류였다.

입 앞에 모인 마나 덩어리에서 파츠츠츳—! 스파크가 튀기 시작할 때, 브론즈 드래곤은 전뇌 브레스를 토해 냈다.

[파아아아아아아————————]

새가 지저귀는가 쥐가 울부짖는가. 찍찍찍 거리는 소리가 귀청을 떨어지게 만드는 전뇌 브레스가 쿠즈구낙'쉬를 향해 토해졌다.

"블링크!"

그러나 자신의 마나로 공간을 잠근 자는 여전히 공간 마법을 쓸 수 있었다.

새빨간 삭발 머리의 모습이 사라진 자리를 전뇌 브레스가 허무하게 할퀴며 지나갔다.

서 있던 나무들이 모조리 새까맣게 타 버릴 정도의 힘이 있었지만, 그 힘은 적에게 아무런 상처도 주지 못했다.

쿠즈구낙'쉬가 나타난 장소는 블라우그룬의 머리 위였다.

"캬하하핫! 어차피 쓸데없는 머리 아니던가?! 내가 유용하게 가져다 쓰지!"

[크으- 이런!]

"안 돼!!!"

이하는 한쪽 무릎을 꿇으며 블랙 베스를 들어 올렸지만 방아쇠를 당길 순 없었다. 머리 위에 쿠즈구낙'쉬를 올려놓은 브론즈 드래곤이 목을 세차게 흔들고 있었기 때문.

이런 상황에서 쿠즈구낙'쉬를 맞출 순 없다! 함부로 발포했다간 브론즈 드래곤의 머리가 날아갈지도 모른다!

'제기랄-'

그러나 쏴야만 했다.

쿠즈구낙'쉬의 곡도 두 자루가 마치 가위처럼 엇갈리며 하늘로 들어 올려 진 그 순간, 이하는 방아쇠를 당겼다.

"목을 내놔!"

[에너지 웨이-]

투콰아아아아앙————————!

서로 다른 고함 내지 효과음이 허공에 어지럽게 울려 퍼졌다.

챠아앙, 하늘에 반짝이는 것은 반짝이는 날붙이 파편들. 마지막 순간 이하가 선택한 것은 쿠즈구낙'쉬의 머리가 아니었다.

그가 들어 올린 검 두 자루였다.

"기잇?!"

[-브!]

"크아아아아앗!"

무기를 잃은 쿠즈구낙'쉬가 당황하는 0.1초, 블라우그룬의 마법이 캐스팅 되었다.

인간의 몸을 완전히 녹여 버릴 것 같은 전뇌에 쿠즈구낙'쉬의 짧은 머리털도 주뼛거리며 솟구쳤다.

"크, 흐흐, 에인션트였으면— 에인션트였으면 얼마나 좋았을까! 그랬다면 날 막을 수 있었겠지!"

[무슨—]

그러나 완벽한 마비효과는 들어가지 않았다. 느린 속도였지만 쿠즈구낙'쉬는 꾸역꾸역 그 거구를 움직이고 있었다.

'젠장, 뭐 저런 새끼가—'

이하는 재빨리 탄창을 갈고는 다시 그를 겨누었다. 그러나 이미 때는 늦은 상황이었다.

쿠즈구낙'쉬는 검도 필요 없다는 듯, 맨손으로 브론즈 드래곤의 드래곤 스케일을 파고들었다.

[————————————!!]

브론즈 드래곤의 단말마가 허무하게 울려 퍼졌다.

인간 형태의 레드 드래곤은 브론즈 드래곤의 경추뼈를 완전히 박살 내었다.

마치 토마토의 꽁다리를 따듯, 쿠즈구낙'쉬는 드래곤 블라우그룬의 머리를 목에서 분리시켰다.

푸춋— 푸춋— 푸츄…….

그의 오른손에 들린 청록색의 용두龍頭에서 피가 쏟아져 내렸다.

그것은 맨손으로 일궈 낸 참수형이었다.

Geschoss 5

"우와아아아아ー人"

철컥, 투콰아아아앙―! 철컥, 투콰아아앙―!

이하는 미친 듯이 소리를 지르며 노리쇠와 방아쇠를 번갈아 당겼다. 마구잡이로 쏘아 대는 것 같은 그 모습이었지만 탄환은 정확하게 쿠즈구낙'쉬만을 노렸다.

"크흐흐, 흐흐, 좋다, 좋아! 이참에 너까지 끝내 주마, 베일리푸스의 똥개!"

그러나 쿠즈구낙'쉬는 맞지 않았다.

추락하기 시작하는 브론즈 드래곤의 몸을 박차고 뛰어올라 공중에서 방향을 바꾸는 기적을 선보이며 이하를 향해 다가오고 있었다.

이하의 엄청난 조준 속도조차 모조리 예상하고 있다는 듯

피하는 움직임, 이대로 레드 드래곤이 자신에게 다가오는 모습을 봐야만 하는가.

그때, 이하를 구하는 한줄기 목소리가 울렸다.

[그렇ー 게는 안 됩ー '기가 썬더'……!]

쿠즈구낙'쉬의 오른손에 들린 브론즈 드래곤의 머리가 말을 한 것인가. 아니면 추락하고 있는 브론즈 드래곤의 몸통에서 소리가 난 것인가.

이하는 정확하게 구분할 수 없었다.

중요한 것은 추락하는 브론즈 드래곤의 몸에서 최후의 마법 일발이 발사되었다는 것!

"끄으으으아아앗, 따갑다! 이 자식, 어덜트 주제에 드래곤 하트가 이렇게 충만했단 말인가? 크흐훗."

그리고 그 전뇌 마법에 맞은 쿠즈구낙'쉬의 몸이 극도로 느려졌다는 사실이었다.

"블라우그룬 님!"

[드래곤 하트 덕분에ー 하지만 시간ー 베일리ㅍー]

끊어지는 목소리가 드문드문 이하에게 들려왔다.

즉각 쿠즈구낙'쉬를 향해 발포할 것인가?! 이하는 그렇게 하지 않았다.

더 확실한 방법이 필요하다. 지금까지 얼마나 이 순간만을 기다렸던가, 레드 드래곤이 가장 먼저 썼던 마법과 그 마법의 지속시간 카운팅은 계속되고 있었다. 2초, 1초ー

-쿠즈구낙'쉬 발견, 전투 중!!!!

제로.

이런 귓속말 정도로 바로 이해할 수 있을까?

그러나 귓속말을 받는 대상은 에인션트 골드 드래곤, 베일리푸스다. 이하의 예상 정도는 가볍게 뛰어넘는 두뇌가 있었다.

브론즈 드래곤 블라우그룬의 머리를 들고 이하를 향해 달려오는 쿠즈구낙'쉬의 앞에, 금색의 찬란한 빛이 폭발적으로 일어났다.

"흐, 이런, 이런."

"쿠즈구낙'쉬!"

온몸에 황금빛 갑주를 두른 인간은 이하의 앞에 생성되기 무섭게 검과 방패를 휘둘렀다.

콰아아아앙————……!

두 존재의 부딪침에서 생성된 충격파가 주변의 먼지들을 모조리 밀어냈다.

골든 나이트의 모습과 레드 워리어의 모습으로 싸우는 두 드래곤의 전투는 순식간에 벌어졌고, 또한 순식간에 끝났다.

쿠즈구낙'쉬는 더 이상 전투를 지속할 필요를 느끼지 못했기 때문이다.

"캬하핫, 두고 보겠다, 두고 보겠어, 베일리푸스의 똥개!

언젠가 이 굴욕은 반드시 갚아 주마!"

"멈츠- 블라우그룬!"

휘이이익-!

재빨리 몸을 돌리는 쿠즈구낙'쉬를 베일리푸스는 쫓으려 했다. 머리가 뜯겨 나간 메탈 드래곤 동족을 발견하지만 않았어도 말이다.

추격을 멈춘 베일리푸스를 대신해 이하가 블랙 베스 한 발을 더 쿠즈구낙'쉬에게 먹였다.

빠밤-!

업적 소리가 잠깐 들려왔지만 그것에 신경 쓸 때가 아니었다.

"블라우그룬, 블라우그룬, 내 말 들리나?"

[베일ㄹ-]

"모멘터리 리바이벌Momentary Revival."

화아아아아앗-!

골드 드래곤이 가진 최상급 회복 마법이 시전 되었다.

죽은 자조차 일시적으로 살려 낼 수 있는 에인션트 드래곤의 최고급 마법은 머리가 뜯겨 나간 드래곤의 생명조차 유지시킬 수 있었다.

'미친…… 죽은 사람도 살려 내는 거야?'

경악하는 이하와 달리 베일리푸스는 조급했다.

알렉산더의 모습이 보이지 않는 것으로 보아 접속 중이지 않은 걸까? 어쨌든 베일리푸스는 머리가 없는 동족의 가슴 곁에서 그와 대화를 나누었다.

"어찌 된 일인가. 어떻게 된 일이야. 하트는 괜찮은가?"

[예, 괜찮습니다. 이런 모습으로 인사드리는 걸 용서하십시오, 어르신.]

브론즈 드래곤의 가슴에서 목소리가 나고 있었다. 그제야 이하도 알 수 있었다.

'드래곤 하트…… 그렇군. 약점은 머리 한 군데가 아니었어.'

그들의 뇌이자 심장의 기능을 동시에 수행하는 드래곤 하트가 약점이라는 이야기다. 쿠즈구낙'쉬가 블랙 베스에 머리를 피격당하고 죽지 않은 것도 거기에 있었다.

머리의 뇌가 일부 파괴되었지만 드래곤 하트를 사용해 순식간에 복원했다는 뜻! 웬만한 상처 정도라면 낫게 만드는 것이 드래곤의 사기성 중 하나였다.

'설마 머리가 뜯겨져도……?'

"됐네, 됐어. 말이나 해 보게. 대체 어떻게 쿠즈구낙'쉬와 싸운 것이야, 왜 나에게 연락 없이 먼저 전투를 벌였어!"

[하트가 남아 있긴 하지만…… 시간이 얼마 없으므로 경황에 대해선 어르신의 축복을 받은 인간에게 들으시길 부탁드리겠습니다.]

그러나 그것도 기능의 일부 상실을 복구하는 것뿐, 지금의 브론즈 드래곤처럼 머리가 완전히 뜯겨 버린 경우 재생은 불가능했다.

이하는 블라우그룬의 말을 들으며 그 점을 확인할 수 있었다.

베일리푸스는 블라우그룬의 말을 들으며 안타까운 표정을 지었다. 그리곤 잠시 이하를 돌아보았다.

"하이하가 네게ㅡ"

[쿠즈구낙'쉬에게 훌륭하게 대항해 주었습니다. 저보다도 훨씬 더 말입니다.]

블라우그룬은 매우 따뜻한 목소리로 이하에 대해 언급했다.

브론즈 드래곤은 이하가 쿠즈구낙'쉬를 자신의 레어로 끌고 왔다 여기며 이하를 탓하거나 비난하지 않았다.

선한 드래곤이자 자신의 운명을 이미 직감하고 있는 브론즈 드래곤, 어덜트급에 들어서 어느 정도의 지혜가 충분한 용이 선택한 것은 조금 더 발전적인 방법이었다.

"알겠네. 자네의 말을 존중토록 하지. 그럼…… 마지막 말을 남기게. 나, 골드 드래곤 베일리푸스는 메탈 드래곤 일족으로서 브론즈 드래곤 블라우그룬의 유언을 공증하겠다."

[인간ㅡ 당신의 이름이 하이하입니까.]

"아, 그…… 예. 블라우그룬 님. 죄송합니다."

이하는 모자를 벗고 그의 육신을 향해 조용히 머리를 숙였다. 블라우그룬이 직접적으로 탓하지 않았지만 이하는 자책

할 수밖에 없었다.

레드 드래곤은 브론즈 드래곤을 잡기 위해 이하를 이용한 것이고, 이하는 속절없이 거기에 당했으니까.

알 수 없어서 당한 거지만, 당한 건 당한 거다.

[당신이 보여 준 놀라운– 공격들은 모두 잘 보았습니다. 아마 저보다도 당신이야말로 베일리푸스 님의 힘이 되어 줄 수 있겠지요.]

"……면목 없습니다."

[생명의 은인께서 무슨 말씀을.]

머리가 없었음에도 블라우그룬의 말에는 웃음이 묻어나는 것 같았다. 죽음을 받아들인 드래곤은 천천히 말을 이었다.

[어리석은 저를 대신해 베일리푸스 님의 힘이 되어 주길 바라며…… 인간 하이하에게 부탁하겠습니다. 쿠즈구낙'쉬를 없애 주십시오.]

"네?"

슈우우욱–!

이하의 눈앞에 홀로그램 창이 떴다. 아까 뜬 업적과 더불어 이번엔 또 무엇인가. 그러나 이하는 온전히 집중할 수 없었다.

[물론 당신 혼자서는 불가능한 것. 제가– 저의 힘이– 당신과 함께하겠습니다.]

함께한다? 그게 무슨 뜻일까. 이하보다 먼저 알아들은 것은 베일리푸스였다.

"블라우그룬!"

골드 드래곤의 눈이 휘둥그레졌으나 블라우그룬의 목소리는 변함없었다. 다 죽어 가는 드래곤이 이하와 함께할 수 있는 방법이 무엇인가.

브론즈 드래곤은 이미 각오했고, 골드 드래곤 또한 알고 있었다.

[베일리푸스 님, 공중인에게 부탁드려 죄송합니다만……인간 하이하에게 제 드래곤 하트를 건네주십시오. 그리고 드래곤 하트의 상속이 정당하고 마땅한 것임을 메탈 드래곤 일족 회의에서 증언해 주십시오.]

전혀 예상하지 못한 말에 놀란 것은 당사자인 이하뿐이었다.

[브론즈 드래곤 '블라우그룬'의 복수]

설명 : '베일리푸스 님께는 말씀드리지 마십시오. 현재의 쿠즈구낙'쉬는 어르신보다 강할 수 있습니다. 어르신 홀로 그를 막는 것은 불가능할 터……

그를 막기 위해 필요한 것은 그 어떤 드래곤조차 버틸 수 없는 타격, 드래곤 하트의 충돌입니다. 제 드래곤 하트의 아주 작은 일부라

도 녀석의 드래곤 하트와 충돌시킨다면 놈은 더 이상 힘을 쓰지 못할 겁니다.'

블라우그룬은 자신의 생을 짐작하고 있다.

꺼져 가는 생명의 불씨를 억지로 연장하기보단 대륙의 평화를 지키고자 하는 게 메탈 드래곤들의 뜻. 탄彈으로 만들어 준 그의 드래곤 하트를 전달 받아 레드 드래곤 쿠즈구낙'쉬의 드래곤 하트와 충돌시키도록 하자.

내용 : 블라우그룬의 하트를 쿠즈구낙'쉬의 드래곤 하트 부위에 직격

보상 : 모든 메탈 드래곤과의 친밀도 +20%

브론즈 드래곤의 레어에서 필요 아이템 3개 획득 권한 부여

선보상 : 브론즈 드래곤의 비늘 2개

실패조건 : 공격 불발 시, 베일리푸스의 사망 시, 티아마트의 소환 시

실패시 : 모든 메탈 드래곤과의 친밀도 -40%, 업적-용의 분노

- 수락하시겠습니까?

화아아아———!

브론즈 드래곤 블라우그룬의 가슴팍에서 청록빛이 뿜어져 나왔다.

빛으로 만들어진 덩어리 같은 드래곤 하트가 보이지 않는

손에 의해 주물럭거리는가 싶더니, 어느새 이하에게 익숙한 모양으로 바뀌어 있었다.

[그대 무기에서 쓰는 탄과 같은 모양입니다. 이걸로…… 쿠즈구낙'쉬의 하트를 찌르십시오.]

"하지만 제가…… 그건 좀 너무–"

이하는 황급히 퀘스트 창을 읽었다.

특별할 것 없는 퀘스트다. 쿠즈구낙'쉬를 찾아 드래곤 하트로 만들어진 탄알을 그의 드래곤 하트에 박아 넣으면 된다.

'그러나 기회는 고작 한 번. 그 엄청난 움직임을 가진 쿠즈구낙'쉬를 맞출 수 있을까?'

인간의 모습이라면?

드래곤의 모습이라면 모를까 인간일 때 그의 움직임은 상상을 초월했다. 게다가 단순히 한 방 먹이는 것만이 목적이 아니다.

쿠즈구낙'쉬의 목표인 티아마트를 소환하는 것도 막아야 했고, 베일리푸스가 홀로 그와 싸우다 죽는 것도 예방해야 한다.

즉, 드래곤들과의 관계에 깊숙하게 개입할 수밖에 없게 된다는 뜻.

'선보상의 개념이 있는 건 엄청나지만– 실패했을 경우의 페널티도 결코 만만치 않아.'

모든 메탈 드래곤들과 친밀도가 저렇게 낮아지는 와중에 업적의 이름도 '용의 분노'다. 아마 어떤 드래곤이 되었든 이하를 보자마자 우걱우걱 씹어 먹어 버리지 않을까 싶은 이름.

　[부탁드립니다.]

　브론즈 드래곤의 목소리는 간곡했다.

　푸른 수염에다 기브리드 같은 마왕의 조각에 대한 일, 마탄의 사수에 대한 일, 카즈토르에 대한 퀘스트만으로도 이하의 몸이 부족할 지경이건만……. 그러나 이하는 브론즈 드래곤의 말을 무시할 수 없었다.

　무엇보다 책임감이 그를 강하게 짓누르고 있었다.

　"알겠습니다. 처음부터 쿠즈구낙'쉬의 간계를 파악하지 못한 제 잘못이니까요. 반드시. 반드시 블라우그룬 님의 뜻을 이루도록 하겠습니다."

　[처음 봤을 때부터 선한 사람이라고 생각했습니다. 제게 시간이 조금 더 있었으면, 이런 일이 생기지 않았다면 우린 좋은 친구가 될 수 있었을 텐데 아쉽군요.]

　이하는 웃고 있는 블라우그룬의 얼굴이 떠올랐다.

　조각 미남 같은 그 얼굴, 쿠즈구낙'쉬가 뜯어 가 버린 머리에 붙어 있을 그 얼굴이.

　베일리푸스는 이하와 블라우그룬의 대화를 조용히 듣다 입을 열었다.

"너의 뜻은 그것인가, 블라우그룬."

[예, 어르신. 쿠즈구낙'쉬는…… 예상보다 더 강합니다. 조력자들과 함께하는 걸 부끄럽게 생각지 마시고 부디- 부디 질서의 수호에 힘써 주십시오.]

"알았다. 약속하마."

[그럼- 저는 이제 영원한 안식으로…….]

샤아아아앗-!

브론즈 드래곤의 몸에서 빛이 흘러나왔다.

조각난 유리컵에서 물이 새듯, 그의 육체에서 새어 나오는 빛이 그의 생명이 끝나 감을 알리고 있었다.

"미안하다."

베일리푸스의 눈은 젖어 있었다.

빛이 뿜어지는 것은 겨우 10초 남짓, 브론즈 드래곤의 육체가 사라지고 남은 것은 청록색의 비늘 두 개와 스스로 빛을 발하는 한 발의 탄彈이었다.

〈업적 : 엔터 더 드래곤 게이트-메탈(A+)〉

축하합니다! 당신은 드래곤 하트를 전달 받아 드래곤의 힘을 계승할 자격을 얻으셨습니다. 미들 어스 대륙의 메탈 드래곤들은 일족에게 인정받은 당신에게 호감을 가질 것이며, 당신이 드래곤의 힘을 계승하고 그 유지를 이을 수 있도록 안팎으로 도울 것입니다. 아직은 잉어인 당신이 등용문登龍門을 완전히 넘을 경우 어떻게 변할 수 있을까요? 드래곤들은 호기심을 갖고 지켜보고 있습니다.

보상 : 스탯 포인트 18개

　　　　모든 메탈 드래곤과의 친밀도 +10%

　　　　모든 컬러 드래곤과의 친밀도 -10%

〈엔터 더 드래곤 게이트-메탈〉 업적의 두 번째 등록자입니다.

　업적의 세 번째 등록자까지 명예의 전당에 기록되며, 기존효과의 200%가 추가로 적용됩니다.

효과 : 스탯 포인트 36개

　　　　모든 메탈 드래곤과의 친밀도 +20%

　　　　모든 컬러 드래곤과의 친밀도 -20%

'드래곤 게이트……. 등용문?!'

이하에게 보인 것은 하나의 업적이었다.

드래곤 하트를 증여받은 자만이 가질 수 있는 업적. 명예의 전당 두 번째 등록이 뜻하는 바가 무엇인지도 정확히 알 수 있었다.

'세상에, 알렉산더!'

알렉산더가 받았던 어떤 업적이리라.

레이드를 뛰고, 드래곤을 죽여 드래곤 하트를 뜯어 내는 잔혹한 행위가 아니라 말 그대로 드래곤의 의지로, 드래곤의 힘을 이어받는 것.

드래곤과의 친밀도가 높지 않다면 애당초 불가능한 행동이다.

베일리푸스의 축복 버프와 더불어 블라우그룬과 힘을 합쳐 쿠즈구낙'쉬와 싸운 이하는 아슬아슬하게 해당 조건을 넘어선 셈이었다.

'지난번 버프까지 포함한다면…….'

모든 메탈 드래곤과 친밀도 합계는 +80%. 모든 컬러 드래곤과 친밀도 합계는 −110%가 되었다.

'아, 그래서−'

이하는 불현듯 깨달은 바가 있었다.

라드클리프 도시에서부터 쿠즈구낙'쉬의 인상이 찌푸려진 이유.

베일리푸스의 축복 버프 때문에 친밀도가 자동으로 −80%부터 시작이니 이하를 보고 좋은 표정을 지을 수가 없었던 것이다.

'그걸 힌트로 삼았다면 알 수 있었을…… 까?'

아니, 그럴 순 없었으리라. 완전히 유저라고만 믿고 있던 상황에서 거기까지 생각이 닿았을 리도 없었다.

퀘스트 창과 업적을 살피는 이하에게 베일리푸스가 드래곤 하트 탄과 브론즈 드래곤의 비늘 두 개를 주워 주었다.

"고맙다, 하이하."

"아. 네, 아뇨, 별말씀을……."

"그럼 어떻게 된 일인지 처음부터 말해 주겠나."

베일리푸스의 눈은 타오르고 있었다.

용일 때의 모습만 보다 인간일 때의 모습을 처음 본 이하는 다소 놀라웠다.

그야말로 황금의 기사 같은 그의 외형은 물론이었지만 브론즈 드래곤의 조각 미남 얼굴과는 다른, 거의 중년 이상의 얼굴에서 드래곤의 위엄이 묻어나는 것 같았기 때문이다.

"혹시 용으로 변신하실 수 있으신가요?"

"그건 왜 묻지."

"가는 길에 말씀드리는 게 좋을 것 같아서요. 어- 저를 태워 주실…… 수 있다면 말이죠."

"태운다고?"

"네. 지도는 없지만 방향은 알거든요."

〈숙련자의 마킹(Lv.4)〉

효과 : 86시간 동안 목표물 강조 및 움직임 지도 표기 (1/4)

마지막에 쿠즈구낙'쉬를 향해 먹여 놓은 것은 탄만이 아니었다. 이하가 마킹에 대한 설명을 하자 베일리푸스가 다시 한 번 감탄했다.

"과연! 그때 나를 맞춘 건 우연이 아니었군."

"아, 그, 일은…… 죄송하게 됐습니다."

"아니, 괜찮다. 좋다. 나의 교우가 아닌 이상 나를 탈 순 없지만–"

화아아아아–!

갑주 입은 전사의 몸이 빛나는가 싶더니, 어느새 이하의 눈앞엔 거대한 골드 드래곤이 자리하고 있었다.

[블라우그룬의 유지를 잇는 자는 한 번 정도 예외로 삼을 수 있지.]

"어어엇!"

이하의 몸이 둥실 떠올랐다. 골드 드래곤의 마나에 의해 자동으로 움직여진 몸이 골드 드래곤의 목에 안착되었다.

[꽉 잡아라.]

"넵! 북북서 방향입니다!"

이하는 골드 드래곤의 비늘을 움켜쥐었다. 가는 길에 또 다른 업적을 확인하는 것도 잊지 않았다.

〈업적 : 용서받지 못할 자(A-)〉

축하를 드려야 할까요?

컬러 드래곤들은 당신에 대해 대노하고 있습니다. 육신은 물론 영혼까지도 용서할 수 없다는 그들의 분노가 하늘과 땅을 불문하고 당신에게 적극적이고 능동적으로 찾아올 것입니다. 공간을 가르며 도망갈 수도, 바다를 건너 도망갈 수도 없는 처지라 너무 비관하지 마세요! 벗어날 방법은 있으니까요. 용서를 받을 수 없다면? 용서하지 못하도록 없애 버리는 수밖에 없지요.

분노룡 : 레드 드래곤의 일족, 쿠즈구낙'쉬

효과 : 임시 스탯 포인트 32개 (컬러 드래곤 일족에 의한 사망 시 회수)

　　　모든 컬러 드래곤과의 친밀도 -50%

(명예의 전당이 없는 업적입니다.)

(분노룡 제거 시 스탯 영구 저장)

"음? 앗- 아아……."

한쪽에서 사랑 받으면 반드시 다른 쪽의 분노를 사게 되는 것일까.

'덩크 슛 잘 할 것처럼 생겨 가지곤 속이 엄청나게 좁구만. 그렇게 억울했나.'

마지막 한 발을 쿠즈구낙'쉬에게 먹일 때 딴 업적은 컬러 드래곤과 관련된 것이었다. 그러나 이하는 개의치 않았다.

어차피 컬러 드래곤과의 친밀도는 -100%를 초과한 상황이다. -110%가 -160%가 된다고 뭐가 달라질까.

'뭐, 깔끔하게 죽이냐 괴롭히면서 죽이냐 정도 차이 아니겠어?'

어차피 막 나가는(?) 인생이 되어 버린 이하였다. 북북서를 향해 엄청난 속도로 바람을 가르며, 이하는 캐릭터 창을 열어 스탯을 점검했다.

이름 : 하이하 / 종족 : 인간

직업 : 머스킷티어 / 레벨 : 163 (87.4%)

칭호 : 두려움을 모르는 / 업적 : 100개

HP : 4,630(3,241) **/ MP :** 1,215

스탯 : 근력 334(+249), 민첩 2,229(+895), 지능 148(+97), 체력 155(+62), 정신력 45(+35)

남은 스탯 포인트: 86

'아직도 경험치가 87%? 크롤랑을 비롯해서 꽤 많이 잡았다고 생각했는데…….'

역시 절대 개체수가 적었기 때문일까.

여전히 레벨 업도 못한 이하였다. 얼마간의 아쉬움도 있었지만 이하에겐 오히려 호재나 다름없었다.

'하긴, 레벨이 덜 올라야 두려움을 모르는 칭호 효과를 최대한 많이 받겠지. 나보다 레벨 높은 유저나 몬스터를 더 자주 만나고 있으니…….'

따라서 현재의 흐름은 나쁘지 않다.

레벨은 유지되는 수준만 되면서도 진짜 공격력과 연관 있는 스탯 포인트는 기하급수적으로 모으고 있었기 때문이다.

이번 드래곤 관련 업적으로 얻은 스탯 포인트만 86개.

단순 레벨 업 기준으로는 무려 17레벨을 올려야 겨우 얻을 수 있는 포인트였으니, 레벨이 오르지 않았지만 충분히 만족스러운 상황이다.

'이번에도 올 민첩으로 간다. 조준 속도를 향상시켜야만 해. 쿠즈구낙'쉬를 잡으려면.'

근력이나 체력의 부족은 어차피 느끼지 못하고 있는 상황이었다.

이하가 원하는 것은 더욱 빠른 움직임.

페이우보다 빠른 레드 드래곤의 신형을 쫓아 발포하려면 민첩 수치에 대한 갈증은 무한할 지경이었다.

[방향은 그대로인가?]

"네! 거리가 어느 정도 좁혀졌다고 느껴지긴 하는데- 여전히 멉니다!"

[으음…… 놈도 이미 눈치를 챘다고 봐야겠군.]

"네?"

[마나의 흐름을 감지하는 데 있어선 드래곤을 따라갈 종족은 없다. 그대의 미약한 마나가 자신에게 묻어 있다는 걸 녀석이 느끼지 못할 확률은 낮지. 무엇보다 내 움직임과 속도에 맞춰 이동하고 있다는 게 그 증거다.]

벌써 몇 시간째 엄청난 속도로 날고 있음에도 쿠즈구낙'쉬와의 거리는 별로 좁혀지지 않았다.

레드 드래곤 또한 골드 드래곤과 유사한 속도로 이동하고 있다는 뜻이기도 했다.

"그러면…… 어떡하죠?"

[블라우그룬의 머리를 가져다 어디에 쓸 것인지 먼저 확인해야만 한다. 정말 놈이 티아마트의 재료로 블라우그룬의 머리를 쓰는 것인지, 아니, 분명 그것은 불가능할 터인데…… 메탈의 의지를 짓누를 막대한 힘이 없다면…….]

베일리푸스는 이하가 정확하게 알아들을 수 없는 말을 중얼거리며 허공을 갈랐다.

의미 없는 술래잡기를 계속할 것인가. 골드 드래곤의 판단은 빨랐다.

슈우우우-!

베일리푸스는 점차 속도를 늦췄다.

[나는 일족에게 쿠즈구낙'쉬의 등장과 블라우그룬의 부고를 알려야겠다. 그대는 쿠즈구낙'쉬의 위치를 파악할 수 있다고 했지?]

"어, 네. 앞으로 이, 삼 일 정도는-"

[유심히 확인하며 무슨 일 있을 시 즉각 나를 불러라. 알겠나? 놈이 다른 수를 쓰기 전에 알리는 게 우선이겠어.]

"예, 알겠습니다."

블라우그룬의 머리를 어디다 쓸지는 골드 드래곤조차 확신할 수 없었다. 만약 티아마트의 재료로 쓴다고 한다면? 또 다른 드래곤이 피해를 입을 수도 있다.

베일리푸스는 그 점을 염려했다.

이미 추격을 알아챈 녀석을 더 쫓느니 더 이상의 피해를 방지하는 쪽으로 움직이자는 것.

골드 드래곤은 인적이 드문 땅으로 착륙해 이하를 내려 줬다.

[명심하라. 그대는 블라우그룬의 유지를 잇도록 지정된 자. 만약 이번 일을 성공적으로 끝낸다면 메탈 드래곤의 일족은 그 빚을 잊지 않을 것이다.]

"네. 블라우그룬 님의 뜻이 아니더라도……. 놈에게는 반드시 한 방 더 먹여 주고 싶네요."

[컬러 드래곤들을 조심하라. 그대와 블라우그룬 모두를 위해서라도!]

펄럭- 펄럭-!

골드 드래곤은 마지막 인사와 함께 몸을 띄우며 먼 하늘을 향해 다시 사라져 갔다.

쿠즈구낙'쉬와 즉각 2차전이 벌어질 줄 알았던 이하로서는 오히려 안심이기도 했다.

'아직 그 드래곤 하트 탄을 어떻게 써야 할 줄도 모르겠고. 아직 내가 준비가 안 됐단 말이지.'

마킹이 되어 있으니 지도만 수시로 확인해 주면 레드 드래곤의 접근을 예방할 수도 있으리라.

"자…… 그러면 이제- 퀘스트 완료부터 하고 생각해 볼까?"

이하는 수정구를 들어 저장된 장소를 향해 텔레포트 스크롤을 사용했다. 당장 완료할 수 있는 퀘스트라면 역시 키메라와 관련된 것, 새로운 장소의 보틀넥 대장간이었다.

"보틀넥 아저씨!"

사박- 사박-!

이하는 지난번 저장해 두었던 보틀넥의 새로운 대장간 근처로 텔레포트를 한 후, 친근하게 그들을 불렀다.

쇠가 부딪치는 소리들이 멈추고 드워프들이 고개를 내밀었다.

"어떻게 됐나? 잘 됐어?"

"음, 일단 들어가서 말씀드릴게요. 오늘은 그냥 가도 되는 거죠? 함정 없죠?"

보틀넥의 다급한 말투만 들어도 알 수 있었다. 드워프들은 가뜩이나 짧은 목이 빠지도록 이하를 기다리고 있었으리라.

이하가 농담처럼 말하자 그럼, 그럼! 하면서 손짓까지 하는 거 보면 말이다.

이하는 마나 투시 스킬까지 써서 주변을 제대로 살피곤 작은 건물 안으로 들어갔다. 단순히 퀘스트를 완료하는 것 외에도 물어보고 싶은 것이 꽤나 많았기 때문이다.

"얼굴을 보아하니 키메라를 찾긴 찾은 모양이지?"

"찾은 정도가 아니죠. 에헴!"

이하는 가방을 뒤적이며 아이템들을 꺼내었다.

터억— 터억—!

탁자 위에 썩어 문드러진 피부, 변색된 살, 뒤틀린 근육 등이 올려질 때마다 보틀넥과 비어드 브라더스가 눈살을 찌푸렸다.

"이 기운은……."

"도합 열 개. 모두 다른 키메라들의 다른 부위들일 겁니다. 붉은 산맥 너머에서 제가 발견한 건 이 녀석들이었어요. 결계까지 치고 숨어 있던 오십 기의 키메라……. 기브리드가 만든 키메라들이었습니다."

"모루의 신이시여……. 정말로 기브리드의 키메라란 말인가. 아니, 아니, 이건 최신작은 아니야. 최신작은 아니지. 이렇게 피부가 썩어 있으려면 몇 년 가지고는 안 돼. 안 되고말고. 그렇다면 우선 기브리드가 나타난 건 아니라는 뜻인가. 그렇다면 대체 누가— 어떻게?"

보틀넥은 기브리드의 키메라 살점들을 만지작거리며 홀로 뇌까렸다.

이하는 홀로 중얼거리는 드워프를 조용히 바라보고 있었다.

그렇게 한참 동안 키메라 표피들을 살피던 보틀넥은 비어드 브라더스에게 그 표피를 넘긴 후에야 다시 입을 열었다.

"결계…… 결계가 있었다고 했나? 그래, 그거야. 결계가 남아 있을 리가 없어. 무슨 결계였지?"

"으음, 지금은 파훼되었지만…… 그들의 모습을 감추어 주는 결계였습니다."

"키메라들이 그 결계를 부수진 않았고?"

"엥? 자신들의 모습을 감추는 결계를 왜 부수겠어요."

보틀넥은 자신만이 아는 지식을 갖고 마구잡이로 물어 왔다. 그래도 이하는 당황하지 않고 천천히 답했다.

물론 보틀넥이 흥분하는 데에도 이유는 있었다.

"키메라는 절대로 한군데에 있지 않네. 육체가 마구잡이로 뒤섞여 지능 따위라곤 완전히 사라진 존재들……. 서로가 서로를 영양분으로 섭취할 정도로 망가진 것들이지."

보틀넥의 말을 들으며 이하는 그때를 떠올려 보았다.

쿠즈구낙'쉬가 결계를 해체한 직후에도 그런 모습은 보이지 않았다. 서로 싸운다고? 그런 모습조차 없었다. 그들의 목적은 확실하게 이하, 그리고 쿠즈구낙'쉬로 고정되어 있지 않았던가.

"어, 아닌 것 같은데요. 다들 저만 노리던데. 서로 싸우기는커녕……."

"바로 그 말일세."

보틀넥의 표정이 밝으면서 동시에 슬픈 표정을 지었다. 저렇게 어려운 표정을 지을 수 있는 게 연륜일까. 이하는 그의 생각을 읽을 수 있었다.

"키메라를 통솔하는 누군가가 나타났다는 뜻이겠군요."

"그렇지. 그것도 제2차 인마대전 당시 기브리드가 만들어 낸 키메라를 통솔할 수 있는 자가 있다는 거지."

"누가 그렇게 할 수 있죠? 레드 드래곤?"

그 장소로 자신을 안내한 게 누구던가.

이하는 쿠즈구낙'쉬의 이름이 떠올라 재빨리 물었으나 보틀넥은 어리둥절한 표정을 지을 뿐이었다.

"응? 갑자기 무슨 소린가, 레드 드래곤이라니? 마왕의 조각 중 하나인 '키메라 둥지' 기브리드가 만들어 낸 키메라를 통솔할 자가 누구인지는 뻔하지 않나."

"아……! 아앗! 푸른 수염!"

"맞아. 같은 마왕의 조각, '푸른 수염' 레 백작. 녀석밖에 없지."

이하는 갑자기 웃음이 날 것 같았다. 물론 심각해하는 보틀넥 앞에서 그럴 순 없었기에 어거지로 꾹꾹 눌러 참았다.

이런 걸 소 뒷걸음치다 쥐 잡은 격이라고 하는 건가?

'뭐야, 이거? 퀘스트 두 개를 한 방에 클리어 한 셈이잖아!'

[귀족鬼族장 '푸른 수염' 레 백작-2] 의 퀘스트 클리어 조건

이 바로 이것 이었다.

푸른 수염에 대한 위치 정보 획득!

적어도 한 가지는 확실해졌다. 푸른 수염은 미니스 서남부의 불모지를 다녀갔다.

그 이유는 제2차 인마대전 당시 기브리드가 남겨 놓은 키메라들의 규합 및 은닉!

"기브리드가 나타난 게 아닌 건 확실하죠?"

"확실하다고 할 순 없지만, 만약 나타났다면 이런 오래된 키메라를 쓰진 않았을 거야. 모습을 드러내는 즉시 온갖 키메라들을 토해 내기 시작했겠지."

"그렇다면 붉은 산맥 너머에서 이런 짓을 꾸민 것은 푸른 수염이 맞고요?"

"키메라가 오십 마리 정도라고 했었나? 그것만 봐도 확실하잖아. 숫자가 적어. 최소 삼백은 넘어야 한다고. 다시 말하자면 그사이에 키메라들이 서로를 잡아먹었다고 봐도 되지 않을까? 즉, 푸른 수염이 그곳에 나타난 것도 바로 얼마 전이라는 얘기지."

보틀넥의 확답을 들으며 이하는 옅은 미소를 띠었다. 이것으로 확실해졌다.

"보틀넥 님은 이것으로 무죄를 증명할 수 있는 거고요?"

"……뇌까지 철광으로 된 머저리들이지만 이걸 못 알아보진 않을 테니까. 자네의 증언까지 더하면 저쪽에서도 더 말을 하긴 어렵겠지. 고맙네."

보틀넥도 마침내 미소를 지었다.

그 순간 이하의 머릿속에 팡파르가 울렸다.

[결자해지 퀘스트를 완료하였습니다.]

[보틀넥 대장간 3회 무료 이용권을 획득하였습니다.]

[퀘스트 조건 초과달성으로 보틀넥 대장간 1회 무료 이용권을 추가 획득하였습니다.]

'오?'

그리고 보틀넥에게는 인상을 찌푸릴 일이지만 이하에겐 쾌재를 부를 만한 알림 하나가 더 보였다.

'쿠즈구낙'쉬한테 고마워해야 하나. 큭큭.'

퀘스트 완료를 위해 키메라들을 발견하게 해 준 것, 그리고 여유롭게 아이템을 주을 수 있도록 시간을 끌어 준 것은 모두 그 레드 드래곤 덕분.

'고마우니 다음엔 꼭 한 방 처먹여 주지.'

이하는 복수를 다짐하곤 보틀넥을 바라보며 또 다른 아이템을 꺼내었다.

"자, 그러면 얼굴 본 김에 전부 말씀드려야겠네. 이거 말인데요."

"뭐, 뭐, 뭐야! 뭐야 이건!"

"우오어어어엇! 보스?!"

"우왁! 드, 드래- 드래- 드래곤의-"

아이템 하나를 보자마자 보틀넥과 비어드 브라더스가 호들갑을 떨어 대었다. 오히려 마주 앉아 있는 이하가 더 깜짝 놀랄 정도의 반응이었다.

"뭘 그렇게 소리를 질러요, 깜짝 놀랐네. 근데 알아보긴 알아보시나 보네? 이거 뭔 줄 아세요? 모양이 좀 바뀌었을 텐데."

"이런 미친놈! 드래곤 하트를- 그게 왜 거기서 나와!"

보틀넥이 다짜고짜 욕부터 한 게 크게 잘못된 것은 아니었으리라.

드래곤 하트를 저렇게 태연하게 가방에서 꺼내는 사람이 세상 어디에 있겠는가?

Geschoss 6

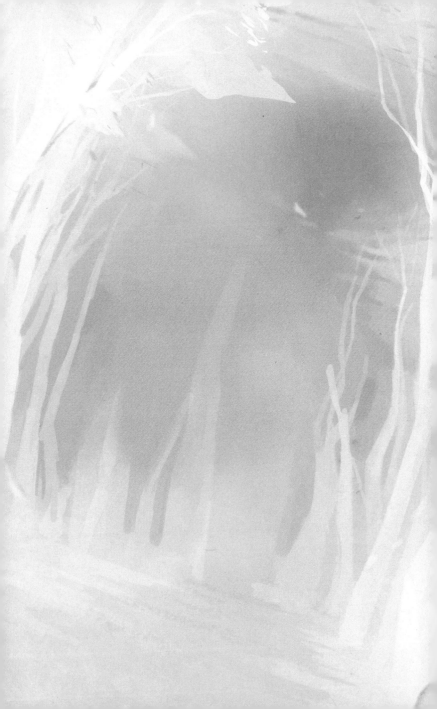

"하아, 하아, 비어드– 비어드 브라더스! 물! 냉수 가져와!"

"저부터, 저부터 마시고요, 보스!"

드워프 두 명이 후다닥 달려가 벌컥, 벌컥 물을 들이켰다.

온 수염이 다 젖도록 물을 마시고 보틀넥도 황급히 냉수를 마셨다. 드워프들이 진정을 찾은 건 그로부터도 조금 지나서였다.

"어디서 났어? 훔쳤나? 설마 훔쳐서 바로 여기로 온 건 아니지? 너 정말 그랬다면⋯⋯. 아니지? 그런 미친 짓을 하진 않았지?"

"밖에 드래곤의 소리는 안 들립니다, 보스!"

"만약 그러면 헬앤빌은 끝장이야! 성난 드래곤이 드워프들을 모조리 씹어 먹을 거라고!"

"나, 참. 진정 좀 하세요. 설마 그랬으려고. 내가 무슨 도둑인가."

호들갑을 떠는 드워프들을 이하가 겨우 말렸다.

도둑이냐는 표현에 비어드 브라더스가 '도둑이 맞지 않나? 하는 짓만 보면 날강도인데.' 하는 소리는 못들은 척하며 넘겼다.

"여차저차하다 이걸 얻게 되었는데, 아무리 생각해도 이상해서 뭐 좀 물어보려고요."

"뭔데."

〈'블라우그룬'의 드래곤 하트〉

효과 : ??

설명 : 드래곤 일개체의 모든 마나와 정수가 고스란히 담겨 있는 드래곤 하트. 가만히 있어도 홀로 마나를 흡수하는 자연적인 마나홀은, 인간의 그것과는 양과 질을 비교할 수 없을 정도다. 1,377년을 살아온 어덜트 브론즈 드래곤 블라우그룬의 것이다.

"드래곤 하트는 드래곤의 에너지가 전부 담긴 거잖아요?"

"그렇지."

"이 드래곤 하트의 주인이 그걸 지금 이런 모양으로, 하나의 탄궤(彈)로 만들어 준 건데……."

"드래곤과 그 정도의 대화를 했다는 게 믿겨지지가 않군. 그래, 그런 건데? 뭐 어쩌자고?"

보틀넥이 이마를 탁! 치며 놀란 표정으로 이하를 바라보았다.

이하는 잡혀지는 느낌은 나면서도 너무 가벼워 무게감조차 느껴지지 않는 드래곤 하트를 만지작거리며 하나의 아이디어를 짜내었다.

"혹시 이거 분리할 수 있어요?"

"무슨 소리야, 바꾸다니?"

"음, 그러니까…… 드래곤 하트의 모양이 원래 이거보다 컸단 말이죠. 근데 그걸 이런 모양 하나로 압축시킨 거니까, 원래 크기로 돌린 다음에 탄彈 모양 하나와 다른 덩어리 하나로 분리할 수 있냐는 말이에요."

"엉?"

그것은 블라우그룬이 부여한 퀘스트의 내용과 드래곤 하트 아이템의 설명, 두 가지에 적힌 미들 어스 특유의 불친절함을 파고드는 이하의 게임 공략 노하우나 마찬가지였다.

"뭘 못 알아들은 척해요! 그러니까, 이미 검으로 만들어진 철이 있다고 치자고요. 그럼 그 검을 다시 녹인 다음에 그걸 작은 망치 하나랑 곡괭이 하나, 뭐 이렇게 재활용 할 수 있을 거 아녜요? 그쵸?"

"그, 그거야 그렇지만- 아니 철이랑 드래곤 하트랑-"

"뭐든지 만드는 드워프가 못한다고 하시진 않을 테고……. 그것도 저 헬앤빌 최고의 소도구 전문 드워프가 말이죠."

이하의 도발, 그 단순한 말에도 보틀넥의 이마에 힘줄이 튀어나왔다.

이하는 가까스로 웃음을 참았다.

"이 자식이 날 뭘로 보고? 내가 직접 해 본 적은 없지만 우리 증조할아버지가 헬앤빌 최초로 드래곤 하트를 조각한 사람이야! 그 드래곤 하트를 쥐똥만 한 반지 알갱이로 만든 사람이 우리 할아버지였다고! 알아? 달빛을 닮은 반지라고 하여 한때 '달빛조각사'라고도 불리었던ㅡ"

"오, 오, 더 잘됐네! 역시 재능은 혈통빨 아니겠어요? 그럼 보틀넥 아저씨도 할 수 있죠?"

"으, 응? 그거야, 뭐……."

"게다가 부탁할 게 그것뿐이 아니거든요."

이하는 또 다른 아이템 두 개를 꺼내어 탁자에 올려놓았다. 보틀넥과 비어드 브라더스의 눈이 다시 한 번 휘둥그레 커졌다.

"드래곤 스케일(비늘)! 드래곤을 잡기라도 한 건가? 그 드래곤 하트의 주인이로군! 브론즈 드래곤의 것이야!"

"제가 잡은 건 아니에요. 오히려 이 드래곤이 저에게 선물로 준 거죠."

"브론즈 드래곤이 선물로 줬다고? 자신의 하트와 비늘을?"

"그렇게까지 못 믿겠다는 표정 노골적으로 짓지 마시고요. 복잡한 사연이 있으니까. 여튼, 이 비늘을 제가 보니까─"

〈'블라우그룬'의 드래곤 스케일〉

효과 : ??

설명 : 브론즈 드래곤의 비늘이다. 물리적, 마법적으로 극강의 방어력을 갖는 물질이다. 드래곤 스케일을 모아 만든 갑옷은 자신의 국가와도 바꿀 수 없다는 어느 왕의 말은 결코 허튼 게 아닐 정도. 모든 드래곤의 비늘엔 고유의 브레스 에너지가 담겨 있다.

"─브레스 에너지가 담겨 있다고 적혀 있더라고요. 맞죠?"

"그렇겠지. 드래곤 브레스는 단순 마나가 아니라 드래곤 스케일의 에너지와 마나의 운용, 그리고 용의 호흡이 합쳐진 거라고 하지 않나."

보통의 사람이라면 드래곤 스케일이 갖는 '방어력'에 집중했을 것이다.

얼마 되지도 않는 크기의 비늘 두 개니까 끽해야 장갑을 만들어 쓰는 정도의 상상력에서 멈추었을 터. 그러나 이하는 그러지 않았다.

그 뒤의 말, '브레스 에너지'가 담겨 있다는 것에 집중했다.

"그러니까, 결국 이거 가지고 말인데요-"

스윽, 스윽, 스윽.

이하는 테이블에 그림을 그리며 보틀넥과 비어드 브라더스에게 열성적으로 설명했다.

인간의 힘으로는 만들 수 없음이 분명하다.

미들 어스에서 생산 스킬을 배우긴 하지만 여기선 스킬을 쓴다고 해서 뚝딱 만들어지는 게 아니다. 아니, 정확히 말하자면 자동 제작으로 만들어지긴 하지만, 그것 또한 확률에 영향을 받는다.

즉, 자동 제작을 하지 않은 채 제작을 해야 하는데, 그러려면 자신이 그것을 직접 만들 정도의 정교한 숙련도와 솜씨가 있어야 한다.

일반적인 지식이 있어도 무작정 현대적인 제품들을 생산할 수 없는 이유이기도 했다.

하지만 지금은 어떤가? 이하가 주문 제작을 의뢰하는 대상은 인간이 아니다.

미들 어스의 시스템이 허락하는 한 무엇이든 만들어 낼 수 있는 제작 장인이다.

그렇다면 드워프의 제조력과 드래곤의 재료, 그리고 인간의 상상력이 합쳐질 때 무엇이 나올 수 있을 것인가.

어디까지 허용될 것인가.

"-하는 게 가능할까요?"

"악마적인 상상력이군."

한참 동안 설명을 듣던 보틀넥이 고개를 저었다.

비어드 브라더스는 미세하게 몸을 떨고 있었다. 보틀넥의 표현에 극히 동감한다는 표정을 지으며.

그러거나 말거나 이하가 조용히 있자 보틀넥은 한 번 더 말했다.

"악마적 상상력이야. 이걸 정말로 만들겠다는 건가?"

"처음 나왔을 때도 악마적이라는 말은 많이 들었던 물건이죠."

"응? 처음 나왔을 때?"

"아니, 아니. 혼잣말이에요."

이하는 보틀넥을 향해 싱긋 웃어 보였다.

역시 현실에서 거부감을 갖는 물건들은 미들 어스 내에서도 거부감을 갖도록 설정되어 있는 걸까. 보틀넥은 크게 한숨을 내쉬곤 이하에게 물었다.

"이걸 어디에 쓰려고?"

"물론 제 몸을 지키기 위해서죠."

"허어……."

"이론상으로도 문제없지 않겠어요? 에너지원이 있고, 점화 플러그 역할을 할 게 있고. 이쪽 다른 아이템도 절연체만 잘 구하면 될 테고요. 나머지는 뭐, 평소처럼 만드신다면 문제없을 거고."

숙고하는 보틀넥을 이하가 뒤흔들었다.

재료는 충분하고 의도도 자기방어의 목적! 게다가 현실의 물건을 살피며 이론을 접목시킨 이상 틀릴 리도 없다.

남은 것은 드워프의 손길로 직접 제작하는 것뿐.

"……좋아, 내 부탁을 들어준 사람을 홀대할 순 없지. 최선을 다 해 보겠네."

"보스!"

그리고 제작 장인 NPC는 그 유혹을 거부할 수 없었다. 비어드 브라더스들이 화들짝 놀랐지만 보틀넥은 흔들리지 않았다.

"단 그렇게 되면 실험 비용까지 포함해서-"

"응? 비용이요? 나 무료로 네 번 의뢰할 수 있잖아요?"

"어?"

"잘 부탁해요. 일단 이렇게 해서 총 '네 장' 전부 쓴 겁니다! 장부 잘 달아 놓으시고."

"어?"

보틀넥은 탁자 앞에 마주 앉은 젊은이가 잠시 동안 키메라로 보였다. 이하의 능글맞음은 키메라 이상의 공포였다.

이하와 키드, 루거가 각기 흩어져 푸른 수염의 흔적을 찾고 있을 때, 다른 유저들이라고 놀고 있던 것만은 아니었다.

삼총사처럼 메인 스트림 퀘스트에 충분히 개입한 유저들은 유저들대로, 그리고 마왕의 조각이 뭔지 감도 잡지 못하는 저레벨 유저들은 저레벨 유저들대로 스토리에 개입하고 있었다.

정확히는 개입하는 게 아니라 개입당하는 것이었지만.

"살려 줏− 살려 주세요! 어어, 어어어!"

"귀환 스크롤 써요 얼른! 얼른!!"

"없으니까− 없으니까 뛰죠!"

쿵− 쿵− 쿵−!

저레벨 유저 한 명이 발바닥이 땀이 나도록 달리고 있었다.

아직 레벨 100도 달성하지 못한 유저의 뒤에서 거대한 발소리를 내는 것은 오우거였다.

일반 오우거와 달리 유달리 큰 키, 7m에 달하는 녀석의 몸에 달린 팔은 네 개였다.

"그냥 성문 닫아요!"

"아잇− 저 사람 들어올지도 모르는데 어떻게 그래요?"

"여기 NPC 없나? 문 닫으라니까! 기사단! 아니, 치안대! 울타리라도 쳐야지 뭐해요?!"

"시발 왜 필드 보스들이 아무 데서나 튀어나오고 지랄이래!"

마을 안에 있는 유저들은 발을 동동 굴렀다.

문이라고 해 봤자 2m 남짓의 낮은 문, 성벽이라고 부를 만한 것은 그 문 크기에 맞는 목책 정도가 전부인 장소였다. 지금이라도 문을 닫아야 하건만, 달려오고 있는 유저를 그냥 무시할 수는 없었다.

무엇보다 유저들에겐 믿는 구석이 있기 때문이기도 했다.

'설마 몬스터가 마을 안으로 들어오겠어.'

'일단 여기 있으면 안심이겠지?'

'치안대 NPC가 죽이러 나가려나? 나도 그때 한 방 쳐야겠다.'

긴장과 두근거림이 그들을 감쌌다. 쿠웅— 쿠웅— 여전히 오우거는 속도를 줄이지 않고 달리고 있었다.

그 앞에 선 유저와의 거리는 점차 좁혀지는 상황, 텔레포트 마법도 없고 귀환 스크롤도 없어 도망갈 수 없는 저레벨이 선택할 수 있는 길은 많지 않았다.

"하아……. 하아……. 아, 시발……."

유저의 발걸음이 점차 느려졌다. 성문 뒤에 숨어 보던 사람들도 그게 어떤 증상인지 알고 있었다.

"미친, 스태미너 떨어졌나 보다!"

"어떡해! 누가 가서 구해 와요!"

"구하긴 무슨, 어떻게 구해요? 말이 되는 소릴 해야지!"

"아니, 치안대 NPC 부르라니까! 어디 갔어, 다?"

마을 안의 유저들이 웅성거리는 사이, 도망치던 유저는 표정을 편하게 가다듬었다. 어차피 도망가는 건 틀렸다는 걸

본인이 가장 잘 알고 있으니까.

그는 웃으며 마을 안을 향해 손짓했다.

"님들! 님들이라도 사세요! 얼른 문 닫고 NPC 부르면-"

콰아아아아아아앙———!

포 핸드 오우거가 몽둥이를 내리치자 바닥에는 케첩을 마구잡이로 뿌린 것 같은 흔적만이 남게 되었다.

즉각 잿빛으로 변하긴 했지만 그사이의 이펙트를 모두 보았다.

게임이라는 걸 아는 유저들도 인상을 찌푸릴 정도로 잔혹한 장면이었다.

"읍-"

워어어어어어어어-!

"문! 문 닫아, 문!"

쿵- 쿵- 쿵-!

유저를 죽이고도 포 핸드 오우거는 멈추지 않았다. 마을 안의 사람들은 재빨리 문을 닫고 걸어 잠갔다.

치안대 NPC들이 도착한 것은 그때였다. 기사단과 달리 경장비를 입은 NPC들을 보자 유저들의 얼굴에 웃음꽃이 피었다.

"헷! 왔다!"

"오케이, 버프 물약 하나 빨아 주시고."

"치안대 여러분! 저쪽이에요!"

유저들은 용기백배하여 무기들을 꺼내어 들었다. 몬스터의 정체는 어차피 모르지만 어쨌든 레벨 70 사냥터 근처의 마을 아니던가.

처음 보는 필드 보스였지만 그것은 자신들의 경험이 부족해서 못 봤기 때문이라고 생각하는 사람들이었다. 기껏해야 레벨 100 언저리겠지, 하는 생각들. 치안대가 충분히 감당할 수 있겠지, 하는 방심.

"플렉스 마을 치안대 전원 전투 준비!"

하ㅡ!

"돌ㄱㅡ"

콰아아아아아앙ㅡㅡㅡㅡ!!

"ㅡ우앗, 우아앗?"

목책을 포함한 성문이 단 한 번의 공격으로 파괴되었다.

우구어어어어ㅡ!

포 핸드 오우거는 울부짖었다. 팔 네 개에 들린 네 개의 몽둥이가 풍차처럼 휘둘러졌다.

"뭐야, 시발! 치, 치안대가ㅡ"

창을 든 치안대 NPC가, 검과 방패를 든 치안대 NPC가 퍽, 퍽 소리와 함께 하늘로 솟구쳤다.

살아남을 수 없으리란 건 당연한 사실.

오우거는 팔을 멈추지 않았다. 덩치도 덩치였지만 거대한 몽둥이는 움직임에 맞춰 앞에 있는 모든 것을 휩쓸었다.

나무, 상점, NPC, 유저……

마치 이 마을을 통째로 없애 버리겠다는 듯 분노하는 오우거는 미들 어스의 사자나 다름없었다.

"튀자! 뭐, 시발- 스크린 샷이라도 찍어서-"

꾸우어어어어어어-!

[포하노카가 포효합니다.]
[상태이상 '공포'에 걸렸습니다.]
[1분간 움직일 수 없습니다.]
[총 HP가 30% 감소합니다.]
[스태미너가 50% 이하로 감소합니다.]

믿고 있던 치안대 NPC가 추풍낙엽이 되었고 방어벽은 진작 부서졌다. 유저들이 할 수 있는 것은 아무것도 없었다.

'제발, 제발, 제발-'

'아, 내 경험치 시발, 제발!'

쿠우웅……. 쿠우웅…….

서서히 다가오는 소리가 들림에도 고개를 돌릴 수 없다.

등 뒤에서 다가오는 공포를 고스란히 유저들이 느끼고 있을 때, 그들이 바라보는 방향에서 연보랏빛의 광원이 번쩍였다.

"후우, 포 핸드 오우거 한 마리입니다! 지난번이랑 같아요, 추정 레벨 220 전후! 원딜, 법사님들 딜 준비하시고, 도트랑 매즈부터 묻힙니다!"

그 빛이 사라지며 나타난 것은 한 무리의 유저들, 스물다섯 명의 유저들은 모두 통일된 망토를 차고 있었다.

가장 앞에서 방패를 들고 달리는 인원은 이미 몇 번이나 이런 일을 겪었다는 듯 자신 있는 태도였다.

"키킷, 알았다고요. 카아아아아악-"

얼어붙은 유저들은 입을 열 수 없었지만 그들의 소문은 듣고 있었다.

갑작스레 튀어오는 대형 몬스터들을 찾아 정리하는 길드는 현재 사람들 사이에서 톡톡한 유명세를 치르고 있었다.

"-튀에에에!"

푸른 수염 레의 목적, 나아가 미들 어스의 시스템의 목적은 유저들의 약화였다. 장차 일어날 이벤트 전, 유저들을 약화시켜서 더욱 흥미진진하고 긴장감 넘치는 이벤트로 만들기 위한 사전 작업들이었다.

대표적인 게 국가전이었고 국가전 이후 '레'의 귀족 습격이 그것이었다.

그러나 레는, 그리고 미들 어스는 잘못 생각하고 있었다. 이런 건 오히려 '솎아 내기'에 지나지 않는다.

꾸어어어엇-!

"홀드 포지션-암Arm."

비예미의 지속 데미지 독액에 뒤이어 공간을 부분적으로 묶는 또 하나의 마법이 걸리자 포 핸드 오우거의 팔들이 덜컥거렸다.

얼굴도 움직여지고 발도 움직일 수 있는데 팔이 굳다니? 오우거의 머리로는 이해할 수 없는 상황이었다.

지능 낮은 괴력의 몬스터를 어떻게 상대해야 하는가.

최소한의 마나와 최단시간 캐스팅으로 몬스터를 잡으려면 어떤 마법이 가장 효율적이었던가.

그들에게 숱한 경험에 의한 노하우가 축적되고 있었다.

"크으, 역시! 좋습니다. 우리도 게임 공략이라면 어디 가서 지지 않잖아요?! 별초 전원, 돌겨어어어억! 이거 잡고 다른 쪽에 윙드-오우거 잡으러 또 가야 합니다!"

"케이가 탱킹만 잘 하면 금방 끝나는 일이죠."

"태, 태일 형님!"

급박한 와중에도 웃음을 잃지 않는 기정과 별초의 유저들이 달려 나갔다.

국가전에서 살아남고 습격을 버틴 자들은 힘을 합쳐가며 과거보다 더욱 강해지고 있었다.

비록 그 습격이라는 게 곳곳에서 끊임없이 일어나고 있어 버거운 일이었지만 시련이 그들을 단련시키고 있다는 점만은 확실했다.

물론 국가전에서 살아남고 습격을 버틴 자들이 모두 같은 방법으로 강해지고 있는 것은 아니었다.

대다수의 사람들이 마魔와 싸우면서 강해질 때, 누군가는 마魔와 가까워지며 강해지는 쪽을 택하는 것도 당연한 일이었다.

미니스의 서남부, 라드클리프 도시.

불과 얼마 전 이하가 다녀갔던 마을은 여전히 소수의 유저들이 모여 알음알음 사냥을 준비하는 장소였다.

"그리핀 잡으러 가실 분! 힐러 한 명 급구용, 너만 오면 고~!"

"체인 텔포 스크롤 삽니다, 한 장 급처 좀 부탁해요."

"렙제 170 사냥하러 가실 탱─…… 어?"

"음? 님들 저게 머임?"

붉은 산맥으로 들어가는 초입에 위치하고 있는 작은 도시였기에, 도시의 중앙에서도 산 능선은 충분히 눈에 들어왔다.

"헐? 뭔 찌꺼기 덩어리 같은 것들이…… 몬스턴가?"

"처음 보는데요."

황토빛 대지에서 꾸물거리며 움직이는 거대한 덩어리들.

걷는 건지, 꿈틀대는 건지, 언뜻 보면 거대한 슬라임이라고 해도 믿을 수 있을 정도의 무언가가 느릿느릿 라드클리프를 향하고 있었다.

"대박. 요즘 퓌비엘 쪽에 몬스터 이벤트 한다는데 미니스도 그거 하나 본데요?"

"필드 보스 뜬다던 그거요?"

"오, 쩌네. 우리도 함 잡아 볼까요?"

미니스의 유저들이 삼삼오오 모였다.

팔이 몇 개 달린 대형종 몬스터에 비하면 저 덩어리는 얼마나 만만한가. 느릿느릿 다가오는 적의 속도, 그리고 최소 레벨 170 이상의 유저가 근처에 오십 명 이상 있다는 점이 그들에게 자신감을 불어넣어 주었다.

"저거 덩어리 잡으실 분들!"

저요, 저저저저!

파티 초대 해 줘요!

유저들은 순식간에 모여들었다. 급조되었지만 역할 분담까지 확실히 할 수 있는 중수 이상의 유저들의 속도는 빨랐다.

순식간에 두 개의 공격대가 편성되었다.

크루루루……

멀찍이서 들려오는 놈들의 소리에 유저들의 등골이 서늘해졌다. 적어도 지금껏 한 번도 겪어 본 적 없는 몬스터인 것은 확실했다.

"혹시 모르니 기사단 NPC는 불러야 하지 않을까요?"

"아, 지금 가는 것 같은데요?"

붉은 산맥 쪽 출입구를 향해 달려가는 일단의 무리들. 은빛 갑주 번쩍이는 집단은 분명히 라드클리프의 치안을 책임지는 기사단이었다.

"……근데 왜 문을 닫지?"

"나가서 잡아야 하는 거 아닌가? 일단 우리도 이동합시다."

유저들은 고개를 갸웃거리며 이동했다.

어느덧 덩어리 몬스터들은 능선을 다 내려와 평지에서 이동 중인 듯, 더 이상 보이지 않았다. 라드클리프 입구를 향해 오고 있는 것일까.

"해독 포션부터 챙겨! 사제님께 연락해!"

"수도와 에즈웬으로 파발부터! 빨리!"

"알겠습니다!"

출입구 앞에 바리케이드를 치는 와중에도 기사단 NPC들은 분주히 소통했다.

"와…… 이거 뭐임? 보통 이벤트가 아닌가 본데?"

국가전 당시 적극적으로 참여하지 않았던 유저들은 겪어볼 수 없었던 새로운 모습. 유저들의 감탄과 NPC들의 고함 너머로 몬스터들의 울음소리도 들려왔다.

크룻- 크루루루루…….

크루루, 크루루-!

"저기, 기사단 님, 저건 무슨 몬스터예요?"

"얼른 피하십시오! 저희가 시간을 끄는 동안 도망치십시오!"

"네?"

"조만간 시장이 도시 폐쇄령을 내릴 겁니다! 그전에 어서 워프 게이트를 활용해서 도망가십시오!"

도시 폐쇄령.

그 단어에 유저들의 가슴이 내려앉는 것 같은 기분이 들었다.

대체 무슨 몬스터길래 도시를 폐쇄한다는 걸까. 그래 봐야 조금 강한 필드 보스들이 침공하고, 그걸 유저들이 막아 내며 레벨업 하는 이벤트 아니었나?

퓌비엘에선 그런 식으로 막아 냈다는 소문이 들려왔기에, 미니스 유저들도 거기까지밖에 알지 못했다.

"저, 저게 뭔데 그래요?"

그리고 미니스의 유저 한 명이 기사단에게 물었다. 그 순간, 그들의 머리 위로 연보랏빛의 막이 쳐졌다.

"키메라도 모르는 얼간이들이 알아서 뭐하겠나."

"어? 켁-"

쉭, 지팡이가 그의 가슴팍을 뚫으며 튀어나왔다.

기사단 NPC들조차 반응 할 수 없는 정도의 속도, 유저들이 감당할 수 없음은 물론이었다.

"뭐야? 마을 안에서- 컥!"

쉭, 쉭, 쉭.

무언가가 움직이고 있다. 그 잔영조차도 눈으로 쫓기 힘든 속도에 한 사람, 한 사람이 쓰러져 갔다.

"뭐가 어떻게 된 거야?! 갑자기 왜-"

콰앙- 콰앙- 콰앙-!

난리가 난 것은 마을 내부의 정체 모를 적만이 아니었다. 문이 두들겨지기 시작했다.

도시 내부에서도 느껴지는 불길한 소리.

츠츠츠츠, 하는 부식음과 함께 매캐한 연기들이 문틈으로 새어 들어왔다.

문은 부서지지 않았다. 천천히 부식되어 녹아 없어졌을 뿐!

"크루루루!"

"크룻, 크루루루-"

그것들은 몬스터라고 보기엔 너무 역겨운 모습이었다.

이하와 쿠즈구낙'쉬가 미처 죽이지 않았던 키메라 삼십여 기가 라드클리프 도시 내부로 진입하기 시작했다.

"산성액?! 콜록, 콜록, 연기는 또 독이야!"

"우아아아, 이거, 이거 우리가 잡을 수 있는 게 아니었어!"

"막아라! 도시 내로 진입하지 못하게 막아! 파발은? 파발은 보냈나!?"

기사단 NPC들이 자세를 취했지만 돌아오는 답변은 허망

한 것이었다.

"이 편지를 말하는 건가?"

"당신은 대체 누구–"

"이제야 알아서 뭐하겠나. 쯔쯔, 내 취향이면 살려 주려 했지만 그것도 아니니 어쩔 수 없네그래."

"커허억⋯⋯."

푸른 수염이 라드클리프 기사단장 NPC의 목을 베었다.

미니스의 유저들은 바로 알 수 있었다. 공간 이동으로 도망갈 수도 없고, 달아나며 떼어 낼 수도 없는 무지막지한 푸른 수염을 상대하든가.

산성액과 독액을 온몸에 두르고 뿜어 대는 키메라 삼십 기를 상대하든가.

어느 쪽을 택해도 죽음밖에 남지 않았다는 것을.

그들에겐 그저 스크린 샷, 녹화, 지인에게 귓속말 등등으로 자신이 겪은 일을 최대한 알리는 수밖에 없었다.

"귀, 귓말이 안 가는데?!"

"설마 통신을 허용할 거라 생각했나? 흐흐, 그런 모습은 제법 귀엽구만."

물론 푸른 수염이 그것을 허용할 때의 이야기였다.

미들 어스의 고수들이 특수 스크롤을 사용하듯, 능숙하게 귓속말, 스크린 샷, 동영상 녹화까지 모든 걸 차단시킨 탈脫 몬스터급 NPC 푸른 수염은 유저들을 간단하게 요리했다.

"휴우우……. 이거야 원, 다 늙은 육체로 움직이려니 여간 힘든 게 아니군. 친구 놈 애완동물까지 맡아 줘야 하다니."

두 팀의 공격대와 기사단 NPC, 라드클리프 도시의 시장 NPC를 포함한 상점가 전원이 사망하기까지 걸리는 시간은 대략 삼십 분여밖에 걸리지 않았다.

그 시체의 수는 오백을 족히 넘었다.

"크루루룻─"

"그래, 그래, 많이들 먹어라. 아, 너희들만 먹으면 안 돼. 저놈도 먹이긴 해야 하거든."

푸른 수염이 지팡이로 가리키자 언젠가 크롤랑이 타고 있었던 트롤마가 퀴이이익! 하는 울음소리를 내었다.

키메라들은 푸른 수염의 말을 알아들은 것인지 못 알아들은 것인지, 그저 돌아다니며 유저들의 시체를 삼킬 뿐이었다.

꾸물꾸물 몸 밖으로 삐져나온 팔들이 컨베이어 벨트처럼 시체를 입으로 들어 올려 욱여넣는다.

파쉬이이익─!

소리를 내며 증기와 함께 시체가 통째로 부식되어 사라지고 있었다.

그걸로도 부족한 것일까. 다리가 달린 것이면 책상 빼고 다 먹어 치우겠다는 것처럼 키메라들은 라드클리프를 철저하게 괴멸시키기 시작했다.

푸른 수염은 지붕 위에 걸터앉아 그 장면을 내려다보며 한

숨을 내쉬었다.

"키메라 삼십도 감당 못하는 걸 보면 여기서 깨운 건 아닌 것 같고……. 어떤 놈이 내 계획에 끼어들었누. 가뜩이나 바쁘구만……. 할 말 있으면 날 직접 찾아오는 게 낫지 않았겠나?"

푸른 수염이 지팡이를 스윽- 허공으로 들어 올리자 아무것도 없던 공간에 거구의 사나이가 나타났다.

카앙-!

곡도 두 자루가 엇갈리며 천천히 찔러 들어오는 지팡이를 쳐 냈다.

"알면서 이 도시를 파괴한 건가. 여전히 악취미로군, 노친네."

곡도를 든 자는 새빨간 삭발 머리를 하고 있었다. 거구의 사나이가 흥, 콧방귀를 뀌며 푸른 수염을 내려다보았다.

"드래곤이라는 건 알고 있었어. 누군지를 몰랐던 것뿐이지. 오랜만이구만, 쿠즈구낙'쉬. 무슨 일로 내 계획에 끼어들으려는가."

"부탁할 게 있다."

"부우탁? 흐으으음……. 자네는 내 취향이 아닌데. 굳이 부탁하려거든 근육질의 남자가 취향인-"

"변태 색골 같은 농담 하지 마라, 영감탱이. 깨어나자마자 죽고 싶지 않다면."

"호오, 호오, 나를 죽일 수 있을 것 같나, 레드의 망나니여."

마왕의 조각과 레드 드래곤은 입을 여는 와중에도 서로를 경계하는 걸 잊지 않았다.

쿠즈구낙'쉬는 이글거리는 눈으로 푸른 수염을 노려보았다.

당장이라도 드래곤으로 변해 브레스를 뿜을 것 같은 기세를 내면서도 그는 쉽게 움직이지 않았다.

"서로 손해 보는 게 없는 일이다. 나로서도 너 같은 영감탱이의 힘 따위는 빌리고 싶지 않지만 이쪽에도 불청객이 끼어들어서 말이지."

"불청객이라. 똥파리 베일리푸스? 흐음, 확실히 그 녀석만큼 귀찮은 존재는 파리나 모기 외에는 없지. 정의니, 선이니 아주 귀찮아 죽겠어."

베일리푸스가 들었다면 당장 백색의 화염 브레스를 내뿜었을 소리였지만 쿠즈구낙'쉬는 옅은 미소를 띠고 있었다.

파리나 모기와 비교되는 골드 드래곤과 오랜 라이벌인 자신이 욕보이는 것도 모른 채.

"······그놈이야 당연한 거고."

잠깐의 미소가 사라진 후, 쿠즈구낙'쉬가 다시 입을 열었다. 레드 드래곤이 말하고자 하는 건 골드 드래곤이 아니었다.

"그러면 누가 또 있지?"

"······귀찮아질 대상이야 많지 않겠나."

그러나 그 대상을 말할 순 없었다. 드래곤의 자존심이 허락지 않는 일이었다.

"그 까짓거야 망나니 같은 네놈 브레스로 후우~ 해 버리면 되지 않던가? 호오오, 쿠즈구낙'쉬가 견제를 하는 게 누구인지 심히 궁금해지는데."

"시끄럽다. 나를 도와준다면, 네 계획에 내 힘을 보태 주겠다. 돕겠나?"

"내가 뭘 하는지 알고 있다는 건가?"

이미 상호 간 모든 것을 알고 있다는 투로 말하는 쿠즈구낙'쉬를 푸른 수염은 여전히 앉은 자세에서 올려다보았다.

"물론. 너의 그 움직임이라면 멍청한 인간들도 모조리 눈치챘을걸."

"인간들이야 눈치채도 쉽게 움직일 수 없지. 우리 예상보다 더 바보들이지 않나."

"바로 그거다, 푸른 수염. 그러나 계획을 방해하는 것도 언제나 바보들이지."

쿠즈구낙'쉬의 마지막 한 마디에 푸른 수염의 입꼬리가 올라갔다.

레드 드래곤의 말에 동감해서이기도 하지만, 그가 견제하고자 하는 대상이 누구인지 어렴풋 감을 잡았기 때문이다.

"일리 있군. 그리고 아까 그 귀찮아질 대상이 인간이라는 것도 알겠고."

레드 드래곤과 마왕의 조각의 생각이 처음으로 일치했다. 쿠즈구낙'쉬는 곡도를 다시 등에 매고 손을 내밀었다.

"흥, 그럼 손을 잡을 텐가, 영감— 아니, 귀족장 레 백작이여."

"으으음, 좋아."

타악—!

푸른 수염이 자리에서 일어나며 레드 드래곤의 손을 잡았다.

제2차 인마대전의 비공식 동맹이 20년 만에 공식 동맹이 된 셈이었다.

"근데 레드 드래곤도 손에 땀을 흘리나? 축축해서 기분 나쁘구만. 나잇살이 낄수록 그런 사소한 것부터 관리를 해야지. 올해 몇 살이지?"

"한 마디만 더 하면 동맹이고 뭐고— 음? 누군가 있다."

푸른 수염의 농담에 발끈하려던 쿠즈구낙'쉬의 고개가 휙, 돌아갔다.

키메라 삼십여 기가 활개 치는, 살아 있는 생명체라곤 없는 이 도시에 누구지?

"크루루루……."

"크룻— 크루룻— 크룻—!"

키메라들도 함부로 접근하지 못하게 만드는 누군가가 천천히 푸른 수염과 쿠즈구낙'쉬를 향해 다가왔다. 꼬리를 바닥에 질질 끄는 모습은 분명히 리자디아였다.

"넌 누구냐."

"방금 대화는 아주 유익하게 들었습니다, 혹시 레 백작님 되시는지……?"

지금까지 숨어서 듣고 있던 유저. 생명체라곤 돌아다닐 수 없는 라드클리프를 돌아다닐 수 있는 자.

쿠즈구낙'쉬의 물음에도 눈길 한 번 주지 않고 다가오는 종족.

"날 무시하는가. 감히−"

"쉿, 쉿, 분위기 파악 좀 하세. 저자가 누군지 모르겠나? 크흠, 그래, 어떻게 왔는가."

리자디아가 무릎을 꿇자 푸른 수염이 싱긋 미소 지으며 그를 내려다보았다.

푸른 수염과 쿠즈구낙'쉬를 향해 한쪽 무릎을 꿇었던 리자디아 유저도 보일 듯, 말 듯 미소 지었다.

자신의 도박이 맞았다는 판단에 기뻐하면서 말이다.

"인사 올리겠습니다. 저는 마魔의 길을 탐구하는 자. 네크로맨서−"

리자디아의 꼬리가 바닥에 스윽, 쓸렸다. 마에 대항하는 대신 마에 접근하는 방식을 택한 유저가 자신의 닉네임을 말했다.

"−파우스트라고 합니다. 미천한 힘이나마 백작님께 힘이 되고자 합니다."

"내 힘이라?"

"서몬 언데드."

무릎 꿇은 리자디아가 가볍게 영창하자 주변의 땅이 절그 럭거리며 진동했다.

퍼억— 퍼억— 퍼억—!

단단한 대지를 부수며 튀어나온 것은 좀비와 스켈레톤들. 그 수는 백을 가볍게 초과하고 있었다.

키메라들은 언데드를 생명체로 인식하지 못해서일까, 쿵, 쿵 부딪치기만 하며 독액을 뿜어 댈 뿐 그것들을 집어삼키진 못하고 있었다.

"키메라들이……."

일반 스켈레톤이라면 저 부식액에 닿자마자 다시 흙으로 돌아갔으리라. 그러나 랭커 파우스트의 강화된 스켈레톤들 은 키메라의 부식액에도 어느 정도 저항하고 있었다.

'쿠즈구낙'쉬조차 잠시 감탄할 정도의 성능이었으나 파우 스트가 원하는 대상인 푸른 수염은 아쉽다는 듯 입맛을 다 셨다.

"쩝, 못 쓸 정도는 아니겠지만 너무 약한데……."

"그렇습니다. 지금은 약하지만 백작님께서 거두어 주시고 이끌어 주신다면……."

"흐ㅇㅇ음……."

그가 이곳에 온 건 우연이 아니었다.

미니스 전역에서 알케미스트 크로울리와 방어벽을 세우고 있던 파우스트는 허무하게 전쟁이 끝난 이유에 대해 알게 된 후로 줄곧 푸른 수염을 찾고 있었다.

그 또한 Top10 랭커, 미들 어스의 퀘스트와 직업 흐름이 말하는 의미, 그리고 힌트를 충분히 분석할 수 있는 자다. 그가 푸른 수염을 찾는 이유는 간단했다.

네크로맨서가 강해지려면 어떻게 해야 하는가?

언데드를 다루는 직업은 어디가 시초인가?

애당초 시체와 저주, 魔의 술법을 쓰는 네크로맨서가 일반 유저들과 다른 길을 택하는 건 어떤 의미에선 당연한 것이었다.

시초에게 배우는 게 가장 빠르게 성장할 방법이 아닐까.

"오늘은 나를 위한 날인가 보군. 레드 드래곤 쿠즈구낙'쉬에 네크로맨서까지 찾아오다니. 파우스트라고 했지? 내가 시키는 대로 할 수 있겠나?"

비예미와 같은 종족이지만 외관이 확실히 구분되는 리자디아, 마치 알비노 도마뱀처럼 새하얀 각질을 지닌 리자디아가 고개를 끄덕였다.

"물론입니다. 백작님."

슈아아악-! 빠밤-!

순간, 파우스트의 눈앞에 퀘스트 창과 새로운 업적이 떴다. 파우스트는 웃음을 참느라 안간힘을 써야만 했다.

자신이 생각한 길이 역시 정답이었다는 자부심을 가슴속에 가라앉히며, 푸른 수염이 부여한 퀘스트를 클리어 할 계획을 짜기 시작했다.

　"끌끌, 잘 한 번 해 보게. 나야 냄새 나는 것들이랑은 친하지가 않네만, 시체나 주술 인형 같은 걸 제법 잘 다루는 친구가 있거든. 자네가 일을 잘 해결한다면 '피로트-코크리'와 연결시켜 주도록 하지. 뭐, 우선 그 친구가 있는 곳부터 찾아야겠지만 말이야."

　"예, 감사합니다. 백작님."

　유저 중에서 마왕군에 동조하는 자가 나타났다.

　그러나 마魔를 다루는 직업이라면 네크로맨서 외에도 아직 한참이나 더 있었다.

　헬앤빌에서 용무를 마치고 수도로 돌아온 이하는 즉각 머스킷 아카데미로 향했다. 아직 퀘스트 완료 알림이 뜨지 않은 것으로 보아 키드나 루거는 푸른 수염의 흔적을 찾지 못했다는 뜻.

　'미안하네, 동지들. 그러나 실력의 세계는 냉혹한 법 아니겠나.'

　1등으로 퀘스트를 클리어 한 사람만이 스탯 포인트를 받을 수 있다! 이하가 브로우리스를 서둘러 찾는 것도 당연한 일이었다.

"소장니임~? 음?"

그러나 소장실의 잠긴 문 앞에는 쪽지 하나가 덜렁 붙어 있을 뿐이었다.

〈용무는 왕궁으로.〉

이하는 다시 한 번 머스킷티어라는 직업의 난이도를 느낄 수 있었다.

"……소장님…… 이제 막 아카데미를 찾는 저렙들은 왕궁에 어떻게 가라고……."

빛이 들어오지 않는 숲에서 박쥐나 거미 따위를 잡는 저레벨들이 왕궁을 들어갈 수 있을 리가 없다.

공헌도도, 명성도 없는 유저들이 왕궁에 들어가려면 가드를 상대로 보통이 아닌 말솜씨를 보이거나 온갖 수를 다 써야 할 터.

"이런 거 보면 여전히 머스킷티어 선호도가 낮을 수밖에 없다니까. 정말이지 극악의 난이도야."

머스킷 아카데미의 시설이 좋아지고 분위기가 밝아졌어도 난이도의 큰 변화는 없다는 걸 다행이라고 해야 할까.

이하는 벌써 옛날처럼 느껴지던 당시를 떠올리며 고개를 저었다.

삼총사의 친구 창을 열어 키드와 루거의 위치를 확인한

후, 이하는 즉각 퓌비엘의 왕궁으로 향했다. 물론 왕궁에 있을 또 한 사람의 위치를 확인하는 것도 잊지 않았다.

'나라 씨는 여전하구나. 항상 그 안에 있으면 레벨이 오르나? 랭킹 유지는 어떻게 하는 거지?'

기사단의 일원이 되어 버린 그녀의 성장 방법은 이하에겐 상상조차 할 수 없는 것이었다.

"정지, 정지. 무슨 일이십니까."

"궁내에 계신 브로우리스 님을 만나 뵈러 왔습니다."

"수정구에 손을 올려 주십시오."

이하는 여전히 빡세게 검문하는 근위병을 보며 오히려 흐뭇한 표정을 지었다.

'그래, 아무리 명성이 높아지고 유명해졌다고 한들, 주요 장소에 대한 검문은 언제나 철저해야 하는 거지.'

특히 군인 출신인 이하가 보기엔 이게 더 올바른 행동이었다. 점잖은 표정으로 수정구에 손을 댄 이하였으나, 잠시 후 수정구의 반응은 이하를 호들갑스럽게 만들었다.

"어, 뭐, 뭐야?"

파아아아—!

수정구에서 금빛 찬란한 오오라가 뿜어져 나오고 있었기

때문이다.

그간 수정구에 손을 올렸을 때의 반응은 한 가지였다. 옅은 푸른빛이 뿜어져 나오는 것.

미니스의 캐슬 반카울에 입장할 때 붉은빛이 나온 적이 한 번 있었지만 이번 같은 경우는 단 한 번도 없었다.

"와, 뭐 바꿨어요? 이런 적이 처음-"

화려한 이펙트에 감탄한 이하가 물어보려 했으나, 가드들의 움직임이 더 빨랐다.

일동――― 차렷!

파팍! 조장의 외침에 가드들의 움직임이 일사불란해졌다.

명예 훈장 수여자에게――― 받들어――― 검!

가드들은 동시에 검을 60도로 치켜 올려 들었다. 0.1초의 오차도 없는 맞춤 동작이었다.

두 줄로 늘어선 가드들이 동시에 검을 들어 올리자, 그것은 마치 검으로 만든 하나의 통로, 문이 되었다.

"허…… 허…….."

"어서 오십시오, 구국의 영웅, 하이하 님! 브로우리스 님께선 중앙궁에 계십니다!"

"아, 그- 네. 감사합니다."

검문을 실시하던 가드들이 왕궁의 입구를 향하여 만든 검문劍門을 보며 이하는 당황하지 않을 수 없었다.

'이거 무슨- 부끄럽게! 참모총장도 이런 대우를 받는 행사

가 없다고! 딱 한 번 본 적 있다, 정 대위님 결혼할 때 육사 동기들이 해 주던 게 이거였는데!'

그야말로 행사용 의전이나 다름없는 검문 아래를 걸으며 이하는 온갖 생각을 다 하고 있었다.

옆에서 검을 치켜들고 있는 NPC들의 표정은 근엄하고 흔들림 없었으나 정작 그 아래를 걷는, 예우 받아 마땅한 국가의 영웅이 땀을 뻘뻘 흘릴 지경이었다.

"설마 들어올 때마다 저러는 건 아니겠지?"

마치 동굴처럼 어둡고 깊은 성문을 지나 이제는 제법 친숙해진 왕궁의 정원에 들어서서야 이하는 당황을 날려 버릴 수 있었다.

'이 아름다운 정원에……..'

기하학적인 정원의 형태가 갖추어져 있지만 여전히 알 수 없는 위치들에 로트작의 함정이 깔려 있을 것이다.

이하는 그 생각에 닿자 다시금 로트작에 대한 경계심이 떠올랐다.

'국가전 때도 조용하고, 푸른 수염이 난리를 치는데도 그냥 가만히 있는 건가. 사실 아무것도 없는 NPC라고?'

메인 스트림급 NPC는 아니고 그저 머스킷티어 퀘스트와 관련된 악당 수준의 NPC였을까?

'아니, 그럴 리가 없어.'

이하는 로트작의 정체가 궁금해졌다.

미스터 브라운과 미스 엘리자베스에 대한 사실을 은폐하는 데 앞장섰던 자, 그걸로 끝났으면 모를까 현재는 왕궁 최고의 마법사 지위를 갖고 있지 않던가.

과거의 행적으로 보나, 현재의 위치로 보나 그저 지나가는 퀘스트용 NPC로 끝날 사람이 아니라는 건 이하도 어렴풋이 느끼고 있었다.

'생긴 것만 봐도 '반지' 영화의 그 하얀 마법사처럼 생겼는데, 분명히 무언가가 더 있겠지.'

다만 그가 언제, 어떻게, 어디로 움직이는지를 전혀 알 수 없었을 뿐이다.

"이하 씨!"

"어, 나라 씨!"

"오면 온다고 말을 해야지! 지금 연락받고 알았잖아요."

"무슨 연락이요?"

"헤헷, 저도 몰랐는데 그 명예 훈장 수여자가 왕궁 출입하면 궁 전체에 알려지게 되어 있더라고요. 얼른 가요, 브로우리스 님 보러 오셨죠?"

신나라가 화사한 미소를 지으며 이하에게 자연스레 팔짱을 끼었다.

그 대범한 동작을 아무렇지 않게 해내는 그녀를 보며 이하의 눈이 휘둥그레 되었다.

"빨리 와요, 빨리. 브로우리스 님도 기다리고 계셨으니까요."

팔이…… 어딘가에 닿는 것 같은데요, 라는 말을 도대체 어떻게 꺼내야 할까.

세이크리드 기사단원이자 펜서라는 직업 특성상 하프 플레이트 갑옷을 입은 그녀였기에, 실제론 이하의 팔과 신나라의 상체 사이에 차갑고 딱딱한 금속이 사이에 놓여 있었지만, 이하의 팔은 어쩐지 분명히 무언가(?)가 느껴지는 것만 같았다.

"어, 어어— 그—"

이하는 제발 얼굴이 발갛게 달아오르지 않기를 바라며 신나라에게 끌려갔다.

Geschoss 7

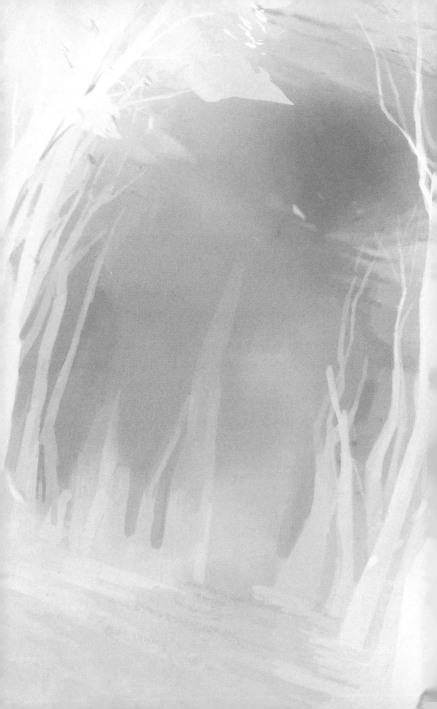

"오늘도 바로 가실 거죠?"

"네?"

"또 브로우리스 님이랑만 대화하고 훌쩍 어딘가로 갈 것 같아서 물어보는 거예요. 저번에도 연회장에서 갑자기 사라지시질 않나……."

신나라가 조금 서운했다는 투로 입술을 샐쭉거리자 이하는 어쩐지 흐뭇한 미소가 나올 것 같았다.

"미안해요. 갑자기 긴급 퀘스트가 떨어지는 바람에 그랬어요."

"정말…… 저니까 이해하는 거지, 다른 여자— 사람이었으면 그렇게 막 바람 맞추는 거 못 견뎌 한다고요."

화를 내려다가도 이하의 부드러운 말투에 그녀는 푸념처

럼 하소연했다.

"네? 바람 맞추다뇨?"

"또 잊었어요?"

신나라의 목소리가 하이 톤이 되려 하자 이하도 다시금 떠올랐다.

잊어선 안 된다고 스스로 세뇌까지 걸었던 일! 이하는 일부러 과장된 손짓까지 하며 답했다.

"설마요! 보배 씨랑 날짜는 맞춰 보셨어요?"

"네. 이번 주 토요일 점심쯤이 괜찮을 것 같다던데. 이하 씨는 어때요?"

"저는 괜찮아요. 케이한테 한 번 물어볼게요."

"응! 얼른 물어봐요. 아니, 내가 물어볼까요?"

기정이가 안 된다고 하면 신나라가 그를 죽일지도 모른다. 이하는 문득 이종사촌의 안전에 대해 걱정하며 고개를 저었다.

무엇보다 이 만남은 기정이 제일 고대하고 있다고 봐도 과언이 아닌 것, 안 된다고 할 확률이 적었으니까.

"킥, 아뇨, 제가 물어볼게요. 아마 될 거예요. 걔는 아직 학생이라."

"어머, 대학생이었구나······."

기정이 옆에 있었다면 '그게 놀랄 일이에요? 제가 그렇게 들어 보이나요?' 하며 울상을 지었을 것이다.

왕궁 정원에서 만났을 때부터 중앙궁 내부로 들어와 층계를 오르고 한참을 걷도록, 두 사람은 즐거운 분위기의 대화를 나누며 함께 걸었다.

내내 팔짱을 끼던 그녀가 스윽, 이하의 팔에서 손을 푼 것은 어떤 방 앞에 도착한 다음이었다.

"브로우리스 님은 이쪽 방에 계세요. 요즘은 거의 아침부터 오시거든요. 저랑 대화도 많이 하시고."

"무슨 일 있으시대요?"

"귀족이랑 국왕 설득 때문에 난처하신 것 같더라고요. 강화 조약 체결 조건을 못 맞추고 있거든요."

교황의 힘이 닿는 것은 휴전 및 강화 조약 체결 종용까지였으며 그 체결을 마무리 짓는 데에는 관여할 수 없었다.

따라서 각국에서 마무리를 지어 줘야만 했는데, 여전히 국경을 어디로 할 것이냐, 손해배상을 어떻게 할 것이냐로 다투고 있는 중이었다.

브로우리스는 그 안에서 여전히 분투하고 있었다. 인류 대의를 위한 소탐대실을 막기 위해서 말이다.

"아⋯⋯."

"휴, 유저들도 그것 때문에 고민이고⋯⋯. 유저 실무단에서도 성 하나만 받고 끝내자, 아니다, 최소 도시까지 포함해서 몇 개는 받아야 한다, 뭐 이런 저런 의견들이 갈려서 통일이 쉽지 않더라고요. 정확히 말하면 대다수의 유저들은 그냥 성 하나만 받고 끝내자는 쪽인데 람화연 씨는 조금이라도 더 뜯어내자는 쪽이라–"

"람화연이 그 일을 해요?"

처음 듣는 얘기에 이하가 깜짝 놀라 물었다.

람화연이 강화 조약 체결 실무단에?

하지만 조금만 생각해 보면 일리 있는 구성이긴 하다. 강화 조약을 체결하려면 끝까지 전장에 남아 있던 사람들이 증언과 증거를 제출해야 할 터, 미니스 전역까지 보급을 대었고 전장에선 그랜빌의 곁에서 전령 역할을 했던 람화연이 있는 건 이상한 일이 아니었다.

"네. 그렇다니까요. 하여튼 욕심만 많은 여자 같아. 그렇게 생각 안 해요?"

"어…… 뭐……. 람화연이 대단한 수완가이긴 하죠."

그 와중에도 성 하나로 만족하지 않고 추가로 성이나 도시를 요구하는 게 그녀답다는 생각에 이하는 웃음이 나올 것 같았다.

그 아주 약간의, 미세한 표정 변화와 말의 뉘앙스를 신나라는 놓치지 않았다.

"근데 그 여자랑 친해요?"

"네?"

"왜 이름만 불러요?"

"누구– 람화연이요?"

이번에도 이하가 이름만 부르자 신나라의 눈초리가 살짝 가늘어졌다. 그러나 람화연처럼 쏘아붙이거나 하는 건 그녀의 스타일이 아니다.

신나라는 흐응, 하며 코로 숨을 내뱉곤 방문을 두들겼다.

쿵, 쿵, 쿵— 노크 소리가 울리자 방 안에서 남성의 목소리가 들렸다.

"들어가 보세요. 브로우리스 님이 안에 계시니까."

신나라는 그대로 몸을 돌려 복도로 걸어갔다. 뒤 한 번 돌아보지 않는 그녀의 모습을 보며 어리둥절한 것은 이하였다.

'왜 또 화가 난 것 같지? 뭐 잘못 말했나?'

이름을 말한 게 친하다는 증거일까? 그러나 이하는 자신이 람화연과 친하다는 것조차 확신할 수 없었다.

'나 람화연이랑 별로— 친하진 않은— 아니, 친한 건가, 이게? 이런 것도 친하다고 할 수 있나?'

그러나 이젠 이런 생각을 할 때가 아니었다. 문을 두드리고도 반응이 없자 안쪽에 있던 브로우리스가 문을 열고 나왔기 때문이다.

"이하 군!"

"아, 소장님! 아카데미에 갔더니 이쪽에 계시다기에 왔습니다."

"그래, 어떻게 됐나, 무슨 일이 있던가?"

"네. 있었습니다. 미니스 서남부 경계 너머에."

"푸른 수염이—"

"다녀갔다는 증거가 있습니다. 기브리드의 키메라를 모아서 무슨 일을 꾸미고 있는 것 같습니다."

브로우리스의 얼굴이 굳었다.

"기브리드……? 설마 벌써…….."

부디 나오지 않기를 바라고 또 바랐던, 제2차 인마대전의 참가자가 상상할 수 있는 최악의 이름 중 하나가 이하의 입에서 나왔기 때문이다.

"들어가서 말씀드리겠습니다. 아, 루거와 키드도 지금 부르는 게 낫지 않을까요?"

"그, 그러지. 그래, 내가 지금 소집하겠네."

그로부터 약 15분 후, 인상을 쓰다 못해 미간이 골짜기처럼 파인 루거, 모자를 푹 눌러쓴 채 터덜터덜 걷는 키드가 왕궁에 도착했다.

그들의 기분이 다운 된 이유는 뻔한 것이었다.

"기브리드라고?"

"응, 푸른 수염이 아닌 또 다른 마왕의 조각 중 하나, '키메라 둥지' 기브리드."

"네놈은 그걸 어떻게 알았지?"

"헬앤빌의 보틀넥이 알려 줬어. 루거 당신 최근에 거기 간 적 없지? 아니, 갔어도 그냥 포탄만 사고 말았겠지. 사람이 말이야, 착한 마음을 가지고 살아야 이런 도움도 받고 하는 거라고."

"큭······."

이하의 말에 루거가 인상을 찌푸렸다.

그러나 이하의 말이 맞았기 때문에 딱히 반박할 여지도 없었다.

죽음의 땅에 가기 전 새로운 대장간에 들렀지만, '닥치고 탄이나 만들어, 드워프.'라는 말이나 했었으니······. 루거가 기브리드와 키메라에 관한 정보를 얻을 수 있을 리가 없었다.

"하지만 그런 게 깨어났다는 말은 한 번도 들어 본 적 없습니다."

"깨어난 게 아니에요, 키드. 푸른 수염은 제2차 인마대전 당시 살아남았던 그의 키메라들을 모은 것뿐이지. 크롤랑 같은 몬스터가 있던 북부가 푸른 수염의 주 활동 근거지라고 본다면, 남부는 기브리드의 주 활동 근거지였나 보더라고."

"으음······."

키드도 아쉬움에 침음을 내었다.

루거는 죽음의 땅 인근 황무지를, 키드는 북부 설원을 돌며 나름대로 성과라 부를 정보를 모아 오긴 했으나, 이하의 동선에 걸린 푸른 수염의 행적은 너무나 결정적인 것이었다.

"이하 군의 말이 맞네. 기브리드가 만들어 낸 키메라는 아무나 조종할 수 있는 게 아니야. 제2차 인마대전 당시에도 정신 공격과 세뇌를 통해 녀석들을 와해시키려는 작전이 있었지만, 대륙 최고의 마도사들이 모두 모여도 실패했었지. 같은 마왕의 조각이 아니라면 통솔할 수 없는 모양이야. 이하 군이 아주 중요한 것을 발견해 주었어. 고생했네."

"별말씀을요."

사실은 레드 드래곤 쿠즈구낙'쉬의 간계에 빠져들어 얼결에 클리어 한 셈이나 마찬가지였지만, 어쨌든 이번 퀘스트를 클리어 하긴 클리어 한 셈이었다.

빠밤—!

팡파르와 세 사람의 눈앞에 알림창이 떴다.

[귀족(鬼族)장 '푸른 수염' 레 백작-2 퀘스트를 완료했습니다.]
[퀘스트 최초 클리어 보상 : 스탯 포인트 5개를 획득하였습니다.]

스탯 포인트 5개는 이하에게만 보이는 것.

곧이어 루거가 눈에 불똥이 튈 것 같은 표정으로 자신을 바라보는 걸 보며 잠시 움찔했지만 더 이상 그런 것에 겁먹을 이하가 아니었다.

'내가 이겼지?'

오히려 루거를 마주 보며 씨익, 하고 웃음을 지어 줄 수 있을 정도의 여유가 생겼다.

키드가 아쉬움에 '북부에도 분명 그의 흔적이–' 하고 조용히 혼잣말을 하기 시작했을 때, 세 사람의 눈앞에 다시 한 번 홀로그램 창이 떴다.

[귀족(鬼族)장 '푸른 수염' 레 백작-3]

설명 : '기브리드의 키메라가 아직 남아 있다는 것도 놀랍지만 그것들을 활용하려는 푸른 수염의 행동은 더욱 놀라운 일이야. 아직도 이득만 운운하는 강화 조약 체결 반대파를 설득할 좋은 사유가 될 걸세. 어서 가서 그들의 흔적을 찾아야만 하네. 푸른 수염이 정말 기브리드라도 깨운다면 그때는……'

푸른 수염이 움직인 결정적 증거를 확보할 수 있게 되었다.

브로우리스는 삼총사와 함께 기브리드의 키메라가 있는 지역으로 가서 그 증거를 확보하려 한다.

내용 : 푸른 수염과 기브리드의 키메라에 관한 정보 획득

보상 : ??

– 수락하시겠습니까?

"기브리드가 깨어난다면 정말로 막기 힘들어질 거야. 푸

른 수염 하나 상대하기 벅찬 상황에서, 그렇게 된다면 인류
는 또다시……."

브로우리스의 표정이 어두워졌다.

아직은 마왕의 조각이라고 하지만 푸른 수염 하나뿐이
다. 재빨리 강화 조약을 체결하고 대륙 최강국들이 힘을 합
하여 상대한다면 큰 피해 없이 평화를 유지할 수 있을지도
모른다.

그러나 기브리드까지 깨어난다면?

푸른 수염이 기브리드를 찾아 깨울 때까지도 퓌비엘과 미
니스가 강화 조약 체결을 하지 못해 힘을 합칠 수 없다면?

앞에 있는 것은 시산혈강屍山血江뿐.

막대한 희생 없이는 결코 막아 낼 수 없으리라.

그것을 미연에 방지코자 하는 게 브로우리스의 목표였다.

그 의미를 삼총사 세 사람 모두 잘 알고 있었다. 그리고 간
소한 퀘스트 창의 의미 또한 알 수 있었다.

'이번 퀘스트가 연계 마지막이란 소리겠군. 가려진 보상도
그렇고……. 근데 실패 조건 같은 게 없네?'

내용으로 보자면 센티널 산맥의 퀘스트 때처럼 브로우리
스와 삼총사가 함께 움직이는 것이다.

그러나 이번엔 유저나 브로우리스의 사망이 실패 조건으
로 붙지 않았다. 즉, 난이도가 매우 쉬운 퀘스트에 속한다는
것인데……

'뭐지? 연계 퀘의 마무리가 왜 이렇게 난이도가 내려간 거야? 그냥 키메라만 찾으면 끝난다는 것 같잖아?'

다시 키메라를 향해 갈 거라고는 이하 또한 예상하고 있었다. 따라서 아주 어려운 퀘스트가 될 거라고 생각했다.

소울 링크 스킬과 더불어 인간 형태의 쿠즈구낙'쉬 덕분에 가까스로 키메라들을 상대하지 않았던가. 키드나 루거가 있다고 한들 상대하기 결코 쉽지 않을 거라 여겼는데…….

'또 소장님이 두두두, 해서 끝내 주는 건가? 잘됐네.'

그렇게 생각하는 게 옳다.

그렇다면 거절할 이유가 없다. 이하와 키드, 루거 모두 비슷한 생각을 하고 있었다. 수락과 파티 결성은 순식간이었다.

"얼른 가시죠, 소장님. 안내하겠습니다."

"부탁하네, 이하 군."

슈슉-!

다시 한 번 결성된 삼총사와 브로우리스 파티가 이동한 곳은 이하의 새 수정구에 저장해 놓은 미니스의 도시, 라드클리프였다.

"여기서 붉은 산맥 방면으로 나아가면 되는…… 건데…….'

그리고 라드클리프에 도착하자마자 이하는 느낄 수 있었

다. 아니, 이하뿐이 아니었다.

"도시라고 하지 않았습니까."

"어, 도시 맞아요. 워프 게이트도 있고."

"그런 것 치곤 너무 조용합니다."

키드는 벌써 리볼버를 꺼내어 들었다. 루거 또한 코발트블루 파이톤을 매만지며 포탄을 삽입하고 있었다.

단순히 조용한 장소, 라고 치부할 수 없는 적막이었다.

"이상하네. 여기 유저 많았던 곳인데……. 갑자기 이거 무슨 일이죠?"

그것도 중, 저레벨이 아니라 레벨 170 이상의 유저들이었다. 그들이 한꺼번에 파티를 맺고 모조리 사냥을 나갔을 리는 만무하다.

"유저뿐이 아닙니다. 새소리도 들리지 않습니다."

"머저리들. NPC가 하나도 없잖아. 벌써 느껴지지 않나."

키드와 루거의 말대로였다. 유저들의 외치기가 없는 것은 물론, 동물이나 NPC의 소리도 없다.

그리고 그게 무엇을 뜻하는지는 '전쟁'을 겪어 본 사람들이기에 알 수 있었다.

"몰살……?"

철컥-!

이하는 즉각 블랙 베스를 꺼내어 들었다.

브로우리스의 일그러진 표정으로도 현 상황의 심각성을

알 수 있었다.

"퓌비엘의 머스킷티어, 브로우리스라고 합니다! 본 도시의 기사단은 없습니까!"

"소장-"

타아아아앙-!

이하가 브로우리스를 부르기도 전, 이미 그는 자신의 머스킷 한 발을 장전, 허공에 발포했다.

그 번개 같은 속사에 키드가 잠깐 놀랄 정도.

도시 내에서의 공격 행위는 기사단 NPC를 불러들이는 가장 빠른 방법이다. 그런데 브로우리스의 총성에도 아무런 반응이 존재하지 않았다.

키드는 잠시 당황하다가 슬쩍 입을 열었다.

"……아무도 없는 것 같습니다."

"안 돼, 벌써- 벌써 그렇게 되었단 말인가?"

"예?"

이하가 되물었지만 브로우리스는 점차 혼란스러워하고 있었다.

이 도시에 무슨 일이 일어난 것 같다, 정도만 예측한 삼총사와 달리 브로우리스는 이미 사건의 전말을 파악한 듯했다.

이하나 루거, 키드가 알 수 없는 것은 당연했다.

도시가 공격받았다면 어떠한 흔적이라도 남았어야 할 텐데, 지금은 아무런 흔적도 없었기 때문이다.

건물이 파괴되지도 않았고 혈흔이 보이지도 않는다.

하다못해 시체라도 있다면 모르겠는데, 그런 것도 없었다. 그 사실이 의미하는 바를, 브로우리스는 정확히 알고 있었다.

아무런 흔적을 남기지 않는 것이야말로 키메라의 방식!

"이하 군, 붉은 산맥이 어느 쪽이지?"

브로우리스는 차분하게, 그리고 조용히 말을 이었다.

"아무래도 이 도시는 이미 키메라의 습격을 받은 모양이네."

"이- 이쪽입니다. 이쪽으로 나가면-"

"어서 가 봄세!"

브로우리스는 즉각 머스킷을 장전하며 달리기 시작했다. 그제야 이하도 어렴풋이 느낄 수 있었다.

'맞아, 키메라는 독액, 그리고 산성액 공격이었지. 게다가 보틀넥의 말로는 자기들끼리도 먹어 치울 만큼 식성이 좋다고 했다. 그 말은 즉-'

NPC나 유저를 가리지 않고, 그들의 생과 사를 가릴 것 없이 몽땅 집어삼켰다고 봐야 한다.

머리털이 주뼛 서는 공포였다.

일개 마을도 아니고 워프 게이트가 있는 '도시'를, 겨우 키메라 몇 기가 폐허로 만들었던 말인가?

'아냐, 엄청 강하긴 했지만 그 정도는 아니었는데…….'

이하는 며칠 전 상황을 떠올렸다.

'그렇다면 남은 가능성은 한 가지인가?'

무엇보다 키메라의 이동이 그 증거였다. 쿠즈구낙'쉬가 결계를 깨 버렸다고 아무렇게나 이동했을까.

만약 그랬다면 키메라들끼리 서로 잡아먹기나 했을 터. 녀석들이 명확한 목적을 갖고 움직인 이유는 하나밖에 없다고 봐야 한다.

"역시……."

멀쩡한 도시에서 유일하게 부서진 구조물, 성문을 보며 삼총사와 브로우리스는 망연자실 서 있을 뿐이었다.

"푸른 수염이 이 도시에 온 거야. 키메라들을 이끌고……."

이하와 키드, 그리고 브로우리스마저도 패닉에 빠졌다.

푸른 수염이 키메라를 이끌고 미니스의 도시를 습격했다, 그렇다면 다음은? 어떻게 움직여야 하지? 어디로 갔을까? 무엇을 노리는 거지?

그들이 마왕의 조각에 추측들을 하고 있을 때, 그들과 함께 있던 전쟁광은 웃었다.

"잘됐군."

"음? 뭐가 잘됐다고?"

"머리가 있으면 생각을 해라. 이 도시가 어느 나라 소속이지."

루거는 비릿한 웃음을 짓고 있었다. 이하가 고개를 갸웃거릴 때, 키드의 동공이 확대되었다.

"이제 퓌비엘만 습격당한 게 아니라는 말을 하고 싶은 겁니까."

"그래. 서로 발등에 불이 떨어지기 시작했다는 거지. 소장! 강화 조약 체결이 한결 빨라질 것 같지 않소?"

전쟁용병이라는 별명이 괜한 것이 아니었다.

강화 조약 체결의 약점 중 하나라면 퓌비엘만 조급하게 굴고 있었다는 것.

그것 때문에 미니스에서 배짱을 부리며 전쟁 이전 상태와 동일한 조건으로 강화 조약을 맺자고 주장하고 있었다.

그러나 이런 상황이라면?

미니스 소속 도시 라드클리프의 모든 생명이 증발하듯 없어졌다!

"……허, 참. 진짜 루거 당신은 남의 약점 물어뜯는 데는 천재 같아. 아니, 남의 신경 거슬리게 하는 데에 천재라고 해야 하나."

"싸움을 이기는 가장 쉬운 방법이 약점을 공격하는 거다. [명중]이라는 놈이 그것도 모르나."

이하가 헛웃음을 흘리며 말하자 루거는 흥, 하며 고개를 돌렸다.

딱히 칭찬이라기보단 비꼬는 것도 있었건만 정작 그런 건 못 알아듣다니. 이하는 역시 루거에 대해 알다가도 모를 사람이라고 생각했다.

삼총사들이 티격태격하는 동안 브로우리스는 모든 정리를 끝냈다. 그리고 다음 순간 뜨는 알림창을 보며 이하도 알 수 있었다.

실패 조건 따위가 없는 퀘스트,

마지막 퀘스트는 그저 또 다른 단계로 나아가기 위한 절차의 하나일 뿐이었던 것이다.

[귀족(鬼族)장 '푸른 수염' 레 백작-3 퀘스트를 완료했습니다.]

"루거 군, 자네가 에즈웬 교국으로 가서 교황 성하를 알현하고 이 일에 대해 보고해 주게."

"알겠소."

"키드 군, 자네는 이 주변을 돌며 키메라나 푸른 수염과 관련된 다른 증거 자료들이 있는지 확인해 주겠나."

"물론입니다."

루거와 키드가 잠시 허공을 바라보다 답했다.

그들에게 새로운 퀘스트가 떴으리라는 건 이하도 추측할 수 있었다.

"그리고 이하 군은 나와 함께 궁으로 가지. 같이 귀족들을 설득하도록 하세."

[퓌비엘-미니스 강화 조약 체결-1]

설명 : '체결 반대파 녀석들도 별 수 없을 거야. 푸른 수염이 기브리드의 키메라를 이끌고 도시 하나를 없앴다는 걸 알아챈다면 더 이상 헛소리들을 하고 있진 않겠지.'

푸른 수염이 움직인 결정적 증거를 확보할 수 있게 되었다.

브로우리스는 삼총사와 함께 기브리드의 키메라가 있는 지역으로 가서 그 증거를 확보하려 한다.

내용 : 30일 내 퓌비엘 강화 조약 체결 반대파 과반 이상 설득 (0%)

보상 : 퓌비엘-미니스 강화 조약 체결-2

실패 조건 : 기한 초과 시

실패시 : 퓌비엘-미니스 간 국지전 발발

– 수락하시겠습니까?

[도시 보상 대상자입니다.]

[퀘스트 클리어 추가 조건에 따라 차후 보상이 변경됩니다.]

'뭐야, 국지전 발발?!'

밑에 뜬 또 다른 알림창도 궁금한 일이었지만 이번 퀘스트의 실패 페널티는 그야말로 경악할 사건이었다.

인류의 화합은커녕 다시 전쟁이 일어난다!

전면전은 아니겠지만 국지전만으로도 양국 간 사이가 더

욱 안 좋아지는 건 당연한 사실.

"빨리 가야 하네, 이하 군."

"앗, 넵. 일단 가시죠."

기한도 길지 않다. 고작 30일 안에 브로우리스가 날고 기어도 설득하지 못 했던 체결 반대파를 과반 이상 설득해야만 했다.

'루거는 교황청 가서 보고만 하는 거고, 키드는 주변 정린데 왜 또 나만……'

그러나 누굴 탓하랴. 이하는 울며 겨자 먹기의 심정으로 퀘스트를 수락했다.

"그럼 모두 무운을 비네. 무슨 일이 있거든 즉각 연락하도록."

브로우리스의 말과 함께 삼총사는 다시 찢어지게 되었다. 브로우리스와 이하는 퓌비엘의 왕궁으로 즉각 복귀했다.

"바로 국왕 전하를 뵙는 건가요?"

"아니, 우선 대신들과 귀족들부터 설득해야지. 전하께서도 통일된 의견이라면 들어주실 테니까 말이야."

"으음, 조금 더 강인하게 나가셔도 될 텐데요."

"왕이라고 마음대로 할 수는 없는 법이네, 이하 군. 이런 것이야말로 각계각층의 의견을 충분히 취합해야만 나중에 얘기가 나오지 않는 법이거든. 하긴, 자네는 제2차 인마대전을 겪어 보지 않아 모르겠군."

브로우리스의 말에 이하는 그냥 고개를 끄덕였다.

단순히 궁금해서 물어본 것은 아니었다.

귀족들을 설득할 거 없이 바로 왕을 공략해서 퀘스트를 깨보려는 작전이었으나 실패한 셈이다.

'나도 퓌비엘 왕가 NPC들이라면 친밀도가 제법 있게 되었지만 일반 귀족들이라면 얼굴 한 번쯤 본 게 전분데……. 그나마도 안 본 귀족 NPC들이 더 많지.'

성스러운 그릴 수도지점이 오픈 할 때 찾아왔던 귀족들 몇몇, 이하는 이름도 기억하고 있지 못했다.

그리고 국왕 암살 보호 당시 궁내를 오가며 만났던 NPC들 몇몇, 이번 논공행상 때 인사를 나눴던 몇몇이 전부.

그나마 이름이 기억나는 극소수의 인원도 막상 만나면 알아볼 자신은 없었다.

이하에겐 귀족 공략이 국왕 공략보다 어렵다는 뜻. 그러나 이미 진행된 퀘스트의 방향을 바꿀 순 없었다.

"후우우……. 준비됐나?"

"이 안인가요?"

"반대파들이 주로 회의실로 쓰는 곳이지. 어쩌다 이 지경까지 됐는지……."

브로우리스가 회의실 문 앞에서 호흡을 가다듬었다.

센티널 산맥의 귀족鬼族들을 싸울 때도 숨 한 번 몰아쉬지 않던 사람이 이렇게까지 긴장하다니. 그의 모습을 보자 꿀꺽, 이하도 사뭇 긴장되었다.

만약 30일 내로 이 안에 있는 사람들을 설득하지 못하면 대체 어떻게 되는 건지…….

"들어가시죠."

"좋아, 가지."

쿵- 쿵- 쿵-.

브로우리스가 회의실 문을 두드리고 잠시 후, 문이 열렸다.

타원형으로 된 기다란 탁자에 둘러앉은 자는 대략 40여 명.

'이게 전부인가? 전부라면 과반은 21명이군.'

이하가 재빠르게 인원들의 면면을 훑었다. 그리고 상석 바로 옆자리에 앉아 있는 찰랑거리는 붉은 머리를 발견했다.

"하이하?"

"아! 람화연!"

신나라에게 들었던 말이 떠올랐다.

강화 조약 체결 관련 유저 실무단 중 유일한 반대파 인원, 람화연이 그곳에 앉아 있었다.

"그러니까 브로우리스 경의 말대로라면— 또 하나의 마왕의 조각, 기브리드가 나타났다는 말이오?"

"아닙니다, 퀸텀 백작님. 기브리드가 나타난 게 아니라 기브리드가 만들었던 키메라들을 푸른 수염이 조종하고 있다는 뜻입니다. 현재 곳곳에서 날뛰는 귀족鬼族을 감당하기도 힘든 사태임을 감안하신다면, 키메라들까지 나섰을 때 본국이 어떤 위기에 처할지 상상이 되십니까?"

"으, 으음……."

상석 좌편에 앉아 있던 퀸텀이 고개를 끄덕였다.

브로우리스는 타원형 테이블에 둘러앉은 40인의 반대파를 순식간에 휘어잡을 수 있는 카리스마가 있었다.

조용하고 친절한 말투, 예의 바른 행동 속에 담겨진 무시무시한 압박을 일반 귀족貴族 NPC들이 견딜 수 있을 턱이 없었다.

"20년 전을 기억하십시오. 비단 백작님뿐 아니라 여기 계신 여러분 모두에게 해당하는 뜻입니다. 강화 조약을 체결하고 미니스, 샤즈라시안 연방, 에즈웬, 크라벤 모두와 대대적인 푸른 수염 수색 작업에 착수해야만 합니다. 저 마왕의 조각을 완벽하게 사살하지 못한다면 인류에게 평화란 있을 수 없을 겁니다."

쿵—!

주먹으로 가볍게 테이블을 내리치는 타이밍까지 완벽한 설득이었다. 이하는 브로우리스의 옆에 서서 그를 존경스런 표정으로 바라보았다.

'진짜 만능 NPC란 말이지. 전투면 전투, 말빨이면 말빨……. 하긴, 어쨌든 제2차 인마대전의 '영웅'이라는 사람인데 이 정도 카리스마는 당연한 건가.'

단순히 재물을 잃은 게 아니라 가장 소중한 동료를 잃은 NPC, 브로우리스는 제2차 인마대전의 아픔이 재연되는 것만큼은 철저하게 막으려는 동기가 설정되어 있었다.

브로우리스의 일장연설 이후 웅성거리는 테이블의 분위기를 보며 이하도 재빨리 요주인물들을 골라낼 수 있었다.

'저 백작이라는 사람이 2인자쯤 되나 본데, 분위기만 보면 그냥 다 넘어온 격인가? 나머지 자작이니, 남작이니 하는 인간들도 별 볼 일 없고……. 두 사람이 문제인 것 같은데…….'

브로우리스의 연설에도 표정 하나 변하지 않은 두 사람이었다.

상석에 앉은 수염을 기른 남성과 상석 우편에 앉은 람화연. 둘은 여전히 초연한 표정이었다.

확실히 이런 자리에서 만큼은 평소와 다른 람화연의 기세, 홍콩 최대 재벌가인 람롱 그룹의 일가임이 명확하게 느껴졌다.

"그러니 어서 강화 조약 체결을 전하께 건의해야 합니다. 마르키스 후작님과 퀸틴 백작님께서 도와주신다면, 저 로트 작이라도 더 이상 거부할 명분은 없는—"

"저기, 잠깐만요. 브로우리스 님이라고 하셨죠?"

"음?"

"캐슬 데일의 상행위를 포함한 전반적인 행정을 관리하고 있는 람화연이라고 합니다."

람화연이 일어선 것은 그때였다.

그녀는 예의 바른 태도로 브로우리스를 향해 인사했다. 이하는 그 옆에서 빙긋 웃고 있었다.

'그렇지, 딱 나서서 끝내 줘, 람화연! 이럴 때 한 번 도와달라고!'

람화연의 눈치가 몇 단이던가. 지금 브로우리스 곁에 서 있는 이하를 보면서 이게 어떤 흐름인지 파악하지 못할 리가 없다.

그리고 이하는 그녀가 자신을 도와줄 거라는 근거 없는 믿음이 있었다.

"네, 람화연 님. 화홍의 마스터로 계시는 분이시지요."

"맞습니다. 알아봐 주셔 감사드립니다."

"별말씀을. 역시 성을 관리하는 분이시니, 강화 조약 체결의 필요성을 단번에 느끼셨으리라 생각합니다."

브로우리스가 부드러운 말투로 그녀에게 물었다.

이 안에 있는 반대파 인원 중 유일한 유저. 그녀를 향한 포근한 압박과도 같은 그 물음에 람화연의 붉은 머리가 세차게 흔들렸다.

　"아니오. 오히려 그 반대 의견을 드리려고 인사드린 겁니다."

　"음?"

　"제 의견을 말씀드려도 될까요, 마르키스 후작님?"

　그녀는 밝은 표정으로 상석에 앉은 검은 수염의 남성을 바라보았다. 마르키스 후작이 고개를 끄덕였다.

　"제안해 보게."

　브로우리스의 표정은 이미 살짝 굳어 있었다. 이하의 입은 벌어지려는 것을 겨우 참았다.

　람화연의 저 표정, 뭔가 찾았다는 저 표정을 보며 이하는 왜 갑자기 루거가 생각나는지 알 수 있었다.

　'이, 이런. 내 편이 되어 주는 게 아니라─'

　너무 쉽게 생각했다.

　'이권'이라는 글자가 들어가는 자리에서 람화연이 어떻게 변하던가.

　"방금 브로우리스 님의 말씀이 사실이라면, 저희는 미니스의 모든 제안을 최대한 무시해야 합니다. 당연히 강화 조약 체결을 먼저 제안하는 것도 있을 수 없는 일이지요."

　루거가 전투의 싸움꾼이라면 람화연은 협상의 싸움꾼이라

는 사실을 이하는 잠시 잊고 있었다.

브로우리스의 표정이 완전히 구겨졌다.

"그게 무슨…… 의미인지 설명해 주실 수 있으십니까."

"말씀드린 그대로예요. 현재 저희가 미니스 측에 강화 조약 조건을 제시한 상태입니다. 미니스 측의 답변이 오지 않은 상태에서 저희가 먼저 조건을 낮춰 체결을 서두를 필요가 없다는 뜻이지요."

"제가 드린 말씀은 혹시 기억하시는지요."

"기브리드의 키메라가 나타났다, 푸른 수염이 그들을 이끌고 휘젓고 있다…… 물론 기억합니다. 그리고 그 장소가 어디인지도 기억하고요."

"장소요?"

브로우리스와 람화연의 차이였다.

마왕의 조각에 맞서 대국적 인류 연합만을 구상하고 있던 브로우리스에겐 바로 와닿지 않았던 것.

그러나 미들 어스의 NPC보다 더 미들 어스 생활에 적응한 현실 유저 람화연은, 그 점을 정확하게 파악하고 있었다.

"휘젓고 있다…… '미니스'를…… 맞죠? 게다가 그 지점이라는 것도 미니스 서남부, 키메라라는 게 하늘을 날 수 없다면 당장 우리나라로 들어올 수는 없겠죠? 녀석들이 돌아다니며 활개 치는 것도 결국은 미니스 내부라는 뜻. 그렇다면 저희가 먼저 나서서 조건을 낮출 필요는 없어요. 이젠 미니스 녀석들의 마음이 조급해졌으니 더욱 강한 조건을 제시해서 받아들이게끔 해야죠. 저는 강화 조약 체결을 다시 제시할 게 아니라, 오히려 저희가 최근에 제시했던 조건도 거둬들이고 싶은데요?"

급한 사람이 우물 파는 법.

협상에선 서둘러 행동하는 자가 무조건 불리한 법이다. 람화연은 그 생리를 활용하고자 하는 것일 뿐이었다.

"설마……. 농담이시겠지요. 그랬다간 미니스 국내에 얼마나 큰 피해가 생길지—"

"그러니까요. 미니스도 큰 피해를 입기 싫다면 저희의 조건을 순순히 받아들여야죠. 안 그래요? 그렇지 않습니까, 마르키스 후작님?"

"역시. 일리 있군. 그녀의 말이 맞네, 브로우리스 경."

이하는 장내의 분위기를 살폈다.

방금 전까지 브로우리스의 설득에 다 넘어왔던 사람들이 다시 전부 반대파가 되었다!

'이, 이런 미친!'

이하는 그녀의 얼굴을 쳐다보았다.

그리고 이곳이 현실이 아니라 다행이라고 생각했다. 미들 어스에선 남들에게 들키지 않고 대화할 방법이 있으니까.

　-뭐하는 거야?! 내가 여기 왜 왔는지 몰라? 나 이거 퀘스트란 말이야!
　-흥, 내가 모를 것 같아? 그 정도 감은 있다고.
　-뭐? 그, 그럼 왜 그러는 거야? 나 좀 도와줘!

　이하가 람화연을 향해 인상을 찡그리며 어깨를 으쓱였다. 람화연은 그런 이하를 보며 모호한 표정을 지어 보였다.

　-바보 같으니! 내가 지금 왜 이러는지 몰라?
　-응? 뭐가? 내 퀘스트 방해하는 거?
　-……방해? 방해라고?

　이하의 말에 람화연의 표정이 얼어붙기 시작했다. 뭔가 표현을 잘못했구나! 아차 싶은 이하가 다시 말을 고쳤지만 이미 때는 늦었다.

　-아니, 그- 방해는 아니지만-
　-내가 지금 이런 말 하는 게 하이하 당신을 방해하는 것처럼 보여?!

찌이잉-!

람화연의 우렁찬 귓속말이 이하의 머릿속을 헤집어 놓았다. 그녀의 이글이글 타오르는 눈동자와 씨익- 씨익- 가빠지는 호흡까지.

다른 일이나 협상에서는 평온하게 남의 속을 잘만 긁어 놓는 람화연이었지만 유독 이하의 말에는 견디기 힘들어 했다.

그 이유를 이하가 알았다면 훨씬 일이 수월했으리라.

－저기, 미안……. 화났어?

그리고 이번만큼은 사과하는 게 현명한 선택이었다.

이하의 목소리를 들은 그녀의 표정이 아주 조금이나마 풀렸기 때문이다.

브로우리스와 마르키스 후작, 퀸텀 백작이 다시금 옥신각신 말을 나누는 동안, 앉아 있는 람화연과 이하는 귓속말을 계속했다.

－치, 내가 왜 이러는지도 모르면서. 아무것도 모른다니까 하이하 당신은.

－왜? 람화연 당신 퀘스트 아냐?

－참, 나. 됐다, 됐어. 말을 말자. 내 퀘스트도 있긴 하지만 내 퀘스트 하나 때문에 이러는 줄 알아?

-그러면? 무, 무슨 얘긴지 말은 해 줘야지.

-이봐요, 퀴비엘 유일의 메달 오브 아너 수여자 하이하 씨. 당신 보상이 뭔지 까먹었어?

-응?

브로우리스가 키메라에 관한 이야기를 듣고 이 방에 들어 왔을 때, 람화연이 이하보다 더 쾌재를 불렀다는 걸 이하는 알 수 없었다.

-성이나 도시, 바보야! 국왕이 당신 성주로 앉힌다고 했 잖아! 지금 미니스 쪽에선 하나도 주지 못한다고, 그나마 최 근 진전된 게 '캐슬 반카울' 하나 먹고 떨어지는 쪽으로 이야 기가 흐르는 걸 내가 뒤집고 있는 거라고! 그깟 돈도 안 나오 는 성 말고 좀 더 좋은 도시를 당신에게 주기 위해-!

꿀꺽!

쏜살같이 쏟아지던 람화연의 목소리가 잠시 멈추었다. 목 을 뻣뻣하게 들고 이하와 눈을 마주치던 그녀의 고개가 슬며 시 돌아갔다.

-나한테 주기 위해?

-아니! 내 퀘스트! 내, 내 퀘스트가 미니스 한테서 최대한

많은 걸 받아 내는 거라서 그런 거거든!

다른 협상 자리에서라면 포커페이스를 무너뜨리지 않는 철의 여인. 그러나 이하와의 대화에서 만큼은 온 얼굴에 자신의 감정이 드러나는 왈가닥.

이하는 람화연이 보여 주는 두 개의 면면이 오히려 당혹스럽게 느껴졌다.

-나를-

-아니, 아아아아아! 아니, 아니! 내 퀘스트 때문이야, 내 퀘스트. 어쨌든! 그, 그건 됐고. 하이하 당신 퀘스트 기한은 언제까지야?

-나는 저기……. 30일 안에-

-좋아. 어차피 여기 마르키스 후작이고 퀸텀 백작이고 전부 내 손바닥 안이야. 한 28일 동안 미니스 쪽과 최대한 협상해서 당신에게 선택권을 넓혀 줄 테니까, 그때까지 상황 보면서 판단하자고. 그래도 되는 거지?

람화연의 계산은 확실히 이하보다 빨랐다.

캐슬 반카울 외에 최대한 많은 조건을 미니스에게서 얻어 낸 후, 그것을 하이하에게 선택하게끔 한다!

브로우리스의 말을 듣자마자 그녀의 계산은 이미 여기까

지 나아간 상태였던 것이다.

자신의 퀘스트도 초과달성 할 요건이 되며 동시에 하이하에게도 최대한의 보상을 안길 수 있는 방법.

이하는 어쩐지 감동이라도 받을 것만 같았다.

게다가 NPC들이 전부 자신의 손바닥 안이라 자부하는 저태도는 얼마나 믿음직스러운지.

　-고마워. 람화연 씨.

　-고맙기는. 정 고마우면…….

　-응?

　-그때 그, 말했던 거 기억나지?

　-뭐?

　-맛집 말이야, 맛집! 잘 찾아 놓으라고!

　-아, 맛ㅈ-

"그럼 오늘은 물러가겠습니다, 마르키스 후작님. 부디 대의를 고려하시어-"

"걱정 말게, 브로우리스 경. 나라고 인류를 위험에 처하게끔 만들고 싶겠나. 간악한 미니스 녀석들이 정신을 차린다면 조급해하지 않아도 될 걸세."

"하지만 키메라가- 아니, 알겠습니다. 오늘은 이만……. 가지, 이하 군."

무어라 더 대화를 하려던 찰나, 브로우리스가 이하를 잡아당겼다.

람화연에게 막 말을 하려던 이하는 허겁지겁 브로우리스에게 이끌려 회의실 밖으로 나가게 되었다.

"젠장, 큰일이야. 그사이 푸른 수염과 기브리드의 키메라가 난리라도 친다면— 아니, 혹여 강화 조약 체결 자체가 불발이 된다면—"

"걱정 마세요, 소장님."

"음?"

회의실 밖으로 나오자마자 불안과 한탄을 동시에 내뱉는 브로우리스를 보며 이하가 푸근한 미소를 지었다.

이 급박한 상황에서 미소?

"30일 내로 강화 조약 체결 건은 반드시 마무리될 겁니다. 실패하는 일은 없을 거예요."

"자네가 그걸 어떻게 확신하나?"

"미들 어스 최고의 협상가가 저 안에 있으니까요. 오늘은 이만 가시죠."

"으, 응?"

이하는 브로우리스의 등을 떠밀며 왕궁 밖으로 나섰다. 이쪽은 이제 안심할 수 있을 것이다.

아군이냐, 적군이냐를 따진다면 100% 확실한 아군, 람화연이 이번 퀘스트의 열쇠가 되어 줄 것이다.

레벨도 낮고 아웃사이더 축에도 끼지 못하는 그녀가 국가 전의 오등공신이었다는 것만 떠올려도 알 수 있다.

'필요한 건 말 그대로 시간. 시간이 지나면 알아서 클리어 조건이 갖춰질 거다. 람화연과 틈틈이 연락만 하면서 상황 체크만 하면 돼. 미니스 국내가 파괴될 염려가 있긴 하지만─ 미니스 랭커들이 놀기만 하는 건 아닐 테니까.'

이하는 삐뜨르나 치요. 파우스트 같은 Top10 랭커를 떠올렸다. 그리고 그들 모두를 합한 것보다 강한 알렉산더까지도.

미니스 내부에서도 퀘스트 부여가 반드시 이뤄질 테니 도시들이 완파될 염려는 하지 않아도 좋을 것이다.

'좋았어, 그럼 당분간 나한테 집중하자.'

이하는 브로우리스와 함께 왕궁을 빠져나오며 미소 지었다. 적어도 짐 하나는 던 셈이었다.

Geschoss 8

브로우리스를 안심시킨 후 즉각 로그아웃, 이하는 현실에서 충분한 숙면을 취한 후에야 다시 접속했다.

이미 미들 어스 시간으로는 5일 이상이 흐른 후였다.

"끄으으으, 간만에 푹 잤네. 그럼 진행 상황부터 체크해 볼까나."

친구 창을 열어 키드와 루거의 위치부터 확인, 두 사람 모두 지난번 키메라나 푸른 수염 등에서 언급됐던 장소와는 무관한 곳에 있었다.

브로우리스의 다른 지시가 떨어진 것일까?

어쨌든 이하의 설득으로 브로우리스도 조급증을 버리게 되었으니 당분간은 별다른 퀘스트도 없을 것이다.

"람화연은 여전히 왕궁이고, 나라 씨도 왕궁이고……. 괜히 귓말 오기 전에 다른 곳으로 가야겠다."

수도에 있는 것을 알면 또 왕궁에 들르라며, 대화하자며 보챌지도 모른다. 한 사람을 상대하기도 힘든데 왕궁엔 두 사람이 모두 있다!

괜히 또 무슨 상황에 엮일지 모르는 곳은 안 가는 게 상책.

'저격수가 거리를 좁혀 줘 봤자 좋을 게 없다고.'

이하는 수정구를 들고는 보틀넥의 새로운 대장간으로 텔레포트를 탔다. 이하가 체크하고자 했던 제일 큰 일이 바로 이것이었다.

"보틀넥 아저─"

쿠우우우웅—!

순간, 대장간에서 검은 연기가 폭발적으로 치솟았다. 폭발? 공격? 생각은 사치였다. 이하는 즉각 블랙 베스를 꺼내어 들고 스킬을 시전 했다.

'마나 투시!'

찌이잉—.

시야가 변한 것에 잡히는 건 대장간 건물 안의 드워프 인영 세 개뿐. 다른 사람의 흔적은 없었다.

"보틀넥 아저씨?"

사박, 사박.

낙엽을 밟으며 조용히 대장간의 주인을 불러 보는 이하. 시야에 잡히는 다른 생물은 없지만 만전을 기하는 건 당연한 일이었다.

"콜록, 콜록— 카아악, 퉤! 뭐야? 누구야?"

"하이하입니다!"

"빌어먹을, 보채는 데에는 천재군. 우리가 목숨까지 내걸고 일하고 있는 거 안 보여? 완성되면 어련히 부를까!"

"아, 지금 뭐 만들고 계신 거였어요? 공격 받은 게 아니라?"

"공격? 공격 받았지! 염치도 없고 몰상식한 어떤 놈이 해괴망측한 걸 만들어 달라고 공격했으니!"

폭발은 작은(?) 실험 사고였던 것.

그것도 이하가 의뢰한 물품을 만들다 발생한 일이었다.

보틀넥과 비어드 브라더스는 검댕 가득 묻은 수염을 닦아 내며 연신 기침을 해 댔다.

이하는 어쩐지 짠한 그들의 모습을 보며 잠시 서글픈 마음을 가졌다. 물론 그게 전부였다.

"잘 되고 있어요?"

의뢰한 물건이 잘 만들어지는지 확인하는 게 이하에겐 더 중요했다.

어차피 최강의 손재주를 지닌 드워프 NPC들이 사고사로 죽을 일 따위는 없을 테니까.

"드래곤 하트를 다루는 게 너무 힘들어. 네 녀석이 말한 대로 구조는 갖춰 가고 있지만……. 아무래도 아이템이 조금 더 필요하겠는데?"

"으음, 뭐가 있어야 하죠?"

무료 이용권이 있다지만 그건 말 그대로 보틀넥의 '손재주'를 무료로 사용하는 권리일 뿐이다. 재료가 필요하다면 그걸 구하는 것까지는 어떻게든 해야 한다는 각오는 이하도 처음부터 하고 있었다.

이하가 이번에 요구한 물품은 드래곤 하트와 드래곤 스케일까지 구해다 줬는데도 즉각 만들 수 없을 정도로 제작난도가 높다는 방증이기도 했다.

"드래곤 하트의 마나를 네놈이 원하는 대로 추출, 이동시키기가 쉽지 않아. 다시 드래곤 하트가 마나를 흡수하려는 성질이 있으니까. 저장 공간에서 마나를 빼내는 순간만 빠르게 개폐하고, 노즐의 역할을 제대로 할 수 있는 파츠가 없으면 방금처럼 폭발만 일어나게 되는 거거든. 그 역할을 할 만한 게 있어야 해."

전문적인 설명에 이하가 잠시 머리를 저었다. 설명이야 어찌 되었든 '아이템'이 필요하단 소리다.

"켁, 그럼 무엇을, 어디서 구해야 하는데요? 그것만 말해 주세요."

"마력의 흐름을 조절할 수 있는 광물이 필요하지. 오리하르콘이 적어도 300g은 있어야 할 것 같아."

"오리하르콘? 그게 광물 이름이에요?"

"신의 광물이라 불리는 재료야. 구할 수 있으면 구해 보게. 그게 있어야만 가능할 것 같으니."

보틀넥의 체념한 것 같은 태도가 이하를 다소 불길하게 만들었다. 게다가 별칭이 신의 광물이라는 것 또한.

"그걸…… 어디서 구하는데요?"

"그걸 나한테 묻나?"

"응?"

"신의 광물이라고! 제기랄, 교황청 가서 훔쳐라도 오든지. 나도 코흘리개 시절에 딱 한 번 보고 못 봤거든. 웬만한 왕가의 보물급으로 다뤄지는 광물을 함부로 받을 수─"

"왕가의 보물?"

투덜거리는 보틀넥이 흘린 한 단어가 이하의 귀를 트이게 만들었다.

왕가의 보물? 왕가? 왕궁?

"그래. 교황청에서 아주 소량이지만 각국의 왕들에게 선물하는 경우도 있으니까. 그 정도로 희귀한 광물이라는 것만 알아 둬."

네놈이 구할 수 있겠어? 차라리 그만두는 게 어때? 라고 도발하는 것 같은 보틀넥의 말투를 들으면서도 이하는 화나지 않았다.

"그거, 퓌비엘 왕국의 왕궁 창고에 있을까요?"

"있으면 어쩌려고? 훔쳐 오려고?"

"네."

"뭐, 뭐?"

"필요하다면 훔쳐 와야죠. 정정당당하게. 다녀올게요!"

아직 써먹지 않은 권한이 있다.

왕궁 창고에서 당당하게 아이템 세 개를 고를 수 있는 일등공신의 권한이. 이하는 즉각 수도로 귀환했다.

"저런 미친놈."

보틀넥이 혀를 차며 고개를 저었지만 그는 자신이 얼마나 놀라게 될지 아직 알 수 없었다.

"이 안으로 들어가면 되는 겁니까?"

"그렇다."

피부가 새하얀 리자디아, 파우스트의 물음에 쿠즈구낙'쉬가 고개를 끄덕였다. 그 단호한 태도에 당황한 것은 파우스트였다. 여기가 어디라고 들어가라 말하는가.

"그, 하지만 제가 알기론 여기가—"

"끌끌, 무섭나? 별 일 없을 걸세. 내가 장담하지."

"—예, 백작님, 백작님의 말씀을 의심하는 건 아닙니다만……. 다시 한 번 말씀드리고자 하는 겁니다. 이곳은—"

"괜찮아, 괜찮아. 나도 있고, 여기 레드 망나니도 있는데 뭐가 두렵단 말인가. 자네는 그저 발 한 번만 담갔다가 나오면 돼."

더 이상은 파우스트도 거절할 수 없었다.

자신이 충성을 맹세하고 붙기로 한 푸른 수염까지 저렇게 나온다면 거부할 명분이 아예 존재하지 않는다.

"알겠습니다."

꿀꺽, 오늘 일만 제외한다면 마왕의 조각 측에 붙은 파우스트는 최근 며칠간 즐겁기 그지없었다.

'비록 네크로맨시 스킬에 대한 숙련도는 오르지 않았지만, 저 푸른 수염이 증폭시킨 마나만 해도 엄청 났지…….'

고작 지팡이질 한 번 했을 뿐인데 대체 스탯이 얼마나 폭업했던가.

다룰 수 있는 시체의 수가 몇 배로 늘었을 정도로 파우스트는 전보다 강해져 있었다. 이 강함을 계속 유지하기 위해서라도 그는 푸른 수염과 쿠즈구냑'쉬의 일을 도와야 했다.

"그럼 들어가겠습니다."

파우스트의 말에 쿠즈구냑'쉬와 푸른 수염이 고개를 끄덕였다.

알비노 리자디아가 잔뜩 겁먹으며 말한 것 치고, 그의 앞에 펼쳐진 건 일반 풍경과 다를 바 없는 공간이었다.

눈으로 뒤덮인 산 초입 인근.

그곳에서 한 발자국 내딛자 파우스트의 몸에 미지근한 기운이 느껴졌다.

'미친 짓은 미친 짓이군.'

파우스트는 고개를 저었다. 지금 자신이 발을 디딘 공간이 '누구'의 것인가. 그 답은 금방 알 수 있었다.

[캬아아아아아————————ㅅ!]

잠시 후 들려온 날카로운 포효 소리, 눈 덮인 산의 봉우리에서 급속도로 확대되는 하얀 점 하나. 파우스트는 황급히 마법을 시전 했다.

"본 쉴드! 바디 벙커!"

더블 캐스팅으로 순식간에 마나가 훅, 빠지는 느낌이 들었지만 푸른 수염에 의해 증폭된 현재는 크게 부담되는 것도 아니었다.

뼈의 방패와 시체들의 벽이 파우스트의 앞을 즉각 메꿨다.

[감히 나의 레어 안으로 발을 들인 녀석은 누구인가! 너의 영혼까지 얼려 주마!]

슈우우우웅…….

날아오는 은빛 드래곤의 가슴 앞에 푸른 기운이 서렸다.

[화아아아아─────!]

곧이어 날아오는 것은 액체 질소에 버금가는 냉기 브레스.

주변의 수증기마저 우박으로 변해 떨어질 정도의 급랭 브레스가 파우스트를 덮쳐 오고 있었다. 그의 앞을 막은 본 쉴드와 바디 벙커가 순식간에 얼어붙기 시작했다.

"끄아아앗, 살려 주십시오!"

파우스트는 직감적으로 알 수 있었다. 마나가 증폭되었고 마력이 강화되었다지만 역시 드래곤의 브레스를 막는 것은 무리!

그나마 어덜트 드래곤 수준의 브레스였기 때문에 이 정도나마 버틸 수 있었다고 봐야 한다.

이곳에 계속 있다간 정말로 냉동 인간이 되어 버리고 말 터, 바디 벙커까지 완전히 얼음벽으로 변하는 모습을 보며 알비노 리자디아는 뒤로 돌아 달렸다.

[멈춰라, 이 녀석! 시체를 다루는 도마뱀이 감히 실버 드래곤의 처소를 침범했는가! 그 더러운 마나를 가지고!]

실버 드래곤은 브레스를 끊고 비행의 속도를 더욱 높였다. 땅에서 도망가는 적을 놓치는 수치를 범할 순 없었다.

[그 가상한 용기조차 한 톨 남기지 않으-]

슈욱-!

"말이 많군, 실버의 꼬마."

결계를 벗어나자마자 실버 드래곤의 얼굴 옆에 한 사람이 공간이동으로 나타났다.

새빨간 삭발 머리를 하고 두 개의 곡도를 든 남성의 모습, 쿠즈구낙'쉬가 실버 드래곤을 보며 코웃음을 쳤다.

[-음?! 다, 당신은-]

슈슉-!

"낄낄, 레어 밖으로 나온 드래곤만큼 요리하기 쉬운 건 없지. 분명히 똥파리가 결계 밖으로 나가지 말라고 경고했을 텐데, 안 그런가?"

또 다른 사람이 쿠즈구낙'쉬의 반대편에 공간이동으로 모습을 나타냈다.

신사 같은 탑 햇Top hat, 손잡이가 반짝이는 은지팡이를 휘적, 휘적 돌리는 푸른 수염의 노인, 레의 입에도 미소가 걸렸다.

[베, 베일리푸스 님이 두렵지도 않느냐, 이 녀석들!]

실버 드래곤이 화들짝 놀라 언령 마법을 사용하려 했지만 그가 상대해야 할 적들의 수준이 너무 높았다.

찰나의 사이, 공중에 뜬 푸른 수염의 모습은 그 잔상조차 보이지 않을 속도로 드래곤의 주변을 돌아다녔다.

"자, 모든 마나의 통로를 막았네. 자네가 좋아하는 똥파리 베일리푸스에게 연락도 못할 텐데 어쩔 건가?"

실버 드래곤도 메탈 드래곤이다.

다만 현명함보다는 싸움 쪽에 더욱 발달된 드래곤, 결계 안으로 들어가서 자신의 흔적을 남기는 대신 그가 선택한 것은 반항이었다.

아니, 어쩌면 지금부터 움직여도 결계로 살아 들어가지 못할 것을 알았을지도 모른다.

처음부터 베일리푸스의 경고를 지켰어야만 했다.

그 어떤 도발이나 이상 징후가 있더라도 결계 밖으로 나가지 말 것. 자신의 힘이 강화되는 레어의 결계가 미치는 내부에서 싸울 것.

그래야만 혹여 무슨 일이 생겨도 누가, 어떻게 했는지를 다른 일족이 조사 할 수 있기 때문이다. 결계 내부에 들어온 존재에 대해선 모든 기록이 남으니까.

베일리푸스가 메탈 일족 회의에서 충분히 경고했지만, 안타까운 건 그들의 적이 드래곤이었다는 점이리라.

어떤 식으로 경고를 했을 것인지, 그것을 파훼하려면 어떤 식으로 유인책을 써야 하는지 아주 잘 알고 있었다.

[나는 실버 드래곤 실베겔드! 비록 마왕의 조각과 레드 드래곤이라지만 그리 쉽게 당하지는 않는다!]

"갓 어덜트가 된 브론즈도 자신의 실력을 가늠할 줄은 알았는데……. 천 살은 더 처먹어 놓고 실버의 종족 특성은 어쩔 수 없군."

"잘 가게나, 은둥이."

샤샤샥—!

실버 드래곤의 반항은 찰나였다.

쿠즈구낙'쉬의 곡도가 허공에서 편광을 뿌려 대길 몇 초, 이미 은빛용의 머리는 몸에서 떼어진 후였다.

"미친……."

그리고 그 모습을 지상의 파우스트가 바라보고 있었다.

그것은 전율, 공포에 가까운 감정이었다. 파우스트가 알고 있는 미들 어스 최강자, 알렉산더라고 저것들을 이길 수 있을까.

'아니, 알렉산더 따위가 날뛰어 봤자……. 그깟 컨셉병 걸린 놈이 아무리 날뛰어 봐야—'

미들 어스 최초의 만렙, 최초의 승직자에게 '따위'라고 부를 수 있을 정도의 차이가 있다.

그리고 그 정도의 차이를 보여 주는 사람이 바로 자신의 편. 파우스트가 느꼈던 전율과 공포는 순식간에 환희와 쾌감으로 바뀌었다.

'이젠 내가 유저 중 최강이 된다.'

저들과 함께라면 두려울 게 없다. 파우스트는 다시 한 번 푸른 수염을 향해 충성을 다짐했다.

"지금까지 몇 개 모았나."

"두 개."

"그럼 이제 몇 개 남았지?"

"두 개."

푸른 수염의 물음에 쿠즈구낙'쉬가 답했다. 실버 드래곤의 머리를 갈무리하고, 그의 드래곤 하트를 뜯어내면서.

"쯥, 드래곤의 마나 통로를 막는 게 여간 귀찮은 게 아닌데. 오늘 다 해치울 건가?"

"그렇다. 실베겔드의 죽음이 알려지면 메탈들은 완전히 숨어 버릴 테니까."

"이거야 원, 손해 보는 장사를 하는 기분이군."

"장사 따위 해 본 적도 없으면서 그딴 말을 하는가, 영감."

"자네도 해 본 적 없으면서 뭘 그러나. 크흠, 자, 파우스트! 다음 장소로 가세!"

그들의 실력을 고려하면 그야말로 실없는 농담 따먹기였다.

파우스트는 그들의 말을 조용히 듣고 있다 재빨리 고개를 끄덕였다.

"예, 백작님!"

일동——— ㅊ-

"아아아! 그, 그만! 그거 안 하셔도 되니까! 그냥 왕궁 창고 위치만 알려 주세요!"

왕궁 수정구에 손을 대자마자 가드들의 표정이 변하는 것을 보며 이하가 재빨리 뛰어들었다.

매 왕궁에 입장할 때마다 그럴까, 싶었건만, 대충 대충이라는 게 없는 NPC들은 정말로 그 의전을 다시 갖추려 하고 있었다.

"왕궁 창고? 왕궁 보물 창고 말씀이십니까?"

"네. 메달 오브 아너 수여자의 권한으로…… 왕궁 창고를 이용하고자 합니다."

이렇게 말하면 되는 걸까. 권한이 있다지만 너무 뻔뻔하게 부탁을 한 것은 아닐까 이하가 잠시 걱정한 사이, 어느덧 가드들은 어딘가로 연락을 취하고 있었다.

"잠시만 기다려 주시겠습니까, 왕궁 보물 창고 담당 재무차관에게 연락을 넣었습니다."

"재무차관이요?"

"예. 보물 창고에 한해선 차관님과 재무대신을 제외하곤 일반인의 입장이 불가하여—"

"그렇군요……."

왕궁의 직급에 대해서 이하가 잘 알지는 못했지만 그래도 군짬밥이 있다. 대신이니 차관이니 하는 단어가 나왔는데 결코 직위가 낮은 사람은 아닐 터.

공적인 문제도 아니고 그저 왕궁 창고에 들어가기 위해 그런 사람을 불러야 한다는 게 마음에 걸릴 수밖에 없었다.

'끙, 괜히 미운 털 박히는 거 아냐. 눈치도 없이……. 차라리 나중에 페이우 님 불러다가 같이 갈 걸 그랬나? 게다가 그냥 창고 같은 개념인 줄 알았더니 보물 창고?'

흐, 그것만큼은 마음에 드는군, 하는 미소가 이하의 입에 걸렸다.

왕궁의 입구에서 그렇게 불안해하고 또 들뜨기도 하며 기다리길 얼마 후, 로브를 입은 남성이 그야말로 로브 자락이 휘날리도록 달려오고 있었다.

"하이하 님? 하이하 님 되십니까?"

"아, 네. 제가 하이—"

"메달 오브 아너의 수여자를 이렇게 뵙게 되어 영광입니다! 재무차관 레릭이라고 합니다."

레릭이라고 자신을 소개한 재무차관이 이하의 손을 양손으로 붙잡고는 열렬히 흔들었다.

그리고 이하의 불안은 그저 기우일 뿐이었다. 한 사람 때문에 왕궁 창고를 왔다 갔다 해야 하는 걸 불편해한다고? 그럴 리가 없었다.

"그렇군요 레릭 님, 바, 반갑습니다."

관리자 권한이 있는 사람을 제외한다면 왕족 외에는 접근조차 불가능한 곳이 바로 왕궁 창고였다.

그곳의 아이템을 세 개나 집어 갈 권한이 있는, 국가전 최고의 영웅을 모시고 대접하는 건 재무차관에게 있어선 아주 훌륭하고 영광스런 업무였던 것이다.

"자, 자, 가시죠! 어서 가시죠! 안 그래도 페이우 님과 그랜빌 님만 다녀가시고 하이하 님께서 오지 않으셔 매일매일 전전긍긍하고 있었던 참입니다!"

레릭은 이하의 팔을 붙잡고는 왕궁 내로 들어섰다.

그에게 끌려가는 순간까지도 왕궁의 경비들이 이하를 향해 차렷 자세를 취하고 있는 걸 보고는 한숨을 내쉬고 싶어졌다.

"지하에 있나 보네요?"

"예, 중앙궁 지하에서도 가장 깊은 곳, 저 탐욕스런 드래곤조차 함부로 들어올 수 없는 곳에 왕궁 보물 창고를 만들어 두었습니다. 전하께서도 가끔밖에 찾지 않으시어 요즘은 들어오시는 분이 통 없었지요. 최근의 페이우 님과 그랜빌 님만 제외하면 말이죠."

"그렇구나……. 페이우 님이나 그랜빌 님은 뭐 가져가셨어요?"

"페이우 님은 팔찌를, 그랜빌 님은 갑주와 말馬을 가져가셨습니다."

"말? 이 안에 말이 있어요? 보물 창고라더니?"

"마법으로 만들어진 생물이었습니다. 저도 그게 가동되는 걸 처음 봐서……. 지치지도 않고, 일반 말보다 빠른데다 낮게나마 하늘도 날 수 있더군요."

"진짜로? 그런 게 있어요?"

"네. 저도 그게 움직이는 걸 처음 봤습니다. 신기한 일이었지요."

지하로 내려가는 도중 듣는 레릭의 설명은 놀라운 것이었다.

그 정도의 이동 수단이라니?! 아니, 그 정도면 이동 수단이 아니다. 만약 이하의 손에 들어왔다면 훌륭한 전투 수단이 될 것이다.

'그걸 타고 다니면서 블랙 베스의 고정만 똑바로 할 수 있다면……. 진짜 나는 전차가 되는 셈인데. 아우, 아까워! 내

가 먼저 올걸!'

짜르나 미드나잇 서커스 등의 적과 조우했을 때, 그것을 타고 빠르게 뒤로 퇴각하며 총구의 방향만 돌려 격발!

지형이 아무리 험준해도 하늘을 날 수 있는 마법 생물이니 별다른 영향도 받지 않는다.

이하는 잠시 그 모습을 상상하다 레릭에게 물었다.

"혹시 그거 또 있나요?"

"아쉽게도 없습니다."

"쩝……. 그렇군요."

층계로 따지면 몇 개나 내려왔을까, 아쉬움을 삼키며 이하와 레릭은 한참을 더 내려갔다.

보물 창고가 아니라 지하 감옥이라 해도 믿을 수 있을 정도로 어둡고 허름한 분위기가 연출될 때쯤, 마침내 레릭이 열쇠를 꺼내어 들었다.

"여기입니다. 이 안이 왕궁 보물창고지요."

"기대되네요."

"메달 오브 아너의 수여자이신 하이하 님께선 종류를 불문하고 세 개의 물건을 습득하실 수 있습니다. 무게에 관계없이 세 개이니 잘 선택하시길 바랍니다. 물건 세 개를 선택 후 가방에 넣으시면 자동으로 이곳으로 돌아오게 됩니다. 제한시간은 입장으로부터 두 시간입니다."

"네, 알겠습니다."

이용 전 주의사항을 알려 주는 것일까. 레릭은 친절히 설명하고서야 벽에 열쇠를 꽂았다.

"열쇠를 잡으십시오."

"아, 제가 돌리는 건― 우아아아아앗?!"

슈우우욱―! 열쇠를 잡자마자 이하의 몸이 순간이동 되었다.

방금 전까지 지하의 어느 문 앞에 있던 이하의 몸은 어느새 거대한 공동에 위치하고 있었다.

"세상에……."

그야말로 금은보화가 가득 쌓인 곳. 단순히 왕궁 창고가 아니라 '왕궁 보물 창고'라는 정식 명칭으로 부르는 이유가 있었다.

감탄도 잠시, 이하는 즉각 시간부터 확인했다.

"두 시간이면 너무 짧잖아!"

파파파팟, 바닥에 깔린 금화를 밟고 달리며 이하는 주변을 스캔했다.

'창고라지만 대충 막 쌓아 놓은 게 아니다. 반드시 정리가 되어 있을 거야. 우선 오리하르콘부터!'

다행히 그런 구분은 금방 할 수 있었다. 한쪽은 금화와 보석류, 다른 한쪽은 완성품 장비류. 이하는 금화를 밟고 뛰는 사치를 부리며 금화와 보석류를 향해 달렸다.

'금을 밟으면 이런 소리가 나는구나.'

챠라라랄, 챨챨챨, 하는 소리조차 기분 좋게 들릴 정도.

미끄러지는 금화들을 밟고 뛰며 이하는 보석들을 마구잡이로 집어 보았다.

'아이템 설명, 아이템 설명.'

〈블레스드 미스릴〉

무게 : 130g

설명 : 신의 축복을 받은 미스릴이다. 모든 선한 존재들은 신의 섭리가 담긴 물질 앞에서 무릎을 꿇는다.

'……응? 신의 축복을 받았으면 모든 마魔를 막아 주거나 그래야 하는 거 아냐? 그랬다면 푸른 수염을 상대로 어떻게 해 볼 수 있었을 텐데.'

은은한 빛이 나는 반투명의 광물을 집어 들었으나 이하가 원하는 것은 아니었다.

이하는 한 손에 집히는 광물을 획, 집어 던졌다.

사실 이하는 잘 모르고 있었지만, 블레스드 미스릴 130g이라면 미니스에서 퓌비엘에게 넘겨주려던 '캐슬 반카울'의 값어치보다 비싼 것은 확실했다.

말하자면 성 하나의 값이 이하의 발밑으로 데굴데굴 굴러 떨어지고 있는 셈이었다.

'오리하르콘, 오리하르콘!'

〈핑크 다이아몬드〉

무게 : 4g

설명 : 신성력을 강화시켜 주는 일반 다이아몬드보다 4배 강력한 효력을 지닌 분홍빛 다이아몬드.

〈레드 사파이어〉

무게 : 2.7g

설명 : 수水, 빙氷 계열 마법을 강화시키는 사파이어보다 3배 강력한 효력을 지닌 붉은 사파이어.

"이런 거 말고!"

휙, 휙!

한 주먹도 안 되는 보석도 눈에 들어오지 않는다. 방금 날아간 거 두 개면 역시 작은 마을 정도는 살 수 있지 않을까. 효력도 효력이지만 희귀성에서 압도적인 아이템들이었지만 이하의 눈에는 차지 않았다.

그 외에도 아다만티움 2kg, 일반 미스릴은 kg단위의 덩어리가 몇 개, 온갖 귀금속에 광물류가 이하의 눈앞에 번쩍번쩍번쩍……. 한참을 뒤적거리다 마침내 한 덩어리의 설명이 이하의 눈에 들어왔다.

〈오리하르콘〉

무게 : 470g

설명 : 마나를 조절하게 만들 수 있는 광물. 이 세계의 것이 아니다.

"우오오오앗! 좋았어!"

무게도 300g을 넘는다! 마음 같아선 이거보다 더 큰 덩어리가 있나 찾아보고 싶었지만 그럴 여유는 없었다.

귀금속을 뒤적거리는 데에만 40분 이상을 소모했기 때문! 남은 1시간 20분 안에 이하에게 유용한 두 가지 아이템을 더 찾아야만 했다.

"장비, 장비, 장비!"

이하가 생각하고 있는 다음 아이템은 장비류였다. 어차피 무기라면 전설 등급의 블랙 베스가 있다. 게다가 이번에 보틀넥에게 의뢰한 것도 있으니 괜찮다.

의상이나 장신구류도 나쁘지 않았지만 당장 바꾸고 싶은 게 있다면 역시 신발과 모자였다.

'아직도 불곰 모자랑 부츠를 신고 있으니 원, 안 죽은 게 신기할 정도라니까.'

온갖 문양이 그려진 갑주, 검날Edge에서 간헐적으로 불꽃을 뿜어 대는 양손검 등등 이하의 눈길을 끄는 아이템들은 수없이 많았다.

아이템 설명들이라도 자세히 보고 싶었으나 시간이 문제! 아무거나 슥, 슥 집어보며 대략적인 수준만 확인하면서도 이하는 놀라움을 감출 수 없었다.

'기본이 영웅급이다! 희귀급 따위는 애초에 없구나……'

그 정도를 보관하기엔 '보물 창고'라는 이름과 맞지 않기 때문일까. 아무 물건이나 집어 들어도 전부 영웅급 이상! 말하자면 키드나 루거가 쓰는 무기 수준의 것들이 이곳에 즐비하게 널려 있다는 의미였다.

'좋아, 그러면 우선 이 부츠부터-'

이하가 가장 먼저 집어 든 것은 새카만 가죽의 부츠였다.

〈제2차 인마대전의 타락한 영웅이 신었던 부츠〉

방어력 : 1,950

효과 : 민첩 +18, 이동 속도 증가 11%

　　　　암흑계 마법 저항 +35%, 신성계 마법 추가 피해 +50%

필요조건 : 근력 150 이상, 민첩 1,500 이상, 지능 150 이상

설명 : 제2차 인마대전의 영웅이 신었던 부츠. 일개 대대를 이끌고 마왕군과 격돌한 특전대대의 대대장은 자신의 목숨을 마魔에 바치는 선택을 하고야 말았다.

부하들을 살리기 위해서였다는 변이 있으나 그것은 누구도 확신할 수 없는 소문이었다. 그의 부하 또한 모두 마왕군이 되어 버렸기 때문. 마魔에 물들어 버린 1개 대대에게 인류 연합군 3개 사단이 격퇴당한 경력이 있다.

추가효과 : 세트 2개 이상 구성 시 마魔의 기운에 물든 몬스터 지

휘 가능

(스탯 포인트 총합에 따른 개체수가 조정됩니다.)

(현재 누적 총 스탯 2,997 / 지휘 가능 몬스터 수 : 599기)

"헐……? 영웅은 영웅인데-"

인류 쪽의 영웅이 아니라 마왕군이 되어 버린 영웅.

설명에 걸맞게 암흑계 마법 저항이 붙어 있지만 신성계 마법에는 추가 피해를 입는다.

그러나 이하의 눈길을 잡아끈 건 일반적인 효과가 아니었다. 엄청난 방어력이나 이동 속도 증가도 아니었다.

"뭐야, 이 추가 효과는?"

세트 2개 이상 구성 시 몬스터 지휘 가능? 이하에게 가장 먼저 떠오른 것은 크롤랑이었다.

'몬스터들을 지휘할 수 있는 권한, 북부 트롤 부락의 크롤랑! 게다가 스탯 포인트 5개당 1마리를 지휘할 수 있다는 얘기 같은데…….'

이하는 새삼 자신의 누적 총 스탯 포인트를 보며 놀라지 않을 수 없었다. 아무리 추가 효과를 많이 받았다지만 누적이 무려 3,000 가까이 되었던가?!

'만약 이 부츠와 또 다른 아이템 하나 더, 그리고 아까 그 블레스드 미스릴을 가져갈 수만 있다면-'

모든 선한 존재를 무릎 꿇릴 수 있다는 광물이 있지 않았던가.

이 부츠와는 어떤 시너지를 낼 수 있을까? 그걸 전부 갖는다면 마魔와 신神 양쪽의 몬스터나 NPC들을 모두 지휘할 수 있게 되는 걸까?

그것도 마魔 쪽은 당장 확정된 숫자만 무려 600기다!

'미친, 말만 보면 내가 마왕이라도 되는 것 같잖아.'

엄청난 유혹이 생겼지만 이하는 쉽게 선택할 수 없었다. 무엇보다 그것들을 전부 가져갈 수 있는 권한이 없다.

앞으로 고를 수 있는 아이템은 두 개. 게다가 블레스드 미스릴 쪽은 그 외의 자세한 설명도 없지 않았던가.

'테스트 해 볼 수 있는 것도 아니고……. 시간도 없다! 우선 킵 해 놓고 패스!'

부츠를 옆에 고이 모셔 놓고 다시 뒤적, 뒤적 아이템의 산을 파헤치는 이하.

권한이 세 개나 있는 자신도 이렇게 골머리를 썩는데 하나였던 페이우는 어땠을까? 이렇게 엄청난 아이템, 미들 어스 내내 듣도 보도 못한 어마어마한 아이템들을 포기해야만 했던 심정이 어땠을까.

'아니지, 이런 걸 보고도 팔찌 하나를 가져갔다면- 대체 무슨 팔찌였을까?'

팔찌? 지금 팔찌 따위는 이하의 눈에 들어오지도 않는 수준이거늘. 이하는 어쩌면 그가 전설급 아이템을 찾았을지도 모른다는 생각을 했다.

"잡생각 할 때가 아니야, 신발, 신발!"

머리를 저어 가며 잡념을 털어 버리고 이하는 다시 아이템 산山을 파헤치는 데에 집중했다.

척 봐도 마법사들이 신을 것 같은 천류나 전사들이 신을 것 같은 플레이트류의 부츠는 모두 제외, 중간 중간 종이로 된 신발이 나오기도 하여 이하의 궁금증을 자아냈으나 상세 설명을 보진 않았다.

—하이하, 그대의 힘이 필요하다.

"음?"

낯선 목소리가 들려온 것은 그때였다.

이하는 그 중후한 목소리가 누구의 것인지 곧 떠올릴 수 있었다. 그 와중에도 신발을 찾는 동작은 쉬지 않고 있었다.

—베일리푸스…… 님?

이하의 눈에 또 하나의 신발이 눈에 들어온 것은 그때였다.

발목을 넘어 종아리의 절반까지 덮어주는 카프 부츠, 은은

한 브라운 톤의 가죽에 중간 중간 짙은 녹색의 문양이 그려져 있는 게 어쩐지 자연과 함께하는 기운이 느껴질 것만 같았다.

'나무뿌리? 나무 덩쿨 그림인가?'

—그대의 힘이 필요하다. 괜찮은가.

다시금 베일리푸스의 목소리가 들려왔다. 이 순간만큼은 골드 드래곤도 이하에겐 귀찮은 존재에 불과했다.
이 황금 같은 쇼핑(?) 시간을 방해하다니.

—네, 물론 괜찮습니다.

이하는 깨달았어야 했다. 골드 드래곤이 완곡하게 하는 부탁의 뜻이 무엇인지. 나무 덩쿨이 문양으로 새겨진 그 부츠를 들고 있던 이하의 몸이 슉—! 사라졌다.

"어?"
이하는 주변을 둘러보았다. 방금 전까지 금은보화가 산처럼 쌓여 있던 왕궁 보물 창고가 아니다!

음침하기 짝이 없는 동굴, 벽면 곳곳에 태피스트리가 걸려 있고 라이트 마법이 시전 되어 있어 사실 음침한 것은 아니었지만 이하의 기분으론 음침하기 짝이 없었다.

"어? 어어어? 뭐야?"

"부름에 응답해 주어 고맙다."

자신의 옆에 있는 사람은 황금빛 갑주를 번쩍이는 중년, 골드 드래곤 베일리푸스가 인간의 모습으로 폴리모프 하고 있는 상황이었다. 물론 이곳에 있는 건 그뿐이 아니었다.

처음 보는 은빛 갑옷을 입은 사람, 갈색의 가죽재킷을 입은 사람, 로브를 입고 지팡이를 든 사람 등등 어딜 가도 결코 밀리지 않을 실력자로 보이는 사람들이 원형의 탁자를 둘러싸고 있었다.

물론 그런 건 이하의 눈에 들어오지 않았다.

"뭐, 뭐죠? 여기 어디- 왕궁은?"

"왕궁? 이곳은 메탈 드래곤의 왕, 드래곤 로드-"

"아니, 드래곤 로드고 뭐고! 내 아이템은요?!"

"그게 무슨 소리지."

베일리푸스의 미간이 꿈틀댔다. 살짝 기분이 나빠진 것 같은 골드 드래곤의 모습이었으나, 이하는 정말 될 대로 되라는 식이었다.

이거 뭐야? 어떻게 된 거야? 벌써 머릿속에선 알고 있다. 그러나 가슴이 인정할 수 없는 일이었다.

"저 소환한 거예요? 설마?"

"물론이다."

"다, 다시 돌려보내 주세요, 얼른!"

"돌려보낼 수는 없다. 방금 그대가 있던 곳의 위치 좌표를 특정할 수 없는–"

"아니, 그런 대답 말고! 왕궁 지하! 퓌비엘 왕궁 지하로 돌려 달– 빨리요, 시간 없는데!"

허둥지둥거리며 손을 휘저어 보지만 그렇다고 베일리푸스가 바로 알아들을 수는 없었다.

"뭔 일인지 모르지만 포기하라, 하이하. 이곳에 들어온 이방인들을 대표하여 더 이상 추태를 부리지 말 것을 명한다. 인간으로서의 체통을 갖춰라."

그런 이하에게 말을 거는 건 베일리푸스의 뒤편에 앉아 있던 남성이었다. 기다란 창을 들고 있는 사람, 알렉산더의 모습이 이하의 눈에 들어왔다.

"안 돼, 안 돼, 안 돼……."

다리에 힘이 풀린다는 게 이런 것일까.

어쩌면 미들 어스에서 다시는 찾아오지 않을 기회 한 번이 그냥 허공으로 증발해 버린 셈.

이하는 휘청거리던 몸을 가누지 못하고 알렉산더의 옆에 가서 털썩, 주저앉아 버렸다.

"내 아이템……. 내 보물……."

불행 중 다행이라고 해야 할까. 이하의 손에는 마지막으로 집었던 갈색의 부츠가 쥐어져 있었다.

원형 테이블에 둘러앉은 자들이 여전히 이하를 향해 의심스런 눈길을 보내는 가운데, 휘백색 로브를 입고 흰 수염을 기다랗게 기른 노인이 이하를 바라보며 옅은 미소를 띠었다.

"흐흐, 저자가 정말 이번 일을 해결할 수 있는 힘이 있단 말인가, 베일리푸스여."

"그렇습니다, 로드Lord 바하무트."

메탈 드래곤의 왕, 드래곤 로드, 메탈 드래곤 중 오직 한 개체만이 도달할 수 있는 플래티넘 드래곤 바하무트!

일반 유저들은 구경도 할 수 없는 그의 레어에 들어온 이하의 첫 감상은.

'X발 골드 드래곤이면 단가, 부르기 전에 부른다고 미리 말이라도 해 줘야 내가 무슨 준비를 하든 말든 할 텐데, 내 힘이 필요하다고 덜렁 말해 버리면 그게 무슨 뜻인지 내가 어떻게 아나. 그리고 알렉산더는 나랑 언제 또 친했다고 무슨 인간 대표니 체통이니 같은 소리나 하고 앉았고, 또 명하기는 무슨 명해, 지가 내 상관도 아니면서 어따 대고 명령질을 해 대려고 하여튼 컨셉충─'

등등이었다.

물론 아무리 속으로 투덜거린다 한들 화가 풀리는 것은 아니었다.

또한 기회가 다시 돌아오는 것도 아니다. 어차피 상황은 변해 버렸다. 게다가 이곳은 드래곤의 레어 아니던가.

이하는 최대한 자신의 화를 삭이며 정신을 가다듬어야만 했다.

이미 지나간 타겟에게 다시 한 번 방아쇠를 당긴다고 맞출 수 있는 것은 아니다. 진짜 저격수는 새로운 기회를 다시 찾아내는 종족에 가까웠다.

"그러고 보니 여기는……."

"이제야 정신이 드나."

"아, 네. 방금은 무례하게 행동해서 죄송했습니다, 베일리푸스 님."

이하가 베일리푸스를 향해 고개를 꾸벅 숙이자 황금 갑주를 입은 중년의 남성이 인자한 표정으로 고개를 끄덕였다.

이미 블라우그룬 사건을 겪으며 골드 드래곤과는 친밀도가 더욱 올라간 상태였다.

"괜찮다. 인간들이란 으레 그렇게 실수를 저지르곤 하니까. 인사부터 드려라. 저분이 메탈 드래곤의 수장, 로드 바하무트시다."

원탁에 둘러앉은 상황이라 상석이라고 말할 자리는 없었

으나, 이하는 확실히 알 수 있었다.

인간으로 폴리모프 했을 때, 드래곤의 나이에 따라 그 외관이 바뀌는 건 이미 알고 있는 사실이기 때문이다.

젊은 청년이 상당수에, 일부 베일리푸스 같은 중년이 있는 자리의 유일한 노인. 간달프라는 별명이 있을 것 같은 모습의 그와 이하의 눈이 마주쳤다.

"안녕하—"

"확실히 베일리푸스 자네가 눈독 들일 만한 인간이군. 범상치 않은 능력이야. 거기에 〈블랙 베스〉의 봉인 3단계 해제 상태라니……. 훌륭해. 정말 제법이군. 놀라워. 저 알렉산더에 못지않은 자질이지 않은가."

노인의 말투나 표정은 전혀 놀랍다는 게 아니었지만 어쨌든 그 뉘앙스는 확실히 이하에게도 느껴졌다.

웬만한 NPC보다도 더 많은 설정 권한을 가지고 있을 메탈 드래곤의 수장은 보자마자 이하의 레벨, 스탯, 업적, 아이템 상황까지 모든 걸 파악한 후였다.

"벼, 별말씀을요. 감사합니다."

그런 NPC에게 알렉산더급이라는 인정을 받았다는 의미가 무엇인지 이하도 알아차렸다.

당연히 기분이 나쁠 리 없었다.

"로드 바하무트, 칭찬이 과한 것 같소. 인간 중 나보다 강한 자가 없다는 건 로드 바하무트가 더 잘 알고 있을 터."

바하무트가 옅은 미소를 머금고 있는 틈, 이하의 옆에 있는 알렉산더가 팔짱을 낀 채 불편한 기색을 드러냈으나 아무도 그에게 대꾸해 주지 않았다.

"근데 저는 어쩐 일로……."

"쿠즈구낙'쉬에게 당한 다른 피해룡들이 생겼다."

"블라우그룬 말고 말씀이시죠?"

"그렇다. 실버 드래곤 실베겔드와 코퍼 드래곤 쿠페로트, 스틸 드래곤 슈틸렌까지."

이하의 머릿속에도 그림이 그려졌다.

최초로 당한 것은 브론즈 드래곤, 청동靑銅이었다. 그다음에 당한 게 은銀, 동銅, 철鐵이 각각 당했다는 뜻.

"메탈 드래곤의 종류가— 아니, 종류라고 말씀드려 죄송합니다만—"

"플래티넘인 로드 바하무트를 제외하면 골드, 실버, 브론즈, 브라스, 코퍼, 스틸 드래곤이 존재한다."

바하무트는 종족이 아니라 1개체만이 스스로 존재하는 용, 종족 분류로 따지면 사실상 메탈 드래곤 6종류 중 4종류가 쿠즈구낙'쉬에게 머리를 뜯겨 간 셈이었다.

"그…… 이것도 참견 같기는 한데, 지난번 블라우그룬이 사망한 후 베일리푸스 님께서 알렸다고 하시지 않았나요? 그때야 저 때문에 블라우그룬이 레어 밖으로 나왔고, 쿠즈구낙'쉬가 그걸 악용했다고 하지만 그 후로는, 쿠즈구낙'쉬가 결계 안으로 들어갈 경우 메탈 드래곤들이 눈치챌 수 있다고 말씀하셨는데요."

이하가 궁금한 것은 이것이었다.

어떻게 세 마리의 용이 더 당할 수 있었나.

요점을 찌르고 들어온 그 질문에 원탁 주변에 앉아 있던 용들은 물론, 알렉산더의 표정까지 어두워졌다.

"……바로 그 이유 때문에 너를 부른 것이다."

베일리푸스가 침울한 분위기를 해치며 다시 입을 열었다.

"쿠즈구낙'쉬가 푸른 수염과 손을 잡았다."

Geschoss 9

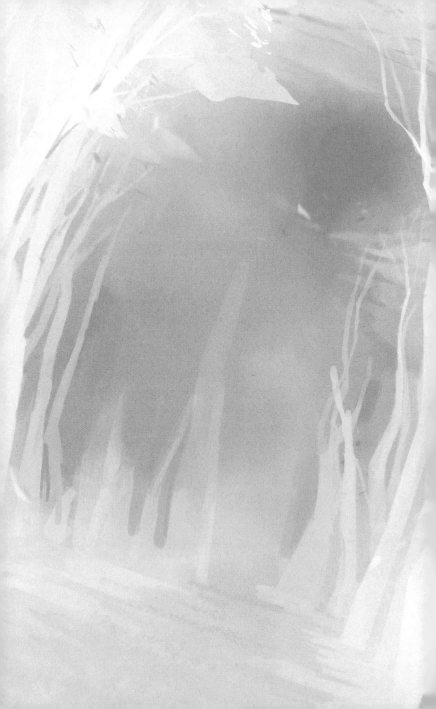

　[감히 적대적인 마나를 품고 이곳에 들어오는가! 목숨이 두 개라도 모두 앗아 가리라!]

　흐으으읍, 회색빛의 드래곤의 가슴에 뭉근한 기운이 서렸다.

　스틸 드래곤의 브레스는 맹독. 살아 있는 생물은 그의 곁에서 호흡조차 쉽지 않아야 했다.

　"서몬 언데드, 다크 프로모션!"

　캬르륵─ 캬라라락─!

　파우스트는 언데드들을 소환하고 그들을 승급시켰다.

　기본적인 스켈레톤과 좀비조차 일반 스켈레톤이나 좀비보다 강하거늘, 푸른 수염의 마나를 받은 파우스트의 '승급' 스킬이 더해지자, 그들의 외관이 완전히 변하고 있었다.

[콰아아아아————————!]

허공에 뜬 슈틸렌의 입에서 맹독의 브레스가 뿜어졌다. 그
대상은 자신의 발아래에 옹기종기 모여 있는 언데드들!

그러나 그것이 오산이었다.

스틸 드래곤 슈틸렌의 불행이라면 자신의 결계 안으로 침
입한 자의 주 무기가 살아 있는 생물이 아니라는 점, 어떤 면
에서 파우스트는 독을 다루는 직업과 최악의 상성이라고 봐
도 좋았다.

독액에 흠뻑 젖은 언데드들은 행동이 느려지거나 움직임
이 멈추기는 했으나 다시 재가 되지는 않았다. 독에 대한 언
데드들의 저항은 파우스트가 소환—승급 시킨 존재들의 수준
을 방증한 셈이었다.

[언데드 집행자와 서전트 듀라한? 이런 수준의 소환을—]

"어덜트급이라고 무서워했더니 별것 아니구만그래?!"

[이 녀석이!]

"본 쉴드!"

심지어 그 엄청난 해골군단과 언데드 몬스터의 조종사는
리자디아. 기본적으로 독에 대한 면역이 강한 종족이다.

뼈 방패를 소환한 파우스트는 마치 혼자서 슈틸렌을 잡을
것처럼 움직였다.

그리고 그것이 슈틸렌의 자존심을 건드렸다.

인간이 떼로 몰려온 것도 아니고, 고작 도마뱀 한 마리가 자신을 농락하려 든다는 점.

　[네 녀석만큼은 용서할 수 없다!]

　"흐흐흐흐, 와라, 와!"

　파우스트는 꽁지가 빠져라 뒤로 돌아 달렸다.

　뼈로 된 활과 석궁을 든 언데드 집행자들이 슈틸렌을 향해 공격을 하고, 서전트 듀라한들이 마나 서린 검을 휘둘렀지만 그 무엇도 화가 난 드래곤을 막을 순 없었다.

　콰콰콰쾅-!

　드래곤은 빠르게 저공비행하며 파우스트의 소환물들을 가차 없이 날려 버렸다. 언데드들은 몸이 조각나고 그 파편으로 드래곤의 쉴드를 깨기 위해 공격을 멈추지 않았다.

　놀라운 점은 그 공격들이 생각보다 유효했다는 것.

　푸른 수염의 마나가 들어간 파우스트의 실력은 이미 예전에 비할 바가 아니었다.

　[이 귀찮은 녀석들!]

　슈틸렌이 자신의 몸에 붙은 언데드들을 떼어 내기 위해 몸부림치는 틈, 이미 파우스트는 저 멀리 달아나는 데에 성공했다.

　그 자리에서 마법을 캐스팅하는 그를 스틸 드래곤은 두고 볼 수 없었다.

　[감히 나를 상대로!]

　슈우우우웃-!

슈틸렌은 그냥 언데드들을 무시하며 날았다. 어차피 소환물들은 소환사가 당하게 되면 모두 돌아가게 되는 법, 처음부터 파우스트를 노리는 게 정답이다.

스틸 드래곤의 움직임은 빨랐다. 결계를 벗어나는 그 순간까지도.

"메탈 녀석들은 하나같이 멍청하군."

"끌끌, 같은 방법에 대체 몇 마리짼가?"

[음? 네놈은─]

쿠즈구낙'쉬와 푸른 수염은 더 이상 설명도 하지 않았다.

그저 정해진 업무를 처리하듯 스틸 드래곤의 마나를 동결시키고, 날카로운 곡도를 쳐들어 그의 목을 노릴 뿐.

"어서 처리하─ 읍?!"

"이런!"

곡도가 편광을 흩뿌리는 순간, 푸른 하늘에 하얀 점이 생겼다.

점점 확대되며 점이 면이 되는 순간, 푸른 수염과 쿠즈구낙'쉬에게 초고열의 화염이 느껴졌다.

슈슉─!

위협을 느낀 두 존재가 블링크로 이동하기 무섭게 날아오던 초고열의 브레스가 그 자리를 모조리 휩쓸었다.

[슈틸렌!]

실베겔드와 쿠페로트의 죽음을 확인한 베일리푸스가 모든 메탈 드래곤의 레어로 순찰을 돌고 있었던 것. 그러나 슈틸렌에겐 불행한 일이었다.

"멍청한 똥파리, 이미 늦었다."

천천히 추락하고 있는 스틸 드래곤에겐 이미 머리가 없었다. 쿠즈구낙'쉬는 슈틸렌의 머리를 갈무리하곤 재빨리 거리를 벌렸다.

[쿠즈구낙'쉬! 네 녀석을 결코 용서치 않으리! 준비하라, 알렉산더!]

"악을 처단하는 일이라면 언제든 환영이다, 나의 교우여."

베일리푸스가 급속도로 레드 드래곤을 향해 돌진했다. 그 위에 앉은 알렉산더의 손에는 순식간에 길이 7m의 창이 쥐어졌다.

인간 랭킹 1위와 에인션트 골드 드래곤의 돌격은 상상만으로도 타격을 입을 것 같은 위력이 있었지만, 그것도 마왕의 조각에겐 통하지 않는 일이었다.

"낄낄, 나는 무시하는 건가, 똥파리?"

슉-. 골드 드래곤의 앞에 나타난 노신사의 모습. 베일리푸스는 물론이고 알렉산더 또한 알아볼 수 있는 존재.

[푸른 수염?]

"이익- 브랜디쉬!"

베일리푸스가 급제동하며 알렉산더가 황급히 스킬을 사용했다.

켱-! 그러나 가벼운 금속의 충돌음만 퍼졌을 뿐, 더 이상 알렉산더의 팔은 움직여지지 않았다.

페이우조차 한 방에 날려 버렸던 휘두르기 스킬이 은지팡이의 끝에 가볍게 막혀 버리고 만 것이다.

"이봐, 갈 준비해!"

"알겠습니다, 백작님! 위스퍼러 스모그!"

푸른 수염의 외침을 듣고 나무 뒤에 숨어 있던 파우스트가 스킬을 캐스팅했다.

"파우스트?"

알렉산더가 그를 알아보았으나 파우스트는 그에게 알은 척을 하지 않았다. 검은 알갱이가 하얀 도마뱀의 몸으로 충분히 들어간 후, 다시 되뿜어져 나왔다.

슈우우우우웃————!

[속삭이는 안개! 저주 계열 정신 공격이니 조심하라, 알렉산더.]

"으음."

펄럭- 펄럭-!

베일리푸스가 알렉산더를 위해 뒤로 날갯짓하며 거리를 벌렸다.

디스펠은 마법의 효과가 발동되기 전에나 먹히는 것, 자신은 상관없었으나 알렉산더가 상태 이상이 걸려 버리면, 디스펠이 아니라 회복 계열 마법으로 풀어야만 한다.

즉, 거리를 벌린 후에야 디스펠을 쓰려던 게 베일리푸스의 계획.

　[디스펠.]

　쉬이이익.

　허공을 메우던 진한 안개가 순식간에 증발하며 사라졌다.

　안타까운 점은 쿠즈구낙'쉬와 푸른 수염, 그리고 파우스트
의 모습마저도 사라졌다는 것이다.

　"놓친 건가. 마나 탐지는?"

　[잡히지 않는다. 설사 잡힌다 하더라도 나의 접근을 그들
은 알아차릴 터. 푸른 수염까지 쿠즈구낙'쉬와 손을 잡았다
면 더 이상은 미룰 수 없다.]

　"무엇을 말인가."

　[……로드 바하무트께 가야겠다. 일족 총 회의를 소집해야만
해. 그리고 마나를 완벽하게 숨길 수 있는 자를 불러야 한다.]

　단순한 충고나 조언으로 어린 드래곤들을 보호할 상황이
아니라는 걸 베일리푸스도 깨달았다.

　남은 것은 모든 드래곤을 바하무트의 레어로 집합시키는
것뿐. 그리고 완벽히 기척을 숨긴 채 쿠즈구낙'쉬를 타격할
수 있는 자를 불러야만 했다.

　"그런 자가 있었나? 마나를 다루는 자라면 드래곤급이 아
닌 이상─"

　[아니, 마나를 다루는 자가 아니다. 알렉산더 그대도 알지
않던가. 나에게 상처를 입힌 세 사람 중 하나!]

슈우우욱-!

알렉산더가 다시 물어보기도 전, 베일리푸스는 이미 몸을 띄어 날기 시작했다.

메탈 드래곤 일족이 전부 모이기까지는 두 시간이 채 걸리지 않았고, 이하가 소환된 것은 그로부터 십오 분 후였다.

"푸, 푸른 수염이요?"

"그뿐만이 아니다. 그들과 손을 잡은 인간도 있었다."

이하가 놀라 물었다. 베일리푸스가 고개를 끄덕였고 더 정확한 대답은 알렉산더에게서 나왔다.

"인간? 지금 유저를 말하는 거예요, 알렉산더?"

"인륜과 정의를 저버린 놈이 있었다. 하이하 그대도 알 것이다. 그 녀석의 더러운 직업을 봤을 때 알아차렸어야 했는데……."

알렉산더의 근엄한 표정이 일그러지는 것을 보며 이하는 불길한 느낌을 받았다. 특별히 길드 생활을 하는 것도 아니고 친목이나 인맥을 다지는 이하가 아니다.

즉, 이하가 알기 위해서라면 누구나 알 법한 유명 인물이라는 것.

"랭커는 아니죠……?"

"랭커다. 랭킹 8위, 네크로맨서 파우스트!"

"······미친······. 말도 안 돼."

순간, 이하의 머릿속에 아까의 아이템이 떠올랐다.

마魔에 물든 몬스터를 조종할 수 있는 아이템이 존재한다. 업적도 존재한다. 그래, 생각해 보진 못했지만······ 유저라고 해서 그쪽 편에 붙지 못할 이유가 없었다.

미들 어스는 언제나 힌트를 주고 있었다.

파우스트만 마왕군에 붙을 수 있을까? 그럴 리가 없다!

'설마 이것도 국가전처럼 진영을 나누려고? 가뜩이나 마왕의 조각 쪽은 인류 연합보다 강할 텐데, 그나마 인간의 힘도 쪼개려고? 미친 미들 어스! 뭘 어쩌려는 셈이야?'

이하가 상상한 것은 섬뜩한 결말이다.

마왕군이 완전히 승리해 버리는 미래. 그렇게 되면 이 대륙은 어떻게 흘러가는가?

그러나 현재의 흐름만으로 보자면 그렇게 되는 것도 이상할 건 없었다. 어쨌든 인간들은 아직도 화합을 못한 채 옥신각신 하고 있으며, 마왕의 조각은 이미 최강의 컬러 드래곤 중 한 녀석과 손을 잡고 움직이고 있지 않던가.

이 상황에 랭커급 유저들이 대거 넘어가게 된다면 이하의 상상도 현실이 될 수 있다.

무엇보다 미들 어스의 예측 불가능성이 문제였다.

무슨 짓을 할지 예측할 수 없으니, 무엇이든 전부 가능하게끔 상상을 할 수밖에.

'안 돼. 그건 막아야 한다. 설마 게임을 망하게 만들지는 않겠지만, 그 이후의 어떤 업데이트가 또 기다리고 있는지 모르지만 어쨌든− 그런 급변은 원치 않는다고!'

급격한 변화가 이하에게도 좋을 리 없었다.

조만간 한 개의 도시 내지는 성을 보상으로 받을지도 모르는 이하다.

이제야 겨우 미들 어스 안에서 안정적인 수익 구조를 갖추려고 하려는데, 마왕군이 대륙을 지배해 버리면?

지금까지의 노력이 모조리 물거품이 될지도 모른다!

스토리상의 흐름뿐 아니라, 지극히 현실적인 이유로도 이하는 쿠즈구낙'쉬와 마왕군의 흐름을 한 번 끊어 줄 필요가 있었다.

이하가 생각을 정리하는 틈, 베일리푸스가 다시 입을 열었다.

"우리는 이미 너무 많은 동포를 잃었다. 긴급히 일족을 소집하긴 했으나 이대로만 있을 순 없다."

"아, 그러고 보니 여기 모이신 분들이 메탈 드래곤 전부라는 거죠?"

"그렇다."

이하는 재빨리 원탁 주변을 스캔했다. 알렉산더와 바하무트, 베일리푸스를 제외하고 인간의 모습을 한 게 대략 30여 명.

벌써 당한 드래곤의 수가 넷이다. 메탈 드래곤 일족 전체로 따지면 10%가 넘는 개체가 사망했다는 의미.

'컬러 드래곤도 이 정도의 숫자가 있다고 본다면 엄청난

피해야. 한쪽에서 10% 이상의 피해가 생겼다면 이미 균형이 깨졌다고 봐야 하나?'

피해를 막기 위해선 어떤 방법이 있을까.

가장 쉬운 것은 이미 이루어진 상태였다.

"여기 계속 계시는 방법은요?"

"이곳은 로드의 레어다. 임시방편일 뿐이지. 무엇보다 여기 있는 일족 각자의 레어엔 천 년이 넘는 시간 동안 쌓아 오고 모아 온 지식과 정보, 그리고 온갖 보물들이 있다. 그것들이 저 쿠즈구낙'쉬에게, 그리고 푸른 수염에게 넘어갈 경우 그것으로 발생하는 피해도 무시하기 어렵다. 인간들은 우리가 자리를 비우더라도 레어에 함부로 들어갈 수 없지만 쿠즈구낙'쉬, 그리고 푸른 수염이라면 이야기가 다르다."

"……그렇겠군요."

막말로 마왕군 측에서 유저들을 돈 주고 사는 방법을 취할지도 모른다는 예감이 이하에게 떠올랐다.

결국 각 드래곤들이 각자의 레어를 지켜야만 하는 상황. 이곳에 천 년 만 년 있을 수는 없다는 뜻이다.

"컬러 드래곤에게 얘기하는 건-"

"컬러 드래곤 일족에게 공식 항의를 했지만 그들은 들은 척하지 않았다. 어차피 그들 일족 내에서도 한 개 개체가 날뛰는 것뿐, 이미 공식적으로 컬러 드래곤 회의는 쿠즈구낙'쉬를 제명했다."

"빌어먹을……."

드래곤들 주제에 별걸 다한다고 생각하는 이하였지만, 어쨌든 그런 식으로 나온다면 항의할 방법은 없다.

"이번 일만큼은 이지원도, 루거도 도울 수 없다. 로드 바하무트는 물론이고 메탈 드래곤 일족의 그 누구도 도울 수 없지."

"왜─ 아, 마나 탐지 때문인가요?"

"그렇다. 쿠즈구낙'쉬뿐 아니라 푸른 수염도 마나를 감지하는 데에는 일가견이 있는 자. 제아무리 잘 숨어 있다 하더라도 결코 쉽지 않을 것이다."

따라서 미리 그곳에서 대기하고 있을 수 있는, 그것도 마나를 완벽하게 흘릴 능력이 있는 사람이 필요했다.

베일리푸스가 이하를 떠올린 것은 그 이유 때문이었다.

드래곤의 마나 탐지조차 무시해 버리는 블랙 베스의 스킬, 카모플라쥬가 있으니까.

"하물며 공간을 막아 버린 후에는 웬만한 실력자도 접근하기 힘들어지겠지."

"드래곤들은 마법의 대가 아닌가요?"

"그러나 에인션트 드래곤급이 막은 공간을 뚫을 수 있는 존재는 많지 않다, 하이하여. 로드께서 직접 나서신다면 가능하겠지만……. 로드께서 그런 위험에 노출되게 할 순 없다."

저는 위험에 처해도 괜찮고요? 라고 물을 분위기는 아니었다.

어쨌든 메탈 드래곤 일족의 왕, 말하자면 퓌비엘의 국왕을 미니스의 행동대장과 맞닥뜨리게 하는 기분이겠지.

이하는 베일리푸스의 심정을 이해할 수 있었다.

"하긴, 애당초 다른 드래곤을 참가시킬 수도 없겠네요. 쿠즈구낙'쉬의 움직임은 무슨 합체용을 불러내기 위해서랬죠? 게다가 브론즈, 실버, 코퍼, 스틸 드래곤이 당했으면 다음 목표는 어ー 브라스 또는 골드 드래곤이 될 수도 있겠고요. 아니, 어쩌면 그런 것도 함정이고 단순히 종에 관계없이 머리만…… 있으면 되는지도 모르니까요."

"역시. 벌써 알아차렸는가."

이하의 말을 들은 베일리푸스가 잠깐 흐뭇한 표정을 지었다.

현재까지 레드 드래곤은 네 종류의 드래곤 머리를 가져갔다. 문제는 티아마트를 부르는 요건에 대해선 이하뿐 아니라 베일리푸스조차 알 수 없다는 점이었다.

육두룡이라 알려진 것 외에는 한 번도 등장하지 않았던 티아마트. 그 전설조차 희미해진 존재가 나타나려면 어떻게 해야 하는가?

메탈 드래곤의 머리가 여섯이 필요한가? 아니면 일반 드래곤 머리 다섯에 그녀의 머리 하나가 추가되어 육두가 되는 셈인가?

또는 메탈과 컬러를 가리지 않고 머리 여섯 내지 다섯이 필요하다면?

만약 메탈만 여섯 내지 다섯이 필요하다면 그게 종류별로 있어야 하는가? 아니면 종류불문 숫자만 채우면 되는가?

메탈 드래곤 일족은 현명했지만 컬러 드래곤 일족의 비밀까지 전부 아는 것은 아니었다.

결국 현 상황까지 몰린 이상, 처음부터 최선의 방법이자 단 한 가지 방법밖에 남지 않았다는 뜻이었다.

더 이상 쿠즈구낙'쉬에게 메탈 드래곤들을 보이지 않게 하는 것.

그 상황에서 레드 드래곤을 사살해야 한다.

"베일리푸스는 그대가 우리 일족을 도울 수 있을 거라 생각하네."

"제, 제가요?"

베일리푸스, 알렉산더와 이야기를 나누는 이하를 물끄러미 바라보던 바하무트가 입을 열었다.

"블라우그룬도 그렇게 믿었겠지."

"아……."

바하무트도 당연히 알고 있을 것이다. 브론즈 드래곤 블라우그룬은 자신의 드래곤 하트를 직접 이하에게 건네주었고, 그 증인으로 베일리푸스가 참관하였으니까.

"우리를 도와주겠나, 인간이여."

슈아아…….

바하무트의 말이 끝나기 무섭게 이하의 눈앞에 홀로그램 창이 떴다.

[메탈 드래곤 일족의 원수]

설명 : '메탈을 이끌고 있는 로드인 나, 플래티넘 드래곤 바하무트의 이름으로 부탁하겠네. 더 이상 우리 드래곤의 힘으로는 어찌할 수 없는 법. 이 사태를 해결할 수 있는 유일한 자는 그대뿐이네. 블라우그룬의 유지를 잇고 베일리푸스의 힘이 되어 레드 드래곤을 사살해 주게. 티아마트의 부활만큼은 막아야 하니 말이야.'

베일리푸스의 강경한 권고 끝에, 드래곤 로드 바하무트는 메탈 드래곤의 일족을 보호하기 위해 외부의 힘을 영입하기로 결심하였다.

그러나 외부의 힘을 썼다는 사실이 알려지면 컬러 드래곤 일족도 가만히 보고만 있지는 않을 터, 따라서 일이 무사히 끝날 경우 드래곤 로드는 당신을 자신의 가족으로 대하고자 한다.

뒷일은 신경 쓰지 말고 골드 드래곤 베일리푸스와 힘을 합쳐 레드 드래곤 쿠즈구낙'쉬를 사살하자.

내용 : 쿠즈구낙'쉬의 사망

보상 : 모든 메탈 드래곤과의 친밀도 +30%

플래티넘 드래곤 로드 바하무트의 레어에서 필요 아이템 1개 획득 권한 부여, 업적-플래티넘 드래곤의 권속眷屬

실패조건 : 베일리푸스의 사망 시, 티아마트의 소환 시

실패시 : 모든 메탈 드래곤과의 친밀도 −60%, 업적-용의 분노

- 수락하시겠습니까?

'엉?'

퀘스트가 뜰 거라는 것도 예상했고 그 내용도 예상했던 이하다. 그 어떤 드래곤의 도움도 없이 베일리푸스와 단둘이 쿠즈구낙'쉬를 상대해야 하는 것.

브론즈 드래곤 블라우그룬에게 받았던 퀘스트도 있었기 때문에 그것은 별문제가 되지 않았다. 오히려 조건 없이 쿠즈구낙'쉬만 죽이면 되는 이번 퀘스트가 훨씬 심플한 편이었다.

그러나 보상의 정체에 대해 잠시 고개를 갸웃거리게 되는 건 어쩔 수 없는 일이었다.

'권속? 한 가문의 일원이 된다는 뜻인데…….'

권속, 식솔, 더 나아가면 '가족'.

퀘스트 설명에도 분명히 적혀 있는 게 보였다.

"드래곤 로드는 당신을 자신의 가족으로 대하고자 한다.' 이거 설마……?'

이하의 눈이 휘둥그레지지 않았다면 그게 더 이상한 일일 것이다.

"결코 쉽지만은 않을 것이다. 쿠즈구낙'쉬 혼자가 아니라 푸른 수염도 분명히 가세할 테니. 아니, 어쩌면 그 편에 붙은 인간들도 적이 될지 모른다. 그것들을 우리 둘이 상대해야만 하는 것."

"아, 알렉산더는요?"

알렉산더 정도는 같이 가야 하지 않나? 그러나 이하의 물음에 베일리푸스도, 알렉산더도 고개를 저었다.

"아까 말했다시피 나의 교우만 옆에 있어도 놈은 모습을 드러내지 않을 것이다. 나는 완벽하게 혼자인 채로…… 놈을 유인할 것이다."

"유인. 그렇군요."

"티아마트를 불러들이는 방법은 모르지만, 어떤 방식이 되었든 내가 나서는 것은 옳은 선택이 될 터, 녀석에게 그저 다섯 번째 머리가 필요하든, 골드 드래곤의 머리가 필요하든 나의 머리를 노리지 않을 수는 없을 것이다."

베일리푸스는 과연 메탈 드래곤의 어른이었다. 스스로를 위험으로 내몰아 미끼 역할을 하겠다는 것.

그것도 쿠즈구낙'쉬뿐이 아니라 푸른 수염까지 있는 걸 뻔히 알면서 결정한 일이라니…… 사실상 골드 드래곤은 죽음을 각오한 셈이나 마찬가지였다.

이하는 베일리푸스의 말을 듣고, 바하무트의 퀘스트창을 보며 숙고했다. 쿠즈구낙'쉬를 잡을 방법, 그리고 잡은 이후의 일에 대해서.

그리고 한 가지가 떠올랐다. 지금 어떻게 자신이 여기 오게 되었나.

'흥정.'

[흥정 스킬이 발동되었습니다.]
[상대가 설득될 확률이 43% 상승합니다.]

"로드께 드릴 말씀이 있습니다."

"응? 무엇인가?"

"베일리푸스는 레드 드래곤 쿠즈구낙'쉬가 컬러 드래곤들로부터 제명을 당했다고 했습니다."

"그렇지."

"그리고 모든 드래곤은 각자가 살아온 세월 동안 모아 온 지식과 정보, 그리고 보화를 자신의 레어에 보관한다고 했습니다."

"그…… 렇지."

"그렇다면 쿠즈구낙'쉬가 사망한 이후, 그의 레어 관리는 어떻게 되는 겁니까? 컬러 드래곤들은 공식적으로 그를 제명했다고 했으니 그걸 건드리는 무식한 짓은 안 했을 거고. 아마 그대로 남아 있을 것 같은데요."

이하는 유일한 메달 오브 아너 훈장의 수여자, 퓌비엘 왕궁 보물 창고를 이용할 수 있는 권한 3개 중 2개를 잃으며 이곳에 온 셈이나 마찬가지였다.

'이 뭔지 모를 신발까지는 챙겼다지만 내가 원해서 챙긴 것도 아니고! 사실상 기회 두 개를 날린 건데, 당연히 되찾아야 하지 않겠어?'

이하의 물음에 노인의 얼굴이 잠시 병 찌게 되었다. 더욱 당황한 것은 황금 기사의 모습을 한 베일리푸스였다.

"하, 하이하! 감히 로드께 무슨 망언을 하는 것인가? 지금 그 의미가—"

"예, 맞습니다, 베일리푸스 님. 제가 굉장히 중요한 순간에— 제 일생일대의 보물을 찾을지도 모르는 순간에 갑자기 불려왔단 말이죠. 저 소환할 때 제가 어떤 반응 보이셨는지 기억나시죠?"

"그래도 그런 걸— 이런 자리에서—"

"정의의 수호를 위하는 자가 재물을 입에 담는가, 하이하!"

베일리푸스가 당황하고 알렉산더가 분노할 때, 심지어 다른 메탈 드래곤조차 대체 저게 무슨 소린가, 하는 표정으로 이하를 바라보고 있을 때.

정작 이하가 흥정을 걸었던 대상은 오히려 웃고 있었다.

"껄껄껄껄!"

그 인자한 너털웃음이 동굴을 가득 매웠다.

"과연…… 과연! 베일리푸스 자네가 이 인간을 마음에 들어 한 것도 알 것 같구만!"

"죄, 죄송합니다, 로드 바하무트."

"아니, 아니야. 이게 대체 얼마만인지 모르겠어. 나를 대상으로 흥정이라니! 바하무트로 다시 태어나서는 물론이고 그 이전에도, 내 기나긴 에인션트 웜Ancient Wyrm 생에도 손에 꼽을 정도로 적었거늘……."

에인션트 웜.

설정상 1만 년 이상을 살아온 드래곤이라는 뜻이었지만 이하는 드래곤의 나이 체계에 대해 알지 못했기 때문에 별로 놀라지 않았다. 그리고 그 태도가 오히려 바하무트에겐 담대하게 보였다.

"좋아. 아주 좋네, 인간- 아니, 하이하여. 그렇다면 나도 조건을 걸어 볼까-"

[메탈 드래곤 일족의 원수]
추가내용 : 쿠즈구낙'쉬의 드래곤 하트 회수
추가보상 : 쿠즈구낙'쉬의 드래곤 레어에서 필요 아이템 5개 획득 권한 부여

"-놈의 하트를 가져오게. 어차피 인간이 다룰 수도 없는 것, 그것만으로도 놈의 레어를 이용할 수 있도록 도와주지."

"으음……."

인간은 다루지 못하지만 드워프는 다루는데요? 라고 토를 달 수가 없었다.

드래곤이 죽은 다음에도 무한한 에너지원에 가까운 드래곤 하트를 순순히 줘야만 하는 것인가. 분명 이름값만 놓고 봐도 쿠즈구낙'쉬의 하트 쪽이 무게가 높다!

'하지만 쿠즈구낙'쉬를 잡고 하트를 꺼냈을 때, 내가 그걸

순순히 쓰게끔 둘 것이냐가 문제지.'

만약 이 흥정이 없었다 한들 베일리푸스가 그걸 두고 봤을까? 그럴 확률은 적었다. 어차피 쿠즈구낙'쉬의 드래곤 하트는 빼앗길 확률이 높다는 뜻.

"좋습니다, 로드 바하무트. 레드 드래곤 쿠즈구낙'쉬를 사살하고, 녀석의 드래곤 하트를 가지고 오겠습니다."

무엇보다 이하에겐 추가 조건이 이미 있지 않던가.

베일리푸스가 쿠즈구낙'쉬를 죽일 어떤 방편을 마련하기 전에, 블라우그룬의 드래곤 하트 탄을 사용해서 쿠즈구낙'쉬를 죽여야 한다.

'그런 일을 당해서 죽는 건데, 어차피 놈의 드래곤 하트가 멀쩡하리라는 보장도 없지.'

그게 블라우그룬 퀘스트 성공 조건이었으니까. 그리고 이하는 자신 있었다.

슈욱-!

원탁 반대편에 있던 바하무트의 신영이 순식간에 이하의 앞으로 이동했다.

"인간들은 이럴 때 딜, 이라고 하더군."

휘백색 로브를 입은 노인이 웃으며 손을 내밀었다.

"굿 비즈니스라고도 하죠. 원래 가족끼리도 금전 관계는 깔끔하게 하는 거라고 배웠거든요."

이하 또한 웃으며 그 손을 맞잡았다.

"껄껄, 맞는 말이야. 정말 날 즐겁게 해 주는구만. 아주 좋네. 아주 좋아."

권속과 가족의 의미가 정말 그것인지 한 번 더 확인하는 이하의 발언. 그리고 바하무트는 웃으며 그 의미를 수긍한 셈이었다.

"대륙 역사의 신기원을 보는 것 같군, 나의 교우여."

"……그렇다, 알렉산더. 집행관의 칭호를 받은 나조차도 처음 보는 모습이다."

옆에서 바라보던 베일리푸스와 알렉산더조차 놀랄 만한 광경이었다.

"베일리푸스 님이 인정하고 로드 바하무트께서 선택한 자, 그대만을 믿겠습니다."

"별말씀을."

"감사합니다, 인간 하이하."

"예, 앞으로 잘 부탁드립니다."

원탁에 둘러앉아 있던 메탈 드래곤들이 일일이 이하에게 찾아와 인사를 건넸다.

바하무트를 상대로 보여 주었던 행동은 물론이거니와, 이미 메탈 드래곤과의 친밀도가 80%에 가까운 이하에게 그들은 별다른 거부감을 갖지 않았다.

그렇게 한참 동안 인사를 거듭하고, 바하무트의 레어를 나오며 이하는 베일리푸스에게 물었다.

"직접 미끼가 되실 거죠?"

"그렇다. 나는 레어로 돌아가 나의 마나를 흘리며 녀석들을 유인할 것이다."

"으음……. 함정이라고 생각할 것 같은데."

"물론. 쿠즈구낙'쉬는 바보가 아니니까. 그러나 함정이라는 걸 알고도 오려 하겠지."

"하긴 그렇겠네요. 남은 메탈 드래곤이 없으니까."

그리고 함정이라도 깨부술 힘이 있으니까. 푸른 수염과 함께 있다면 무엇이 두려울까.

"준비엔 얼마나 시간이 걸리겠나."

"우선 몇 군데 다녀야 해서요. 그리고 베일리푸스 님의 레어 주변 지형에 관한 정보도 필요하고. 분석해서 준비해야 할 게 생각보다 많을 텐데."

"음. 잠시."

베일리푸스가 잠깐 동안 눈을 감았다. 파앗-! 그가 눈을 뜨는 순간 허공에 두루마리가 생성되었다.

"레어 근방 5km의 모든 지형지물을 모조리 표시한 지도다. 이 정도면 되겠나."

"헐……. 드, 드래곤의 능력이 과연 대단하긴 하네요."

페르낭이 알았다면 얼마나 좋아했을까. 이하는 그 지도를 공손히 받아 가방에 넣었다.

"빠르게 준비하고 연락하라. 시간이 없다."

"알겠습니다. 아! 베일리푸스 님."

"음?"

수정구를 꺼내어 헬앤빌로 가려던 이하가 골드 드래곤을 향해 마지막 질문을 던졌다.

"에인션트급 이상 드래곤이 막는 공간은 아무나 뚫을 수 없다고 하셨죠?"

"그렇다. 드래곤들이 즉각 올 수 없는 이유이기도 하다. 일반 마법과 달리 공간에 대한 것은 좌표에 대한 이해가 철저해야 하는 법이니 웬만한 인간 마법사는 물론 어덜트급 드래곤들도-"

"흐응, 일단 알겠습니다. 준비하는 대로 연락드릴게요!"

이하는 베일리푸스의 말을 자르며 수정구를 가동시켰다.

슈숙-! 이하의 모습이 사라지자 열심히 설명하던 황금의 기사는 고개를 저었다.

"알다가도 모를 인간이군."

"인간이 모두 나 같은 것은 아니다, 나의 교우여."

미들 어스에 최적화 된 성격인 알렉산더가 그의 어깨를 잡았다.

"그대처럼 정의를 위하는 자만 있다면 좋을 텐데 말이다,

알렉산더."

"물론. 그러기 위해 내가 있는 것 아닌가. 인간들에게 정의와 선을 가르치고 또 전파하기 위해서."

욕인지 칭찬인지 모호한 베일리푸스의 말을 들으며 알렉산더가 크게 고개를 끄덕거렸다. 어떤 의미로는 참 잘 어울리는 한 쌍이었다.

"보틀넥 아저씨!"

"뭐, 뭐야? 왜 그렇게 밝은 표정이야? 불길하게."

"불길하다니 무슨 그런 섭한 말씀을."

보틀넥의 새로운 대장간에 도착하자마자 이하는 바삐 움직였다.

랭킹 8위 파우스트가 마왕군 편이 되었다는 걸 안 이상 시간을 질질 끄는 건 이하에게도 불리한 일일 것이기 때문이다.

"제가 말씀드린 거 완성했어요?"

"그건 아이템이 부족해서 안 된다고–"

"자, 아이템은 여기 있고. 이거 없어도 되는 거 있잖아요. 스태빌라이저Stabilizer."

"응? 이거–"

그야말로 지나가는 말처럼 이하는 가방에서 아이템을 꺼

내어 보틀넥 손에 쥐어 줬다.

드워프 NPC조차 오랜만에 보는 광물에 그 눈이 튀어나올 듯 커졌다.

"오리하르콘이에요. 400g 넘는 거니까 충분하죠?"

"설마 정말 훔쳐서……?"

"훔치다니. 내가 무슨 도둑인가. 생각보다 제가 잘나간다니까요. 시간 없으니까 빨리 그것만 말해요. 그거면 되는 거죠?"

"그, 그렇지. 실험은 조금 더 해야 하겠지만 우선 이거면 시도해 볼 순 있어. 아니, 근데 이게 어디서 났나?"

"왕궁 창고에 있을 거라면서요."

그래서 그냥 가져왔다고? 보틀넥으로는 도저히 이해할 수 없는 상황이었다. 인간들의 전쟁에 관심이 없으니 이하에 대해 알 턱이 없기도 했다.

이하가 돌멩이처럼 다루며 전해 준 광물을 두 손으로 떠받든 보틀넥이 혹여 넘어지며 흘리기라도 할까, 조심조심 대장간 안으로 들어갔다.

그리고 잠시 후, 마치 사람의 골격, 뼈대처럼 생긴 물건을 들고 나왔다.

"일단 설명한 대로 만들어 봤는데."

"오……. 괜찮아 보이는데요?"

이하가 주문한 물건 중 하나는 안정기(스태빌라이져Stabilizer)였다.

사격의 명중률을 높이는 데에 있어 필요한 물품 중 하나, 양각대처럼 단순히 손으로 쥐어 받치는 것 외에 고정된 장소에 기대게끔 하여 총기에 전달되는 진동을 최소화시키는 물품을 말한다.

물론 단순 양각대는 이미 있는 것, 이번에 이하의 주문은 명중률만 위한 게 아니었다.

"자, 우선 이 허리 받침대를 벨트처럼 둘러 조르고—"

"음, 압박감은 괜찮네요."

"그리고 여기 튀어나온 바Bar를 블랙 베스의 총신부에 결합시키면 되는 거지."

철컥—! 그것은 마치 이하의 허리에서 블랙 베스를 받쳐주기 위해 튀어나온 제3의 팔과 같은 물건이었다.

이하가 전투에서 느꼈던 안타까움은 근접전에서의 빠른 조준점 이동이었다.

길고 큰 블랙 베스로 명중률을 일정 수준 유지하려면 총구 회전—무릎쏴 자세—격발의 3단계를 거쳐야만 한다. 그러나 이 물건이 있다면?

'가볍다. 팔로 받치지 않아도 총기가 고정돼.'

총구 방향을 바꾸고 격발하면 된다. 서서쏴 자세에서 무릎쏴 수준의 명중률을 낼 수 있게 되는 셈!

근접전에서의 전투 속도를 한 템포 더 빠르게 만들어 줄 수 있는 것이다.

'게다가 사거리에도 영향이 있다. 반동과 떨림을 없앨수록 유효 사거리는 늘어나니까.'

양각대에 스태빌라이져까지 사용해서 엎드려쏴의 반동을 최소화 한다면 운동 에너지의 소실도 줄어든다.

서서쏴의 명중률 상승, 엎드려쏴의 사거리 상승효과를 동시에 볼 수 있는 아이템이라는 뜻.

"괜찮네요."

"괜찮은 정도가 아니지! 경량화는 물론이고, 이걸 움직였을 때, 이 바Bar의 움직임을 개선하느라 내가 얼마나–"

"낄낄, 알았어요. 고마워요. 아! 드래곤 하트 분리 작업은 다 됐죠? 탄彈 형태로 된 것 주시겠어요?"

"망할 놈. 설명이나 마저 들을 것이지."

보틀넥은 투덜거리면서도 이하에게 드래곤 하트 탄을 가져다주었다. 가져오면서도 벌써 입이 근질근질 하는 게 이하에게도 보일 정도였다.

"자, 그래서 설명이나 마저 들어 봐– 그 스태빌라이져뿐만 아니라 이제 이 오리하르콘을 이용해서–"

"아아, 어차피 들어도 모른다니까요! 공학적으로 디테일한 것은 보틀넥 아저씨한테 맡길 테니까 나머지 아이템도 잘 부탁합니다!"

"……하여튼 망할 놈이라니까."

손을 흔들며 떠나가는 이하를 보며 보틀넥이 한 마디 내뱉었다. 그러나 정말로 이하를 탓하거나 욕하는 말이 아니었다. 얘기나 조금 더 하고 싶은 아쉬움, 오리하르콘을 금세 구해 오는 자에 대한 일종의 존경이었다.

"일단 접속은 다 해 있는 것 같은데……. 이 근처 어디쯤인가."

이하가 마지막으로 찾아온 곳은 퓌비엘 국내의 황폐한 마을이었다.

주변엔 유저도 없고, 몬스터도 없다. 이제는 NPC들도 다 떠나가 버리고 건물 몇 개만 덩그러니 남은 곳.

'음? 여긴가 보다.'

이하는 그 한곳에서 나는 아주 작은 인기척을 발견했다.

"크흐흠!"

쿵- 쿵- 쿵-.

헛기침과 함께 문을 두드리자 정적이 흘렀다.

미세하게 나오던 사람의 목소리는 순식간에 사라진 후였다. 마음 같아선 여기서 한 번 더 놀려 주고 싶었지만, 이하는 그러지 않았다.

"킥킥, 기정아! 나야! 태일 님, 비예미 님! 안에 계시죠?"

이하가 찾아온 곳은 별초 길드의 세이프 하우스 중 하나.

모두가 몰려 있는 것을 이미 확인하고 온 것이었다.

"아우, 깜짝이야! 난 또 누군가 했네! 어쩐 일이야, 엉아?"

끼이익-!

문이 열리며 기정을 비롯한 별초의 인원들이 밖으로 나왔다.

별초의 간부급 이상들이 모여 어떤 대화를 나누고 있던 것일까, 태일과 비예미도 다소 긴장한 눈치였다.

"그냥 얘기나 할까 하고 왔지. 안으로 들어갈까?"

이하가 문손잡이를 잡으려 하자, 그의 앞으로 태일과 비예미가 스윽 끼어들었다.

"크, 크흐흠. 그-……. 지금 안에 정리가 안 됐는데. 그냥 여기서 얘기하는 게 어떻겠습니까, 이하 군."

"키킷, 아니면 수도로 가죠. 펍이라도 가서-"

"왜요, 굳이? 그냥 여기 들어가면 되지 않나?"

역시. 그들의 반응을 보며 이하는 웃음이 나올 것 같았다. 자신의 예감이 맞았다는 걸 확신했다.

퓌비엘 국내에 발생한 귀족鬼族들의 만행을 막아 내는 길드 중 하나 별초.

그 별초에서 누가, 어떻게 활약하는지는 이미 커뮤니티에도 소문이 다소 퍼진 상태였다.

"으음…… 형? 지금은 타이밍이 쪼끔 거시기한데. 다음에 내가 귓말 할까?"

"큭큭큭, 기정이 너 많이 컸다. 나한테 숨기는 것도 있고."

"아니, 그게 아니라—"

"다 알고 있어."

"뭐?"

이하가 미소 짓자 기정의 표정이 얼었다. 비예미는 콜록거리며 기침을 했고 태일의 표정 또한 다소 어두워졌다.

그들이 이런 반응을 보일 만했다.

이하는 기정의 어깨 너머, 안전 가옥 내부를 향해 크게 소리쳤다.

"안에! 다 듣고 있지? 지난번에 인사도 제대로 못했는데 얼굴이나 봅시다!"

"아…… 그— 형, 그러니까 이게 어떻게 된 거냐 하면, 내가 말하려고 했는데—"

기정이 허둥지둥거렸으나 이미 늦었다.

끼이익…….

안전 가옥 안에 있던 사람이 문을 열고 나왔다.

"첫 만남 때와는 인상이 확실히 변했군요. 오랜만입니다."

"새삼스럽게. 미니스 한복판에서 만난 사이 아닙니까. 한때는 당신의 얼굴을 날려 버리고 싶기도 했고 말이지."

"'한때'라는 표현에 고마워해야 하는 건가요. 홋."

"뭐, 정말로 얼굴을 날려 버리고 싶은 사람은 따로 있으니까. 그렇다고 당신이 죄 없는 희생양이 될 수는 없는 거 알죠?"

"죄 많은 희생양 정도로 봐주신다면야 고맙겠습니다만."

"킥, 하여튼 말은."

이하의 말에 한 마디도 지지 않고 말하는 이지적 외모의 청년.

예전보다 훨씬 차분해지고 또 가라앉은 그의 태도를 보며 이하는 웃음을 지었다.

이하도 알고 있다. 문자 그대로 '죄 많은 희생양'처럼 되어 버린 이 사람의 심정을. 그러나 한 번 적이라고 영원히 적으로만 생각할 수는 없었다.

한때나마 제 욕심에 빠져 일을 그르쳤으나 적어도 한 번은 이하를 확실히 돕지 않았던가.

이하는 자세히 알 수 없었지만 그는 이미 별초의 인원들에게 사죄를 하고, 오해를 상당히 푼 상태였다.

물론 겨우 그 이유 때문에 온 것만은 아니었다.

이하는 그의 실력을 알고 또 인정하고 있었다.

"혜인 씨, 당신 드래곤의 공간 잠금 뚫을 수 있습니까? 에인션트급 정도 되는데. 어쩌면 그 이상의 힘일지도 모르고 말이야."

유저 중 최강의 세이지.

에인션트 골드 드래곤 베일리푸스조차 몇 초나마 완전 정지시켜 버렸던 공간 마법 달인의 힘이 필요했다.

《마탄의 사수》 14권에서 계속······.